KB122625

의친왕 이강

박종윤 장편소설

하이비전

의친왕 이강

초판 1쇄 인쇄 2009년 7월 15일
초판 1쇄 발행 2009년 7월 23일

지은이 : 박종윤
편집/디자인 : 안승철
표지디자인 : 디자인텔
펴낸이 : 서지만
펴낸곳 : 하이비전
등록번호 : 제6-0630
등록일 : 2002년 11월 7일
주소 : 서울특별시 동대문구 신설동 97-18 정아빌딩 203호
전화 : 02) 929-9313
팩스 : 02) 929-9303
E-mail : bosaga@hanmail.net

값 : 10,000원
ISBN 979-89-91209-23-7(03810)

의친왕 이강

박종윤 장편소설

하 이 비 전

작가의 말

이 소설은 조선왕조 말기에 일어난 사건들을 소재로 한 작품이다. 그 시절 왕조의 인물 이야기를 하게 되면 대원군, 고종, 순종, 영친왕 이은(李垠)을 나열하는 게 대부분이다.

조선이 망하지 않고 일제의 정략적 음모에 의해 열한 살짜리 영친왕이 황태자로 책봉되지 않았더라면 서열상 의친왕(義親王) 이강(李堈)이 자녀를 생산하지 못한 순종의 뒤를 이어 당연히 대한제국의 황제가 되었을 터였다.

의친왕 이강은 독자들에게 잘 알려져 있지 않은 인물이다. 작가는 그의 불우했던 삶과 패망한 왕국의 왕자로서 가져야 할 인간적 고뇌와 참 모습을 그리고 싶었다. 그는 왕족 중에서 유일하게 일제에 맞서 독립운동단체를 지속적으로 지원한 인물이다. 의친왕은 안창호의 적극적인 초청으로 상해 임시정부와 합류하기 위해 망명을 결행하다가 실패는 했을망정 조국 독립에 대한 끓임 없이 들끓는 열망을 항상 가슴속에 품고 있었다.

이 소설은 패망해 가는 나라를 지키기 위해 목숨을 초개 같이 버린 애국선열들과 오로지 자신의 사리사욕만을 추구하며 일제에 아부하여 나라 팔아먹기에 급급하게 날뛰었던 파렴치한 매국역적들과 잃은 나라를 통탄해하며 조국 독립을 위해 몸부림쳤던 호적에 이름도 올리지 못했던 백정 출신 이야기도 있다.

조선 말기 비운의 왕자가 펼치는 조국 독립을 위한 투혼, 일제 치하의 우리 민족의 비극적 상황, 독립을 위해 희생한 수많은 선열들의 투쟁사를 재조명하고자 한다.

일제가 대한제국을 침략하여 저지른 온갖 만행은 지울 수 없는 역사임을 다시 한 번 상기하고, 그들이 날조하고 왜곡시킨 우리의 역사를 바로 보는 계기가 되기를 바란다.

추천의 말

황실문화재단 총재 이석

어 느 작가가 의친왕(義親王) 이강(李堈)에 대한 소설을 썼다기에
나는 의아한 생각이 드는 일방 반가운 마음도 일었다. 의아한
생각이란, 의친왕은 역사의 뒤안길에서 조차 사라진 분이고, 반가운
마음이 든 것은 의친왕에 대해 지금까지 어느 누구도 진실을 말 한 적
이 없기 때문이다.

의친왕 이강은 나의 아버지이다. 그분은 일제의 음모로 대한제국
황태자 자리에서 밀려나야 했지만 일본 침략에 단호히 저항하며 조국
독립운동을 위하여 혼신을 바쳐 몸부림치다 가셨다.

해방 후 새로 탄생한 정부에 의하여 구황실은 재산을 강제로 빼앗
기고, 가족들은 거리로 쫓겨나 뿔뿔이 흩어지는 수모를 겪어야 했다.
황실을 구성하는 구성원이 엄연히 살아 있는 가운데 구황실 재산특별
회계법을 제정하여 빼앗아 간 것이었다.

역사란 날조나 왜곡되어서는 안 된다. 일본이 조선을 침략하여 저
지른 온갖 만행 중에 문화 말살정책은 민족의 의식마저도 황폐하게 만

든 소름끼치는 식민지화 정책이었다. 우리는 그들이 저지른 만행을 결코 잊어서는 안 될 것이다.

일본은 자신들이 저지른 침략의 역사에 대해 진심으로 사죄를 하지 않을 뿐더러 분명한 우리의 영토인 독도를 자신들의 땅이라고 하루가 멀다 않고 아직도 망언을 일삼고 있다.

무력을 앞세운 일본에 의하여 강제로 체결된 을사늑약과 한일병탄이 무효이듯이 그들이 날조하고 왜곡시킨 조선의 역사를 반듯하게 되돌려 놓는 것은 우리 후손들의 사명이다.

언제부터인지 우리 민족에게는 정신적 지주가 없어졌다. 나라에 어려움이 있을 때마다 바로 잡아주고 중재하는 정신적인 지주가 필요한데, 우리 고유의 전통 문화마저 경시되고 있는 현실이 안타까울 뿐이다.

작가는 소설이 가지고 있는 특성 때문에 내 아버지 개인의 역사를 소명하는데 아직 충분하지는 못하나, 지금부터 의친왕 이강의 역사 찾기는 시작된 것이다. 작가의 고군분투를 빈다.

2009년 7월 1일

역사 바로 세우기와 전통문화를 다시 찾기 위해
전국을 동분서주하는 조선왕조의 마지막 뿌리

고종황제의 친손 李 錫王子.

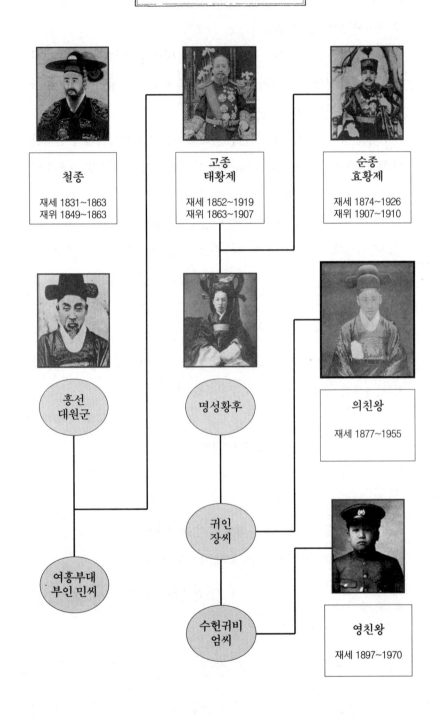

조선왕조 말기 계보도

철종

재세 1831~1863
재위 1849~1863

**고종
태황제**

재세 1852~1919
재위 1863~1907

**순종
효황제**

재세 1874~1926
재위 1907~1910

흥선
대원군

명성황후

의친왕

재세 1877~1955

여흥부대
부인 민씨

귀인
장씨

수헌귀비
엄씨

영친왕

재세 1897~1970

차 례

❁

1
저물녘의 군상

곧 봄이 다가올 조짐이 보였다. 겨울 내내 떨고 있던 산자락의 나무들이 한기를 떨쳐 버린 듯 가지마다 낱알 같은 잎눈을 돋아내었다.

폭설이 유난히 많았던 지나간 겨울은 혹한의 연속이었다. 꽁꽁 얼어붙어 있던 삼개나루(麻浦津)는 우수가 지나서야 비로소 조금씩 풀리고 있었다. 엄동의 강변에서 두꺼운 얼음 위를 지치며 뛰놀던 아이들의 떠들썩한 소리도 이제는 사라져버렸다.

대한제국 조선 땅 삼천리의 모든 생물들이 서서히 꿈틀거리는 계절이었다. 곧 다가 올 봄을 생각하며 추위에 움츠려 있던 사람들의 몸과 마음은 활짝 기지개를 켰다. 그러나 조선 왕조의 영욕이 서려 있는 궁궐 안은 도무지 어떤 미동도 보이지 않았다. 곧 높새바람이 일 것 같은 암울한 기운이 밤안개처럼 번지고 있었다.

침략의 야욕을 숨긴 일본과 구미(歐美) 열강들은 무력을 앞세워 조선으로 밀고 들어왔다. 그들은 서로 먼저 기득권을 차지하기 위해 암투를 벌였다. 열강들의 음흉한 속셈을 뻔히 알면서도 대한제국 조정은 속수무책이었다. 어지럽게 돌아가는 국가 존망 앞에 황실도 백성도 손을 놓은 듯했다. 모두가 한마음으로 자리를 박 차고 일어나기에는 역부족 같았다.

오백여 년이나 이어 내려온 조선 왕조의 사직이 흔들리자 지엄한 왕권도 기력을 잃었다. 국력은 쇠잔할 대로 쇠잔해 마치 세찬 바람 앞에 등불처럼 가물거렸다. 아무리 보아도 위기인 것만은 분명했다. 조정의 역신(逆臣)들은 일신만을 위해 날뛰었고 벼랑 끝에 서 있는 나라의 운명은 아랑곳하지 않았다. 그들이 다투는 것은 오로지 자신들의 공명심과 사리사욕뿐이었다.

그 사실을 아는지 모르는지, 다섯 시가 조금 넘어선 삼개나루에 스치는 초저녁 강바람은 아직도 차가웠다. 우수가 지났다지만 옷깃 틈으로 스며드는 한기가 수시로 몸을 움츠러들게 했다. 강 나루에 돛을 내린 크고 작은 범선 대여섯 채가 바투 늘어서 있었다. 바람에 끊임없이 일렁거리는 물결이 범선들의 고물에 부딪치며 찰랑거렸다.

겨울의 자락을 아직 털어버리지 못한 나루 주변은 어둑발이 빠른 속도로 점령하고 있었다. 이튿날 새벽이면 길 떠날 선길 장수들은 일찌감치 만만한 여각이나 주막에 들어 자리를 틀었다. 나루 하구에서 서강(西江)쪽으로 반 마장 거리에 언덕이 하나 보였다. 그 언덕을 돌아나가는 곳에 허름한 주막 하나가 어스름에 묻혀 아스라이 가물거렸다. 그 어름에는 사람의 발길이라고는 하나도 보이지 않았다.

언덕 아래쪽으로 멀리 떨어진 색주가에서 술 취한 사내들의 호탕한 웃음소리가 바람결에 간간이 실려 왔다. 간드러진 창기(娼妓)들의 웃음소리도 양념처럼 뒤섞여 있었다.

언덕의 주막 봉놋방에서는 아까부터 사내들의 두런거리는 목소리가 흘러나왔다. 그 소리는 비밀스러웠다. 문 밖에서 아무리 귀를 기울인다 해도 알아들을 재간이 없었다.

방 안에 마주 앉아 있는 두 사내의 사이에는 개다리소반이 아직 빈 채로 놓여 있었다. 삼십 대 후반의 회색 두루마기를 입은 전국환(본명 全協)과 마주 앉은 사람은 물상거리의 거부 객주 채세동(蔡世僮)이었다. 국환은 비교적 마른 체형이지만 눈빛이 날카롭고 지적으로 보였다. 그에 비해 다섯 살 많은 세동은 허우대가 훤칠하고 잘 생겼다. 서양 사람처럼 뒤통수를 깡똥하게 쳐 올린 단발머리에 검정 양복이 잘 어울렸다.

세동이 국환을 알게 된 것은 우연한 일이었다. 출생지가 한성(漢城)인 국환은 고종 35년 20세(1898년)에 농상공부 주사가 되었고 이어서 제주, 부평 군수를 역임했다. 그는 군수로 재직하면서 청렴하고 강직하기로 소문이 난 인물이었다.

그가 부평 관아에 군수로 있을 때였다. 소송 사건이 하나 발생했다. 아전 형방이 땅을 담보로 객주 세동한테 찾아와 어음에 수결을 놓고 갔었다. 형방은 어음 기한이 되어 돈을 갚지 못하자 어깃장을 부렸다. 자신이 수결했던 어음이 위조라고 되레 세동을 고소하게 되었다. 형방은 농상공부 대신 송병준(宋秉畯)의 먼 일가붙이라 했다.

송병준이라 하면 타고난 처세술과 배신, 사기, 주색잡기와 협잡, 결코 아름답지 못한 온갖 명칭을 다 가지고 있으며 이완용(李完用)과 쌍벽을 이루는 거물 친일파였다. 국환이 매국노 송병준을 모를 리가 없었다.

평소 형방은 송병준의 권력을 빙자하며 행패를 부리고 다녔다. 국환은 그 사실을 알고 있었다. 그는 세동을 고소한 어음 사건으로 은밀히 형방의 뒷조사를 시켰다. 어음은 그가 수결한 것이 분명했다. 형방의 손바닥 가장자리에 조그맣게 불거져 나온 사마귀 자국까지 선명하게 어음에 찍혀 있었다. 국환은 그를 당장 잡아서 옥에 처넣어 버렸다. 죄명은 사기와 무고였다. 송병준한테서 석방하라는 압력을 수차례 받았으나 국환은 들은 둥 마는 둥 먼 산만 바라보았다.

결국 그 일로 국환은 모함을 받아 파직 당하고 말았다.

송병준.

함경도 장진에서 태어난 그는 아버지가 장지군의 속사(屬史) 송문수(宋文洙)였고, 생모는 기생으로 덕산 홍씨였다. 송문수는 본처(제주 고씨)와 사이에는 자식이 없었고, 네 명의 첩에서 자식을 하나씩 두었다.

첩의 아들인 병준은 적모 밑에서 심하게 구박을 받으며 자랐다. 여덟 살에 벌써 도둑질을 하여 집을 쫓겨났다. 그는 전국을 방랑하다가 도적 떼를 만나 3개월 가량 쫓아다니다가 헤어진 후 스스로 도적질과 문전걸식으로 연명했다.

어느 날 병준은 한성 근교에 있는 밭에서 참외를 훔치다가 주인에게 덜미를 잡히는 신세가 되었다. 오고 갈 데가 없는 그의 처지를 들은 주인은 불쌍하게 여겨 자신의 집에서 함께 살게 해 주었다. 며칠 뒤였다. 주인이 참외를 팔러 도성 안으로 들어갈 때 그를 함께 데리고 갔다. 병준은 우연히 민씨 일족의 세도가인 민태호(고종의 외숙)의 눈에 뜨이는 행운을 잡았다.

병준은 그날부터 민태호의 애첩 홍씨 집으로 보내져 그곳에서 일하게 되었다. 공교롭게도 자신 친모의 성과 민태호 첩의 성이 같았다.

태어나 남의 눈칫밥을 먹으면서 성장한 병준은 그때부터 교활한 것을 배워 가기 시작했다. 그는 무관직에 처음 발을 들여 놓을 때부터 민태호를 움직일 줄 알았다. 1871년 무과에 합격하여 수문청의 근무를 시작으로 1873년에는 도총문 도사, 이듬해 훈련원 판관, 1876년 강화조약 때 수행원으로 발탁된 것도 민태호의 뒷배를 교묘하게 움직인 처세술 때문이었다.

송병준은 강화조약 때 일본 측 수행원 오쿠라 기하치로를 처음 만나게 되었다. 오쿠라는 일본 메이지유신 무렵에 총을 팔아서 엄청난 부를 축적한 인물이었다. 그는 조선의 경제적 침략 발판을 마련하기 위해 동분서주했던 정상배(政商輩)이며 '죽음의 상인'으로 불리어진 군납업자였다.

1877년 오쿠라는 송병준을 앞세워 부산에서 고리대금업과 무역업을 겸하는 부산 상관을 설립했다. 송병준의 친일매국 행각은 이미 그때부터 시작된 것이나 다름없었다. 그가 일본인들 앞잡이 노릇에 물과 불을 가리지 않고 뛰어든 것은 오로지 자신의 탐욕과 영달 때문이었다.

세동은 뒤늦게 국환이 파직당한 사실을 알게 되었다. 매관 매직으로 탐관오리가 득실대는 대한제국 조정의 관리로서 송병준의 청을 거절한다는 것은 자살 행위나 마찬가지였다. 사실대로 올곧게 처리한 국환의 행동은 감히 용기가 없으면 못할 일이었다.

군수로 재직할 동안 청렴했던 국환이 재산을 모았을 리도 없었다. 파직당한 그의 생활이 어려운 것은 당연했다. 세동은 모른 척하지 않았다. 그는 이름을 밝히지 않고 양식과 돈을 은밀히 국환의 집으로 보내 주었다.

며칠 뒤 국환의 집에서 양식과 돈이 객주로 고스란히 되돌아왔다. 세동은 적지 않게 놀랐다. 청백리로 그의 똥구멍이 아무리 송곳 부리 같다 해도 청탁을 한 것도 아니었다. 여러 가지 뜻을 담은 인사치레일망정 재물을 헌신짝 버리듯 거절하는 그의 성품에 감복하지 않을 수 없었다.

관직에서 떠난 국환은 의친왕(義親王) 이강(李堈)이 살고 있는 사동궁(寺洞宮)을 은밀하게 출입하고 있었다. 여러 방면으로 독립운동을 지원하고 있는 이강을 돕기 위해서였다.

의친왕은 젊어서 대한제국의 특파대사 자격으로 영국, 독일, 프랑스, 이탈리아, 러시아를 차례로 다녀왔었다. 그는 문명이 선진화 된 서구의 발전을 돌아보고 국가 발전을 위한 과감한 정책의 필요성을 절실하게 깨달았다. 이강은 미국에서 유학생활을 하면서 김규식, 안창호와도 교분을 쌓은 터였다.

1905년 11월 을사늑약이 일본에 의해 강제로 체결되고 대한제국의 외교권과 행정이 일본 통감 이토오 히로부미의 손에 농락당하자 의친왕은 분연히 일어섰다. 그는 항일 독립투사들과 접촉하면서 그들을 적극적으로 지원하고 있었다. 이강은 황족의 신분으로 행동이 자유롭지 못했다. 그를 대신해서 국환이 그림자처럼 움직여 주었다. 항일투쟁에 필요한 자금을 관리하는 것은 국환의 일이었다.

드러내 놓고 항일군자금을 모금하기란 불가능한 일이었다. 지방의 토호나 유지들에게 군자금을 얻어 오는 것도 한 두 번이면 그만이었다. 토호들도 항일운동 군자금 대어 주는 일을 차츰 꺼릴 수밖에 없었다. 만일 통감부에 발각되기라도 한다면 집안이 온전하지 못하다는 것을 알기 때문이었다.

군자금의 모금이 쉽지 않자 국환은 고민 끝에 사주전(私鑄錢)을 만들기로 결심하고 제작에 착수했었다. 어렵게 장비들을 갖추고 막 제작에 돌입했을 때 밀정의 신고로 발각된 것이었다. 그가 3년의 옥고를 치르고 나온 지 얼마 되지 않았다.

국환이 옥고를 치를 동안 가세는 말이 아닐 정도로 궁핍했다. 그동안 객주 세동이 국환의 어려운 사정을 알지 못해 양식을 대어 주지 않았으면 식구들은 부황이 들어서 죽었을 지도 몰랐다.

국환이 석방되었다는 소식을 들은 세동이 예의를 갖추어 그의 집으로 찾아 간 일이 있었다. 그의 동네는 목멱산(南山) 아래 설마(雪馬)라는 곳이었다.

청계천의 물줄기가 시작하는 곳은 인왕산 아래 백운동이었다. 그 물줄기는 적선방(積善坊)에 있는 송첨교(松簷橋)를 지나 도성 안에서 제일 크다는 종루(鐘樓)의 두 다리 장통교와 수표교 밑을 지나 동대문으로 흘러갔다.

옛날부터 장안에서 흔히 남촌과 북촌이라 불리게 된 것은 장통교와 수표교 밑을 가로지르는 청계천을 경계로 하였기 때문이었다. 북촌은 당상관 이상의 권문 세도가들 호화 저택이 많았고 남촌 목멱산 주변에는 가난한 선비들이 주로 살았다.

국환의 집을 찾기란 그리 어렵지 않았다. 세동은 여러 번 양식을 가지고 찾아간 적이 있었다. 그는 매번 찾아 갈 때마다 재물과는 거리가 먼 청렴한 선비답게 살고 있는 보잘것없는 국환의 집을 보고 많은 것은 느꼈다. 국환이 매국대신들에게 빌붙어 일신만 생각했다면 떵떵거리지 못할 것도 없었다. 가족도 돌보지 않고 오직 나라의 항일군자금 모금을 위해 골몰하다가 감옥생활까지 한 그였다. 국환을 보면 나라를 위해 아무 것도 한 일이 없는 세동은 항상 부끄러운 생각을 가졌다.

찾아 간 구면인 그를 국환은 반갑게 맞이해 주었다.

"어인 걸음이십니까? 객주께서 누추한 곳을 찾아 주시고."

나라에서 사민은 평등하다고 반포 한 지는 오래되었다. 그래도 양반과 백정 출신의 엄연한 신분 벽은 아직 두터웠다. 그럼에도 국환은 세동에게 깍듯이 존대를 했다. 그의 인품이 돋보였다. 두 사람은 사랑방에 마주 앉았다. 사랑방도 제주도와 부평 군수를 지낸 사람이 거처하는 곳이라 하기에는 너무 옹색해 보였다.

"영감(令監)께서 옥고에 얼마나 고생이 많았습니까. 건강한 모습을 뵈오니 그만한 다행이 없습니다."

세동은 정중하게 국환에게 머리를 조아렸다. 그가 벼슬아치에서 물러난 국환을 영감이라 부른 것은 그를 예우한 말이었다. 영감은 대감 다음 정3품과 종2품 관원을 부르는 호칭이었다.

"천만의 말씀이오. 조선의 백성으로 할 일을 한 것뿐이지요. 나라만 되찾을 수 있다면 이 한 몸 죽은들 대수겠소."

국환의 얼굴이 부드러운 빛을 띠고 있으나 말 속에는 나라를 걱정하는 충직의 정신이 엿보였다.

"조정에 영감님 같은 분들만 계셨다면 일본 놈들이 언감생심 이 나라를 호락호락 넘봤겠습니까."

세동은 비록 밑바닥 쇠백정을 거처 객주를 운영하고 있지만 언사를 가려 쓸 정도로 예의범절이 몸에 배어 있었다. 이미 개화된 그가 상대하는 사람들은 조선 땅의 고관대작과 멀리는 아라비아로부터 러시아, 청나라, 일본 여러 나라와 남지나해의 상인들까지 두루 거래를 했다. 객주 일에는 엄격하지만 사람을 대할 때는 항상 겸손하고 점잖았다.

"영감님을 뵈러 온 것은 긴히 의논드려야 할 일 때문입니다."

세동의 말에 국환의 눈빛이 한 순간 빛났다.

"관직에서 쫓겨나고, 감옥이나 들락거린 내가 무슨 여력이 있어 대상의 의논 상대가 되겠소. 사사로운 일은 번거롭기만 할뿐이지요."

국환은 장죽을 끌어당겨 연죽 통에 엽연초를 엄지손가락으로 우겨넣었다. 그런 다음 부젓가락으로 무쇠 화로의 회색 재를 천천히 헤집었다. 잿속에서 새뜻한 빨간 속살이 수줍은 듯 드러났다. 장죽을 입에 문 그는 화로 가까이에서 고개를 옆으로 돌려 물부리로 뻑뻑 연기를 뿜아 올렸다. 그때마다 살집 없는 얇은 두 볼이 맹꽁이 배처럼 볼록거렸다.

"영감께서 감옥 생활을 하신 고초가 나라를 위한 것처럼, 제가 드리는 말씀도 결코 사사로운 것은 아닙니다."

그 말에 국환은 한 쪽 눈 꼬리를 약간 치켜세우며 세동을 지긋이 노려보았다.

"사사로움이 아니라면 무슨 긴요한 대사라도 생겼습니까?"

그의 목소리는 의외로 조용했다.

세동이 지금은 거금을 주무르는 객주의 신분이지만 마음 한구석에는 항상 허전함이 남아 있었다. 그것은 이 나라 조선에서 양반이 아니면 사람대접을 제대로 받지 못하는 잘못된 제도가 그를 우울하게 만들었다. 세동은 한때 상민에서 양반의 신분으로 탈바꿈하는 것이 평생 꿈이었다. 그는 아들 우만(禹滿)을 벼슬자리로 내 보내고 싶어 은밀히 알아보기도 했었다. 세도가들에 의해 매관 매직이 판을 치는 조선에서 그의 재력으로 벼슬을 못 살 것도 없었다. 그는 결국 그런 일이 옳지 않다는 것을 알았다.

세동은 어떤 신분으로 태어났든, 사람이 사람으로 대접 받는 그런 나라에서 살고 싶어 한 때는 외국으로 떠나갈 생각을 하기도 했다.

갑오경장으로 사민은 평등하고, 평민도 관리에 등용될 수 있으며 노비(奴婢)의 전적(轉籍)을 폐지하고 인신매매를 금한다는 법이 만들어졌다. 그러나 아무리 고쳐졌다고는 하지만 제도가 하루아침에 관습을 뛰어 넘을 수는 없었다. 비록 떨어진 갓을 쓴 양반이라도 여전히 행세를 했다. 천민은 거리에서 허리를 굽히고 캥거루처럼 겅중 겅중 백정 특유의 스텝으로 뛰어 다녔다.

세동은 어리석지 않았다. 외국과 통상을 하며 발전해 들어오는 문물을 보고 많은 것을 깨달았다. 미래의 세계는 문명이 발전해 갈수록 생활권이 한 울타리처럼 가까워질 것이라는 확신을 가졌다. 세계의 여러 나라와 지금 이루어지고 있는 교역 자체가 그 시발이었다.

"저는 천민의 자식으로 태어나 지금은 조선 제일의 객주를 운영하고 있습니다. 재물로는 누구도 부러울 것이 없습니다. 그런 제가 부평 관아에서 소송 때문에 영감님을 뵙고 감명을 받았습니다. 그때 제가 할 일이 무엇이라는 것을 비로소 깨달았지요. 저 혼자 아무리 잘 산다 해도 나라를 잃고 나면 무슨 의미가 있겠습니까. 이 나라는 지금 막 왜적들에게 넘어갈 운명에 처해 있습니다. 삼천리강토가 왜적에게 난도질당하고 있는 판국인데도 조정 대신들은 오직 자신들 뱃속만 채우려고 날뜁니다. 다행히 영감 같은 분이 계신다는 것은 아직 이 나라의 운명이 다하지 않았다고 생각됩니다. 나라를 구하는데 비천한 제 재물이지만 아끼지 않고 기꺼이 바치려고 합니다."

그의 말은 막힘이 없었다. 세동이 품속에서 종이 뭉치를 꺼내 놓았다. 그가 펼쳐 놓은 종이 뭉치는 십만 냥의 어음 증서들이었다. 조정 하급관리의 월급이 고작 이십 냥 정도니까 십만 냥이면 엄청난 돈이었다. 국환은 꼼짝도 하지 않은 채 세동을 노려보았다.

"언제든 필요하실 때 연락을 주시면 제 모든 것을 아끼지 않겠습니다."

세동이 말을 마칠 때까지 별다른 반응을 보이지 않던 국환은 장죽 물부리를 다시 빡빡 빨아 당겼다. 그때마다 연기가 풀썩풀썩 입 밖으로 새어나왔다. 그가 어음에는 눈길도 주지 않고 말문을 열었다.

"이것으로 내가 매수당할 것이라 생각하오?"

"천만의 말씀입니다. 어찌 제가 감히 곧으신 영감의 명예를 추하게

할 수 있겠습니까. 소인이 천민 밑바닥부터 시작하여 피와 땀을 흘리며 정직하게 모은 재물이라 한 푼, 한 냥인들 아깝지 않을 리가 없지요. 그러나 재물은 반드시 올바르게 써야 된다는 생각을 가지고 있습니다. 이 돈이 나라를 위해 쓰여 지는 것에는 아깝지도 않고 떳떳한 만큼 한 치의 부끄럼도 없습니다."

세동의 말은 조금도 가식이 없었다. 국환은 비로소 그의 손을 덥석 잡았다. 두 사람의 손에서는 뜨거운 피가 교차되었다.

"채 객주의 높은 뜻을 내 헛되지 않게 하리다. 정말 고맙소."

국환은 더 이상 말을 하지 않았다.

그의 집을 방문하여 세동이 어음 십만 냥을 건네 준 것은 지난 11월이었다.

삼개나루에서 두 사람이 다시 만나게 된 것은 이번이 세 번째였다.

들 고양이 한 마리 얼씬하지 않는 나루 주변의 밤은 차츰 깊어 가고 있었다.

"지난번에 아무 대가 없이 주신 귀한 거금은 아주 긴요하게 쓰여 지고 있습니다. 전하(의친왕)께서도 대단히 고맙게 생각하십니다. 조만간 기회를 보아 한 번 뵙겠다고 하셨습니다."

"자식, 우만을 통해서 간간이 전하의 소식은 듣고 있습니다."

24살인 우만은 세동의 외아들이었다. 우만은 어릴 때부터 수재라는 소리를 들으며 사서오경이나 시문에도 능했다. 세동은 세상이 틀림없이 변할 것이라는 예견을 하고 있었다. 그가 넓은 안목을 가지게 된 것은 물상객주를 하면서 터득한 것이었다. 그는 자식을 절대 무식한 천민으로 키우고 싶지 않았다. 공부를 시켜야 했다. 언제인가 다가오게 되는 그 아이들의 세상을 위해 준비시키고 싶었다.

천지가 개화되었다지만 아직은 귀천이 엄연한 세상이었다. 상민의 자식에게 공부를 가르칠 훈장(訓長)을 찾기란 쉽지 않았다. 세동은 어려운 노력 끝에 겨우 독선생을 구해 들여앉혔다. 독선생에게 아예 살림집까지 차려 주었다.

머리가 명석한 우만은 다행히 공부를 게을리 하지 않았다. 하나를 가르치면 능히 셋을 알았다. 훈장이 혀를 내두를 정도였다. 몇 년 만에 훈장은 자신이 가진 학문 지식으로는 더 가르칠 것이 없다고 선언했다.

세동은 영국과 미국, 러시아와 일본까지 우만을 여행시켰다. 일본과 미국에는 2년씩 머물면서 그곳 학문을 익히도록 했다. 우만이 외국에서 돌아왔을 때는 국제적인 청년이 되어 있었다.

국환은 세동이 처음 우만을 데려왔을 때 그의 인물을 단번에 알아보았다. 국환이 우만을 의친왕에게 천거하여 사동궁에 출입시킨 것은 세동을 두 번째 만난 무렵이었다. 외국에서 공부한 우만은 세계를 바라보는 안목이 남달랐고 조선 청년 중에 드물게 알고 있는 영어와 일본 말의 실력은 단연 뛰어났다. 의친왕도 미국에서 유학생활을 한만큼 나름대로 젊은 우만의 세계관에 대한 식견을 인정했다. 우만은 이강에게 의외로 요긴한 사람이었다.

우만은 미국에 있으면서 조선 유학 청년들과도 교분을 가졌었다. 대부분의 조선 청년들은 훌륭한 가문 출신들이었다. 그는 미국의 자유분방한 젊은이들과 교제하며 많은 것을 깨우쳤다. 그곳에서는 출신과 신분에 크게 구애를 받지 않았다.

우만은 출신 하나 때문에 아직도 차별 받고 있는 불우한 환경 속의 조선 땅 젊은이들을 생각하면 마음이 서글펐다. 교육의 불모지대에서 살아가는 조선 젊은이들을 깨우치게 하는 것은 새로운 문화의 도입이었다. 조국이 발전하기 위해서는 모든 백성들이 차별 없는 질 좋은 교육을 받아야 했다.

우만은 조국이 일본의 무력 앞에 국권을 모조리 빼앗길 신세를 매우 심각하게 여겼다. 미국에 거주하고 있는 조선 청년 대부분은 엄청난 그 사실을 그다지 대수롭지 않게 보는 듯했다. 풍요로운 그곳 생활에 젖어 있어 그런 지도 몰랐다. 패망할 지도 모를 조국의 위기를 직접 피부로 느껴보지 못한 탓이기도 했다.

우만은 더 이상 미국에 머물 수가 없었다. 조국이 망한다는 것은 가족과 이웃들도 앞날도 예측할 수 없는 일이었다. 그는 조국으로 돌아가서 무슨 일이든 해야겠다는 일념으로 서둘러 귀국을 한 것이었다.

주막 바깥에서는 바람 소리가 서서히 거칠어지고 있었다.

"전하께서 훌륭한 인재를 추천하셨다고 매우 흡족해 하십니다."

"미물인 자식 놈에게 너무 과찬이십니다. 앞으로 많은 걸 깨우쳐 주십시오."

"천만의 말씀이오. 내가 오히려 배울 점이 많습니다."

세동은 눈시울을 붉어졌다. 언감생심 가당한 일이 아니었다. 쇠백정 출신의 자식이 조선 황실의 왕자에게 신임을 받고 있다는 것은 감히 상상할 수 없는 일이었다. 생각할수록 감개가 무량했다. 그는 이제 목숨을 버린다 해도 아무 여한이 없을 것 같았다. 국권 회복을 위해서는 모든 재산을 바칠 수밖에 없다고 다시 한 번 다짐을 했다.

세동은 태어나면서부터 천민 중의 천민이라 할 성도 없이 자란 쇠백정(白丁)이었다. 젊은 시절 그가 가진 재산이라고는 성실함과 영특한 머리뿐이었다. 딸만 하나 가진 상전 푸주한이 평소 그를 눈여겨보고 있었다. 어느덧 그 딸의 혼기가 되자 푸주한은 다른 곳은 눈길도 주지 않고 세동을 당장 데릴사위로 삼았다. 얼마 뒤 그 장인이 죽자 세동이 뒤를 이어 쇠백정을 부리는 푸주한의 자리를 물려받았다.

쇠백정이라 하면 가축을 도살하는 백정을 일컬었다. 그런 쇠백정을 열댓 명 거느릴 수 있는 우두머리 푸주한까지 싸잡아 백정이라지만, 엄밀히 따져 푸주한은 상민이지 백정은 아니었다.

백정들은 따로 집단을 이루어 대개 외진 물가나 산 중턱에 살았다. 왕골이나 갈대로 고리짝, 바구니와 광주리를 만드는 부류를 고리백정이라 했고, 가죽신이나 나막신과 짚신을 만드는 백정을 갖바치라 불렀다. 소반을 만드는 상 백정도 있었다.

쇠백정은 백정 중에서도 제일 천한 신분이었다. 옛날 죄수를 형장으로 끌고 가서 목을 쳐 날릴 때의 망나니 역할도 그들이 맡았다. 얼굴에 주사 칠을 하고 쌍수도를 치켜든 망나니가 춤추며 날뛸 때는 구경꾼들도 간담을 서늘하게 떨었다. 망나니가 사형 집행 시간을 끌면 끌수록 죄수의 고통은 배가되는 것이었다. 죄수의 가족들은 망나니를 은밀히 매수해서 목을 빨리 쳐 달라고 부탁까지 할 정도였다.

백정들은 외부 사람과 혼인할 수 없었고 자신들의 집단끼리만 가능했다. 그들에게는 농토가 주어지지 않았고 도살하는 것만이 직업이었다. 그렇다고 도살이 매일 있는 것도 아니어서 대부분 생계가 어렵기 마련이었다. 여자도 늘 부족했다. 여인 한 명이 두 남자와 함께 사는 괴이한 현상까지 벌어졌다. 백정의 마을에서는 사내가 처 하나 먹여 살리기도 힘들었다. 그래서 생겨난 생계대책이 한 여인이 두 지아비를 섬기게 되는 일처 이부가 필요했는지도 몰랐다. 원인은 알 수 없으나 그들 집단촌의 자녀 숫자가 현저히 줄어들고 있었다.

백정의 상전인 푸주한은 한 지역 내에서 잡은 가축의 판매권을 독점했다. 판매 허가를 낸다는 것은 보통 어려운 일이 아니었다. 지역 관리에게 때마다 뇌물을 바치지 않으면 제대로 운영을 할 수 없었다. 푸주한은 양을 속여서 폭리를 취했고 관리들과 짜고 값을 마음대로 정하므로 그 이문이 엄청났다. 권력자에게 상납하는 푸주한의 권세는 관아의 아전을 능가할 정도로 당당했다. 푸주한들은 그런 권력의 자리를 빼앗기지 않기 위해 치부에 더욱 매달릴 수밖에 없었다.

세동은 그런 세속적인 푸주한들과는 본질이 달랐다. 권력자들과 사귀기는 해도 항상 거리를 두었다. 그는 벌어들이는 만큼 어려운 이웃을 위해 쓸 줄도 알았다. 차츰 그의 덕행이 주변에 소문이 나자 존경하고 따르는 사람이 많았다. 상술에 타고난 세동은 얼마가지 않아서 거금을 손에 쥐었다. 그즈음 그는 도성 안 물상(物商) 거리에 있는 파산 위기의 객주(客主) 하나를 인수하게 되었다.

세동의 객주에는 인삼, 금과 은, 피혁의 위탁매매와 어음거래, 창고업과 환전을 주로 하는 고가의 품목만 취급했다. 그가 가진 성실함과 사업의 번창은 얼마가지 않아 물상거리에서 신의와 존경의 표상이 되었다.

"오늘 뵙자고 한 것은 전하의 사업계획을 전해 드리기 위해서입니다."

국환은 세동의 옆으로 당겨 앉으며 목소리를 한결 더 낮게 깔았다.

"항일 운동을 위한 의병기지를 만들려는 계획도 중요하지만 전하께서는 우선 교육 사업에 많은 관심을 가지고 계십니다. 그리하자면 땅매입과 학교를 짓는 자금이 필요합니다."

"무엇이든 말씀만 하십시오. 제 모든 것을 바친다고 하지 않았습니까."

"정말 고맙소. 땅은 함경도나 황해도가 될 것이외다. 결정이 되면 그 일은 다시 의논하기로 합시다."

"요즘 사동궁 전하께서 심기가 불편하시겠습니다. 폐하께서 강제로 양위를 당하셨는데……. 이또보다 먼저 요절을 낼 놈들은 바로 조정 역적들 아닙니까? 그 놈들은 결코 제 명대로 살지 못할 것입니다."

세동은 말의 중간 중간에 커다란 주먹을 불끈 불끈 쥐었다.

"어린 은(李垠) 전하께서 일본에 볼모로 건너 가신지도 벌써 몇 개월이 되었소. 이또가 그것으로 만족하지 않을 것이요. 계속 음모를 꾸미며 조선 황실을 결딴 낼 것 같소."

"소인도 그런 생각이 듭니다만 황태자 책봉부터가 잘못된 것 아닙니까?"

세동의 얼굴에 분기가 꿈틀거렸다.

"서열로야 마땅히 의친왕께서 책봉되어야 하지만 이또의 흉계 앞에는 황실도 속수무책이었소."

국환의 말투는 의외로 담담했다.

"일제가 멋대로 앉힌 황태자가 무슨 의미가 있겠습니까. 어쨌든 힘을 한곳으로 결집해 모든 것을 바로 잡아야 할 것입니다."

조선통감 이토오가 고종황제를 강제 퇴위시키고 그 뒤를 이어 순종을 앉힌 것은 일종의 보복 행위라 할 수 있었다.

제2회 만국평화회의가 1907년 화란의 수도 헤이그에서 열리게 되었다. 고종황제는 그 소식을 전해 듣고 참찬 벼슬을 지낸 이상설과 평리원 검사 이 준을 비밀리에 불러들였다.

막중한 임무를 맡은 두 사람은 황제의 칙서와 노국(露國)황제에게 보내는 친서를 가지고 머나먼 길을 떠났다. 블라디보스톡을 거쳐 시베리아 횡단 철도를 탄 두 사람이 러시아 수도 페테르스부르크를 경유하여 헤이그에 도착했을 때는 두 달이 지난 유월 말쯤이었다.

조선통감 이토오는 을사늑약 이후 참정대신 한규설을 내쫓았다. 그런 다음 자신의 입맛에 맞는 박제순 내각을 만들었다. 통감부의 통제를 받으며 1년 동안 내각 정치를 시켜보았으나 별로 신통한 것이 없었다. 이토오는 생각대로 되지 않자 쓴 맛을 다시고 있었다. 그때 마침 한성 거리에는 정부 고관에 대한 습격사건이 심심찮게 일어났고, 친일파들끼리도 서로 헐뜯으며 모함과 시기로 조정은 시끄러운 나날이었다.

민심은 극도로 흉흉해졌다. 이토오는 그 틈을 이용할 줄 알았다. 친일 깃발을 휘두르는 일진회(一進會)를 부추겼다. 그는 송병준, 이용구

(李容九)를 앞세워 정부 타도를 외치도록 하고 내각을 신속하게 개편해 버렸다.

이완용(李完用)내각에 자신의 심복으로 친일역한(親日逆漢) 송병준을 농상공부대신 자리에 파격적으로 들어앉혔다. 이토오가 기고만장하여 한동안 새로운 조선 내각을 자신의 손으로 쥐락펴락 주무르는 재미에 흠뻑 빠져 있을 무렵이었다. 본국에서 그의 집무실로 긴급 전문이 날아왔다. 고종이 헤이그 만국평화회의에 밀사를 파견했다는 것이었다. 이토오로서는 맑은 하늘에 날벼락 같은 소리였다.

"무엇이! 고종이 나를 속였다고? 이 늙은이가?"

이토오는 흥분을 감추지 못하고 파란 노인성 핏줄이 굵게 돋아 난 하얀 손을 부들부들 떨었다.

"요시! 두고 보자!"

그는 통감부 간부들을 당장 불러 들였다. 회의는 밤이 깊도록 계속되었다.

밤을 새우다시피한 이토오는 아침이 되자 송병준을 불렀다. 그는 송병준과 함께 노구의 피로함도 무릅쓰고 핏발을 세운 눈으로 고종황제를 만나러 경운궁(慶運宮)으로 걸음을 재촉했다. 일본의 연습함대사령관과 그 부하 장교들까지 대동하고 시위하듯 궁궐로 들이닥친 것이었다.

이토오는 통역을 따로 쓰지 않고 일본말이 능숙한 송병준을 내세워 고종황제를 윽박질렀다. 몇 차례의 설전이 오고 간 뒤 이토오는 고종한테서 헤이그에 밀사를 파견한 적이 없다는 확답을 받아내었다. 그는 두 말 없이 순순히 경운궁을 물러 나왔다. 그러나 좀처럼 노여움이 누그러지지 않았다.

이토오는 며칠 밤을 뜬눈으로 지새울 정도로 그 일에 깊은 상처를 받고 있었다. 그는 자신의 손아귀로 조선을 통치하며 고종황제마저도 완전히 틀어잡았다고 확신을 했었다. 자신의 자존심에 엄청난 타격을 입은 이토오는 이를 바득바득 갈았다. 그는 어떤 수단을 강구하든 고종에게 보복을 해야만 속이 풀릴 것 같았다.

이튿날 오후 이토오는 송병준을 다시 통감 관저로 조용히 불러 들였다.

"각하! 문후 드리옵니다. 그간 고충이 이만 저만 크지 않으셨겠습니다."

개기름이 번지르르한 벗겨진 앞머리를 들이댄 송병준의 말투에 아첨 끼가 스며 있었다. 그의 유창한 일본말이 돋보였다.

"내 심사를 헤아리는 사람은 역시 송 대감밖에 없구려."

송병준(宋秉畯). 그는 출세나 이익을 위해서라면 은혜까지 저버리는 배신과 사기의 명수로 조선 천지에서 그 예를 찾아 볼 수 없는 기회주의자였다. 그러한 그의 성격은 출신과 성장 배경에서 비롯된 것인지도 몰랐다.

이토오는 방으로 차리어 온 술상을 사이에 놓고 송병준과 마주앉았다.

"송 대감! 내가 대감을 알고 지낸 지가 오래되었소이다만, 대감의 인품이며 그 저력에 늘 탄복을 하고 있소이다."

"과찬의 말씀입니다. 각하!"

"그래 요즘 내각의 일은 순조롭습니까?"

"역시 각하의 지휘 아래 있으니 하루가 다르게 발전하옵지요."

"오호, 다행한 일이구려 대감, 오늘 뵙자고 한 것은 다름이 아니라, 대감도 아시다시피 노인네 고종이 사사건건 일만 저질러서 낭패구려. 그래서 송 대감 도움이 필요하오. 꼭 힘을 써 주셔야 되겠소이다."

노련한 이토오는 저돌적인 송병준을 어린애 다루듯 어르고 있었다.

"저도 그 정도는 알고 있습니다. 각하!"

"그렇다면 됐소! 송 대감."

이토오는 앉은 채 무릎을 당기며 송병준의 손을 덥석 잡았다. 그런 다음 주전자를 들었다. 송병준은 잔을 얼른 받들어 올렸다. 그는 이토오가 부어 주는 술을 두 손으로 잔을 모아 쥔 채 황송한 듯 머리를 조아렸다.

"내가 조선 천하에서 두 인물을 말하라면 송 대감과 이완용 대감뿐이요. 이번 일에는 총리보다는 대세를 신속하게 몰아갈 줄 아는 송 대감이 단연 돋보여서 부탁을 하는 것이외다."

"소인을 그토록 인정해 주시니 감읍할 따름이옵니다. 각하!"

송병준은 자세를 고쳐 앉으며 이토오에게 머리를 절도 있게 깍듯이 다시 조아렸다.

"이번에 내가 구상하고 있는 일을 총리에게는 아직 발설하지 않았소. 이 일은 대감이 맡아 처리하도록 하시오."

"각하! 하명만 내리십시오."

송병준은 앉은 자리에서 당장 어디로 돌격할 것 같은 자세로 별안간 한 쪽 무릎을 곧추세워 머리를 또 한 번 앞으로 꺾었다.

그들의 정치 음모는 밤이 깊어 가도록 계속되고 있었다.

송병준은 이튿날부터 주저 없이 발 빠르게 움직이기 시작했다. 이 토오에게 사주를 받아 쥔 내용은 다름 아닌 고종을 즉시 퇴위시키는 것이었다. 그는 용의주도하게 이완용을 들쑤셔 자극시킨 다음 어전회의를 바로 열었다.

1907년 7월 17일 며칠째 장마처럼 비가 내렸다. 경운궁 중화전(中和殿) 용상에 앉은 고종 황제의 얼굴은 수척한 채 몹시 어두워 보였다. 그 여파로 궁궐의 전체 분위기가 무겁게 내려앉아 있었다. 어전회의라지만 누구도 먼저 입을 여는 자가 없었다. 지루한 침묵만 계속되었다.

그런 분위기와는 달리 송병준은 아까부터 눈방울을 희번덕이면서 주위를 두리번거렸다. 어전회의에 참석한 대신 모두가 의제를 어느 정도 알고는 있지만 내심 누가 먼저 발의해 주기를 서로 바랐다. 그러나 사안이 어마어마한 일이라 아무도 선뜻 나서는 자가 없었다. 송병준은 그런 눈치를 살피며 목구멍으로 침만 감질나게 삼키고 있는 중이었다. 참을성이 부족한 그는 그런 분위기를 도저히 더 기다릴 수 없었다. 그는 결심한 듯 드디어 중뿔나게 불쑥 앞으로 나섰다.

"폐하, 황공하오나 신이 먼저 한 말씀을 아뢸까 하옵니다."

그 자리에는 참정대신 이완용, 내부 임선준, 법무 조중응, 학부 이재곤, 군부 이병무 등 각 대신 모두가 참석했다.

송병준은 궁궐의 법도를 모르는 무뢰한처럼 어전에서 무엄하게 옆구리에 칼을 차고 있었다. 그것 한 가지 만으로도 능히 그 자리에서 당장 참살당하고 남을 일이었다. 누구도 방자한 그를 꾸짖는 자 하나 없었다. 다른 대신들은 그저 입을 접착제로 붙여 놓은 벙어리 같았다.

"폐하, 밀사 사건으로 일이 이처럼 악화되었으니 일본이 가만있을

리 없은즉, 지체 마시고 폐하께서 손을 쓰셔야 옳은 줄 아옵니다."

고종은 송병준을 노려보았다.

"손을 쓰라니? 농상공의 말뜻을 짐작하기 어렵소. 무슨 말이오?"

황제의 목소리는 약간 노기를 띠고 있었다.

"황공한 말씀이오나 밀사 사건은 폐하께서 친히 나서야 될 일이옵니다. 천황을 만나 뵙고 화해를 하셔야만 불길이 잡힐 것 같사옵니다."

황제는 그 말이 떨어지기 무섭게 진노했다. 턱의 흰 수염이 사시나무처럼 떨고 있었다.

"뭣이! 짐한테 일본 왕을 찾아보라고? 도대체 그대는 어느 나라의 대신인가? 일본 왕한테 나보고 무릎을 꿇으라니? 이런, 괘씸한지고!"

황제가 위엄을 잃은 지는 이미 오래 되었다. 송병준의 당돌한 말에 이완용 일당은 쾌재를 불렀지만 고종과 몇몇 중신들은 놀랐다. 때와 장소를 가리지 않고 천방지축으로 날뛰는 송병준의 기질은 모두가 잘 알았다. 그러나 아무리 권위가 없어진 황제라 한들 너무나 무엄한 말에는 어처구니가 없었다. 엄숙함이나 위엄을 잃어버린 얼굴로 용상에 앉아 있는 고종의 모습은 참으로 측은해 보였다. 송병준은 자신의 말이 사리에 어긋나고 아니고는 중요하지 않았다. 고삐 풀린 망아지처럼 마구 날뛰며 나름대로 한 번 정하면 저돌적으로 밀어붙였다. 그는 그것을 소신이라 생각했다.

"폐하 궁궐 밖의 민심을 모르시옵니까?"

"그래? 그럼 잘 아는 그대가 어떤지 한 번 말해보게?"

"폐하, 하세가와 대장을 잘 아시잖습니까. 그가 본국으로부터 한마디 명령이 떨어지기를 기다리고 있다 합니다. 만약 일본이 우리 대한제국에 선전포고라도 하는 날에는 돌이킬 수 없는 일이 되옵니다. 이 나라의 백성과 황실의 안녕을 위하는 길은."

"에잇! 괘씸한지고. 내 앞에서 썩 물러가라! 꼴도 보기 싫으니."

그의 말이 미처 끝나기도 전에 황제는 버럭 소리를 내질렀다. 그는 송병준의 뻔뻔스러운 얼굴을 한 번 쏘아보더니 용상을 박차고 일어났다.

"아, 통탄한 지고. 이 나라의 충신들은 모두 어디로 갔는가?"

중얼거리며 어전을 떠나는 고종의 다리가 휘청거리는 듯했다. 그는 문득 아버지 대원군이 생각났다. 나라가 한심할 정도로 위기에 처하자 비로소 강직했던 아버지 대원군을 그리워하고 있는지도 몰랐다. 밖은 장맛비가 장대같이 쏟아지고 있었다. 회의는 중단되고 대신들도 뿔뿔이 흩어졌다.

대원군(大院君) 이하응(李昰應)이 우여곡절 끝에 정권을 잡은 초기에는 백성들에게 많은 희망을 안겨주었다. 왕권 확립과 나라 기강을 바로 세우기 위해 그가 불철주야 고심한 것은 누구도 부인할 수 없었다. 오로지 왕실과 이 나라 백성을 걱정하며 일신도 돌보지 않았다. 대원군은 부패를 일삼는 척신(戚臣)과 권문세가(權門勢家)부터 일거에 몰아내고, 당벌을 없애고 서원도 철폐해 버렸다. 그가 당시 이룬 치적은 일세의 지웅(之雄)이라 할 수 있었다.

대원군은 일찍부터 서양의 거대하고 강한 힘을 알았다. 그는 나약한 조선을 선진 강대국들과 대등한 반열에 세우기 위해서는 무엇보다 국력 신장을 도모하는 일이 시급했다. 8여 년 가까이 국고를 튼튼히 하고, 막강한 군대를 양성하기 위해 불철주야 혼신의 힘을 기울였다. 그의 계획대로 국가의 백년대계가 서서히 무르 익어가고 있을 즈음이었다. 그러나 어이없게도 엉뚱한 곳에서 뜻밖의 복병을 만나고 말았다.

정숙하고 얌전하기만 했던 며느리인 민비(閔妃)에게 모든 권력을 빼앗길 위기를 맞이하게 되었다. 왕비의 정치적 발언은 시간이 흐를수록 그 강도가 점점 높아져 갔다. 그즈음 고종의 마음은 이미 아버지의 손에서 벗어나 왕비에게 옮겨 가고 있었다.

대원군이 실권을 잃자 민씨 일족에 부응하는 세력들은 그가 이제까지 노심초사하며 든든하게 세워 놓았던 국력의 울타리를 하나 둘씩 허물어 내기 시작했다. 당벌은 예전으로 돌아가 더욱 기승을 부렸고 매관 매직이 판을 쳤다. 정도가 빛을 잃자 뇌물과 사치가 다시 고개를 쳐들었다. 국권 회복에 전념한 대원군의 뜻에 따라 조정에 척신들을 기용하지 않고 대신들의 부패를 막았더라면 나라가 그처럼 맥없이 일본한테 당하고 있지는 않았을 것이었다.

어전을 나온 송병준과 이완용은 어깨를 나란히 하고 쏟아지는 빗속을 뚫고 인력거를 급히 몰았다. 두 사람은 남산 통감부로 내달렸다.

통감부에 도착한 그들은 이토오의 집무실로 들어갔다. 아침부터 결과를 기다리고 있는 통감은 반갑게 그들을 맞이했다. 두 사람은 이토오가 저희 상전이라도 되는 듯 깍듯하게 머리를 조아렸다. 그들에게서 어전회의 결과를 낱낱이 보고를 받은 이토오는 고개를 끄덕거렸다.

"나도 그 일이 한 번으로 될 것이라고는 생각하지 않소. 내일 다시 시작하시오. 목적은 오직 하나뿐이요. 내가 누굴 믿겠소? 오직 두 대감뿐이오."

이토오의 부드러운 말투 뒤에는 음흉한 미소가 엿보였다.

이튿날 18일. 경운궁 중화전에서 다시 어전회의가 열렸다. 오만불손하게 먼저 앞장서 충동질을 하는 것은 역시 송병준이었다. 그는 황제에게 윽박지르며 모든 책임을 지라고 목청을 높였다. 그 중 뜻 있는 몇 사람은 듣고 있기가 참으로 민망해 절레절레 머리를 흔들었다.

"하야시 외무가 도쿄오에서 밀명을 받고 와서 언제 무엇을 터뜨릴지 알 수 없으니, 지체할 일이 아닌 줄 아옵니다. 폐하!"

그의 불손한 언행은 분명 협박이었다. 어느 나라, 어느 신하가 임금에게 그토록 무엄하게 협박을 했는지 사기(史記)에도 찾아 볼 수 없는 일이었다.

고종은 이제 노기마저 잃고 눈을 내리 감았다. 만감이 교차되었다. 태조(太祖)가 한양(漢陽)에 왕업을 이룬 이래 오백 년이나 내려 온 사직이 자신 대에 와서 자리를 걷고 마는가 싶었다. 다시 아버지 대원군의 얼굴이 떠올랐다.

대원군은 율곡이 십만 양병을 주장한 선견지명을 항상 잊지 않았다.

당시 선조의 조정은 당쟁으로 국왕의 판단을 흐리게 만들었고 결국 임진왜란을 불러들였었다. 대원군은 그런 어리석은 전철을 두 번 다시 밟고 싶지 않았다.

임진왜란은 조선의 사대주의 본성과 소국 지향적인 국가 경영으로 어느 정도 예상할 수 있는 전쟁이었다. 율곡은 일본과 같은 주변 국가들의 침략을 예견하고 쇠약한 국력을 보강하기 위해 10만 양병을 주장했었다. 지배 계층에 있는 분파적 이기주의자들은 허약한 국가 재정을 빌미로 그 뜻을 이루지 못하게 만들었다. 당시 지배 계층은 국방력 강화보다는 중국에 종속하는데 더 골몰해 있었다. 한심하게도 자주국방은 명나라에 대한 종속의 배반이라고 단언할 정도였다. 대원군은 선조 임금이 저지른 어리석은 전철을 두 번 다시 밟고 싶지 않았다. 그의 수많은 노력은 정적들에 의해 물거품으로 돌아가고 말았다.

명나라를 뒤엎고 중국대륙에서 주인이 된 청나라는 조선의 새로운 존재였다. 숱한 세월이 흐르는 동안 조선의 의식에는 이 세상 어디에도 청을 이길 나라는 없을 것 같았다. 그런 청나라가 나막신 끌고 다니는 체구도 왜소한 일본한테 청일 전쟁으로 어이없이 항복해 버렸다.

해군력을 자랑하던 러시아 발틱 함대도 일본 해군에게 무참하게 참패를 당하고 말았다. 노일 전쟁은 일본을 평가 절하하고 있던 주변 국가들을 아연실색하게 만들었다.

노일전쟁 승리의 여세를 몰아 조선의 초대 통감(統監)에 취임한 이토오 히로부미(伊藤博文)는 대한제국 황제를 협박했다. 명분만 앞세운 '을사보호조약'을 체결하자는 것이었다. 조선 조정의 부패한 역신들은 나라 팔아먹는 일에 이토오보다 한술 더 떠서 악머구리 들끓듯 했었다. 그들은 '을사늑약'을 체결시키는데 공을 다투었다. 결국 일본의 뜻대로 을사늑약이 체결된 것이었다.

이제 대한제국 황제는 자신이 부렸던 신하들에 의해 양위의 협박을 받고 있었다. 옥좌에 앉아 있는 고종의 눈에는 이미 떠나버린 이 나라 충신들이 보일 리가 없었다. 오로지 외적에 빌붙은 역적들만 우글거렸다. 도대체 누구를 붙잡고 한탄한단 말인가. 그의 무겁게 내려 감긴 눈은 좀처럼 떨어지지 않았다. 친일 매국 역신들은 황제의 갈기갈기 찢어지는 성려 따위는 안중에도 없었다. 대부분 송병준의 충정을 속히 가납하고 회의를 끝내자는 표정들이었다. 가련한 황제에게 어느 누구도 동정의 말 한마디 없었다.

이긴 침묵의 시간이 흐른 뒤 이윽고 고종 입에서 옥음이 떨어졌다.

"원로 중신들의 의견을 듣고 중의를 따를까 하오."

이 나라 대한제국 황제가 최후로 내뱉은 말이었다. 그는 이완용, 송병준에게 싸늘한 시선을 던지며 노려보았지만 이미 뱉은 말은 주워 담을 수 없었다. 그 애매모호한 한 마디가 결국 5백년 조선왕조를 결딴내게 될 순서를 밟고 있었다.

1907년(광무 11년) 7월 19일이었다.

대한제국의 황제는 눈물을 흘리며 읽어 내려가다가 목이 메어 조칙을 중단하였다. 자신은 물러나고 제국의 모든 정사를 황태자로 하여금 대리케 한다는 것이었다. 삼천리강토를 통치하며 백성들 위에 절대 지존으로 군림했던 그는 비통한 현실 앞에 가슴이 메어지지 않을 수 없었다. 나라의 국력을 강건(强健)하게 다스리지 못한 군주의 책임이기도 했다. 이제 와서 몸부림치고 통탄해도 남는 것은 허망뿐이었다.

더위가 기승을 부리는 7월의 마지막 날이었다. 고종을 황제 자리에서 물러나게 한 이토오는 조선주둔군 하세가와 사령관에게 밀령을 내렸다. 일본군 12여단장과 막료들을 불러들여 참모회의를 열게 했다. 대한제국의 군대를 모조리 무장 해제시키고 해산해 버린다는 것이었다. 얼굴이 말상처럼 기다란 하세가와는 참모들에게 철저하게 작전 계획을 세우도록 명령을 내리고 그곳을 떠났다.

그 이튿날 대한제국의 시위 혼성여단장, 연대장, 대대장, 기병, 포대장과 모든 지휘관들에게 지체 없는 소집 명령이 떨어졌다. 소집 명령자는 배가 함지박처럼 비어져 나온 군부대신 이병무였다.

이병무는 지휘관들 앞에서 황제의 조칙을 술술 읽어 내려갔다.

황실 시위에 필요한 일부분만 남기고 모든 군대는 해산한다는 내용이었다. 지휘관들은 귀를 의심했다. 청천벽력의 소리가 아닌가. 한 국가를 상징하는 힘은 군대의 병력이었다. 모든 군대를 해산한다는 것은 국가로서는 치명적인 것이었다.

이병무는 지휘관들에게 부대로 돌아가서 부하 장병들을 빠짐없이 인솔하고 훈련원으로 모이라고 했다. 군기 휴대는 일절 금하고 빈손으로 집합하라는 명령이었다.

아무리 상명하복으로 이어지는 군명이라 하지만 한 나라의 군대가 총 한방 쏘아보지 않고 외적한테 굴복한다는 것은 치욕이 아닌가. 무기를 버리고 외적 앞에서 무릎을 꿇으라 하니 억장이 무너지고 통곡할 일이었다.

그런 분위기 속에서도 모든 부대 장병들이 속속 훈련원으로 집합하고 있었다. 황제 양위 때 친위 쿠데타를 일으킨 부대들도 아무런 동요가 없었다. 다만, 아직 움직일 기미가 없는 1연대 1대대에 독촉 전화가 빗발쳤다. 신속하게 도착하지 않으면 군율로 다스리겠다고 송수화기에다 엄포를 놓는 이병무의 가자미 같은 눈에 핏발이 얼핏 보였다. 하세가와의 눈치를 보아야 하는 그로서는 항명이라도 발생할까 싶어 안절부절못했다.

시위대 참령 1대대장 박승환(朴勝煥)은 처음부터 지휘관 소집에도 응하지 않았다. 중대장으로부터 자초지종을 전해들은 그는 비감한 감정과 분노를 짓누른 채 두 눈을 스르르 감았다. 나라를 잃게 된다는 생각을 하니 만감이 교차되었다. 그의 그런 심정을 아는지 모르는지 닥쳐온 국가의 비운을 아직 뼛속 깊이 깨닫지 못한 순진하고 우직한 병졸들만 갈팡질팡하고 있었다.

"비겁한 자식들! 당당하게 한 판 붙어 볼 생각은 않고 군인에게 총을 버리라고? 하긴 교활한 근성을 가진 이또와 같은 족속들이니까."

박승환은 자리에서 벌떡 일어났다.

"어쨌든, 대한제국 황제 폐하의 어명을 거역할 수는 없다! 중대장은 들어라. 나를 대리해서 부대를 지휘하라. 나는 할 일이 따로 있다!"

박승환은 훈련원에 가지 않겠다는 말을 마치고 막사를 나갔다. 그는 대대장 숙실로 들어가자 허리에 찬 권총을 망설임도 없이 뽑아들었다. 자신의 머리에 총구를 대고 미련 없이 방아쇠를 당겼다.

도열한 1대대 장병들이 훈련원으로 막 행진을 시작할 순간 대대장 숙실에서 총소리가 울린 것이다. 그들은 걸음을 멈추고 잠시 긴장했다. 몇몇 장병이 숙실로 급박하게 뛰어들었다. 박승환은 온통 피범벅이 되어 이미 절명해 버린 뒤였다. 외적의 향해 쏘아야 할 총탄으로 애석하게도 자신의 심장을 멈추게 해 버렸다.

"대대장님이 자결하셨다!"

숙실에서 뛰쳐나온 병사가 외쳤다. 그 한마디는 도열해 있는 장병들 가슴에 사정없이 불을 싸질렀다. 5백 명의 장병들은 누가 먼저라고 할 것도 없었다. 그들은 벌떼처럼 무기고를 향해 달려갔다. 일본 교관

몇 명이 노도처럼 밀려드는 장병들의 무리를 겁도 없이 가로 막았다. 찰나였다. 교관들은 외마디 소리도 한 번 지르지 못한 채 대번 피를 토하고 거꾸러져 버렸다.

1대대 장병들과 일본군이 제일 먼저 충돌한 곳은 서소문 일대였다. 1대대의 항쟁 소식은 훈련원으로 가고 있는 인근 부대에도 금방 알려졌다. 시위 2연대 2대대 장병들이 총격전에 합세했다. 2대대 지휘관은 부위(副尉) 남상덕(南相悳)이었다. 항쟁 부대는 일천여 명으로 급속하게 늘어났다. 훈련원에서 총격전 보고를 받은 하세가와는 얼굴색이 갑자기 변하여 경련을 일으켰다. 그는 즉각 조선 주둔 모든 일본군에게 서둘러 비상 전투 명령을 내렸다.

총격전이 벌어지자 서소문과 남대문 일대의 백성들도 너나없이 팔을 걷어붙이고 돌멩이와 몽둥이를 들고 전투 판에 뛰어들었다. 연지동의 나이 어린 여중학생들도 참여했다. 소녀들은 미국인 에비슨(avison)이 설립한 세브란스 병원으로 몰려갔다. 어린 여학생들은 옮겨 온 아군 부상병들을 밤새워 간호하느라고 잠도 잊고 있었다.

일본군은 상대적으로 수가 월등히 많았다. 그들은 신식 무기로 무장한 훈련이 잘된 우수한 군인들이었다. 대한제국 항쟁 부대원들의 수는 소수에 불과했다. 그들을 대적하기에는 중과부적이었다. 타오르는 충성과 용기만으로는 중무장한 일본군을 꺾을 수가 없었다.

8월 3일 총소리는 서서히 멎어 들었다. 그 대신 백성들의 애끓는 통곡소리가 한성 거리를 떠돌았다. 서소문, 경운궁 주변 담벼락은 총알 자국으로 숭숭한 벌집이 되었다.

일본군과의 교전에서 대관 권기홍, 참위 이충순, 남상덕 외 아군 전

사자는 백여 명에 부상자는 사백여 명이었다. 일본군 피해도 비슷한 것 같았다. 부상자의 숫자는 정확하게 알 수 없지만 사망자가 백여 명은 훨씬 넘는다는 소문이었다.

삼개나루의 밤은 좀처럼 잦아들지 않는 거센 바람 속에서도 속절없이 깊어가고 있었다. 세동과 국환의 밀담은 쉽게 끝나지 않았다. 주모가 조금 전에 가져다 놓은 술 주전자를 국환이 말없이 집어 들었다. 사양하는 세동에게 잔을 먼저 권하고 술을 따랐다.

"그때 훈련원에 집합해 있던 모든 군인들이 함께 자리를 박차고 일어서야 하는 것인데, 갑작스러운 일이긴 하나 조직적으로 대응하지 못한 게 아쉬웠소."

국환은 시위대의 항쟁에서 군인들이 적극적으로 대처하지 못한 것을 안타까워했다.

"글쎄 말입니다. 어쨌든 그 여파로 지방의 진위대가 일어선 모양입니다. 원주 진위대 민긍호가 제일 먼저 항일 기치를 올렸다 합니다. 도성에서는 우리 군대가 멋모르고 당했지만 지방 병력은 호락호락하지 않을 것 같습니다."

시위대의 항쟁 여파로 지방의 진위대가 속속 항일 기치를 내세우고 있었다. 각 지방에서 안중근(安重根), 신돌석, 이인영, 이범윤, 이진범, 이강연 등이 각각 수백, 수천의 무리를 규합하여 의병장이 되었다.

한성에서 일어난 시위대 항쟁 열기는 시간이 지나면서 차츰 가라앉았다. 이토오는 일정대로 대한제국의 군대를 해산시킨 셈이었다. 그는 전국에서 일어나고 있는 의병 따윈 아랑곳없다는 듯 소란스러운 치안

문제를 하세가와에게 슬쩍 밀어놓았다.

"사령관, 조선의 군대 해산도 이 정도로 해결을 보았으니 이제부터 사소한 일은 사령관이 알아서 하시오. 그러나 정신을 바짝 차려야 할 것이요."

이토오는 고종을 태황제(太皇帝)로 칭하고 경운궁을 덕수궁(德壽宮)이라 고쳐 부르도록 했다. 그는 고종이 만년에 아끼고 사랑하는 어린 왕자 이은(李垠)을 재빠르게 황태자로 책봉해 버렸다. 그런 다음 신교육이라는 명분을 내세워 일본에 데려다 놓았다. 이토오가 의친왕 이강을 배제하고 나이 어린 이은을 황태자로 세운 것은 나름대로 속셈이 있었다.

이강은 청년기라 할 수 있는 30세의 의젓한 호남이었다. 명석한 머리와 지식이 충만해 있을 뿐만 아니라 신체 또한 건강했다. 대한제국의 황태자로서 전혀 손색이 없었다.

이강은 청일 전쟁 후 보빙(報聘) 대사로 일본을 다녀왔었다. 이어 이듬해 여름 대한제국의 특파대사로 영국, 독일, 러시아, 이탈리아, 프랑스를 차례로 방문했다. 의친왕에 봉해진 것은 미국을 다녀온 1900년 8월이었다. 3살짜리 이은과 함께 왕이 되었다. 서열로 따진다면 아들이 없는 순종의 다음 황제 계승자는 당연히 이강이었다.

음흉한 이토오는 병약한 황제 순종이 후사를 가지지 못할 것을 간파했다. 순종이 갑자기 죽어 건장하고 똑똑한 이강이 덜컥 황제 뒤를 잇기라도 한다면 조선 식민 정책에 어떤 혼란이 발생할 지 예측할 수 없었다. 이강은 외국 여러 나라를 돌아다니면서 문물에 대한 식견을 훤히 익힌 몸이었다. 국제 정세까지 내다볼 줄 알았다.

일본으로서는 의친왕이 황제가 된다면 지금까지 조선을 합방하기 위해 흘린 피와 땀은 물거품이 되는 것이었다. 이토오는 계책을 쓸 수밖에 없었다. 이은을 황태자로 세우기 위한 엄비와 고종의 은근한 심중도 헤아렸다. 그는 아무 능력도 발휘하지 못할 어린 영친왕을 불시에 황태자로 만들어 볼모로 잡은 것이었다.

그 일에 스스로 앞장 선 조정 중신은 다름 아닌 송병준과 이완용이었다. 두 사람은 뜻 있는 주위 사람들의 비난도 못 들은 척 무시하고 이토오의 모든 일에 자청해서 견마(犬馬)잡이가 된 것을 가문의 영광이라 떠벌리며 설쳐대었다.

영친왕을 도오쿄오에 데려다 놓고 한성으로 돌아왔던 이토오는 순종과 남서순행을 마친 뒤 무슨 연유인지 일본으로 다시 건너가 버렸다. 고종을 황제 자리에서 몰아내고 순종을 허수아비처럼 내세운 그는 조선의 군대까지 해산시켜 버렸으니 두려울 것이 없었다.

이토오가 일본에 건너간 사이 전국 방방곡곡에서 의병들이 들끓자 하세가와는 본국에 요청해 2개 연대 병력을 더 증강시켰다. 의병장(義兵將) 민긍호가 순사하고, 허위, 최봉래, 이명하, 이강년, 김석하가 차례로 붙잡혀 목숨을 잃었다.

그런 험악한 시절에 이완용과 송병준은 일본한테 10만 원의 논공상금을 받았다. 송병준은 그마저도 모자랐는지 자결한 충정공 민영환의 유산 7백 석까지 빼앗아 착복을 해 버렸다.

주막의 밤이 깊어 갈수록 나루터 주변을 휩쓸고 있는 극성스러운 바람은 봄을 시샘하는 전령인 것 같았다. 봉놋방의 두 사람 목소리는 여전히 조용하게 이어지고 있었다.

"부통감 소네한테 직무를 넘기고 일본에 건너간 이또가 또 무슨 흉계를 꾸밀지 걱정이오."

말을 마친 국환이 술잔을 소반 위에 소리 없이 내려놓았다. 주모가 아궁이에 장작개비를 더 쑤셔 넣었는지 삿자리 밑이 뜨겁게 이글거렸다. 아랫목으로 앉아 있는 마른 체형인 국환은 가끔 양 쪽 엉덩이를 번갈아 옮겨 놓아야 했다. 그의 그런 고행은 조용하고 은밀하게 이루어지고 있어 세동이 알아차릴 수 없었다.

2
하얼빈의 총성

황제 순종과 남서순행을 다녀온 이토오가 통감부의
직무를 부통감 소네 아라스케에게 별안간 덜컥 맡겼다. 그런 다음 곧
바로 일본으로 건너가 버렸다. 그 까닭을 아는 사람은 없었다. 그는 일
왕 명치에게 조선통감 직책을 소네에게 완전히 넘겨주겠다는 허락을
받았다. 이토오는 다시 조선으로 건너올 차비를 서둘렀다.

　그의 야망은 조선 반도에만 머무르고 싶지 않았다. 대륙을 거쳐 만
주까지 집어삼킬 당찬 꿈을 키우고 있었다. 국환은 그런 기미를 걱정
했다.

　"사동궁 전하께서도 말씀하셨지만, 세계 열강들은 약소국들을 하나
둘 집어삼키기에 혈안이 되어 있소. 황제께서 보낸 헤이그 만국평화회
의에서 을사늑약 무효화 선언이 도움을 받지 못한 것도 강대국들마다
그런 속셈을 가지고 있기 때문이 아니겠소. 미국이 스페인과의 전쟁
(미서전쟁 1898년)에서 이긴 후 필리핀을 손에 넣은 것만 보아도 알 수

있지요. 약소국을 놓고 강대국들끼리 나누어 먹기 식으로 침략행위를 묵인하고 있는 것이오. 청나라나 러시아, 영국, 불란서, 미국, 독일, 그 어느 나라도 믿을 수 없는 형편이 되었소. 우리 스스로 독립 의지를 키우지 않으면 안 되오. 급하게 서둘기 보다는 먼 안목으로 준비를 해야 할 것이오."

국환의 말속에는 굳은 의지가 깃들어 있었다.

"의친왕께서 전국에 학교 세우는 일에 앞장서 지원하시는 것도 그런 맥락이겠습니다."

세동은 상대의 의중을 빠르게 짚어내었다.

"전하께서는 앞으로 조선을 이끌어갈 젊은이들에게 신학문 교육은 매우 중요하다고 생각하고 계십니다. 안창호, 이종호, 윤치호, 이승훈 같은 분들이 학교를 세우듯이 그런 사업을 하고 싶어 하십니다."

이강은 이미 제국주의에 접어든 국제사회가 일본의 조선 침략에 대해 트집을 잡지 않는 이유를 잘 알았다. 그럴수록 조선은 독립할 수 있는 힘을 기르며 때를 기다려야 했다. 미래를 내다보고 있는 그는 젊은 인재 양성의 중요성을 깨달았다.

"지난번 김 비(의친왕의 正妃)마마 집안의 토지까지 팔아 전하께서 독립군자금을 보낸 사실을 전해 듣고 감명 받았습니다."

"그 일에 대한 정보를 알지 못했을 터인데, 통감부에서는 전하께 여러 차례 일본으로 떠나갈 것을 요구했으나 강경하게 거부했어요. 성격이 워낙 꼿꼿하시니까 잘 견디시었소."

"전하께서 몸소 고통당하시는 것을 보면 조정 역신들을 단칼에 요절내고 싶습니다."

세동은 주먹을 다시 불끈 쥐었다.

"역신들이 지금은 저희들 세상이라고 활개를 치고 있지만 언젠가는 징벌을 받을 것이오. 그건 그렇고 이또가 일본에서 돌아오면 또 무슨 일이 터질지 예측할 수 없어 신경이 곤두섭니다. 객주께서 자금을 미리 준비해 두는 것이 좋을 듯하오."

"말씀만 하십시오. 어음보다는 쓰기 쉬운 현금으로 준비하겠습니다."

밀담을 마친 두 사람이 삼개나루를 떠나 소의문(昭義門) 부근에서 헤어질 때에는 자시(子時)가 가까워져 있었다.

드디어 대 일본제국의 추밀원의장 이토오 히로부미 공작이 일본에서 조선으로 건너오자마자 분주해졌다. 그는 대륙으로 진출하기 위한 첫 걸음을 준비했다.

1909년 10월 26일 오전 10시

그는 특별열차로 요란한 기적을 울리며 하얼빈 역으로 들어서고 있었다. 플랫폼에는 러시아 재무상(財務相) 코코프체프와 하얼빈 주재 각국 외교관들, 러시아군 의장대가 도열한 채 그를 기다렸다. 천여 명의 내외 귀빈들이 들끓고 있는 플랫폼을 향해 특별열차가 서서히 미끄러져 들어와 하얀 증기를 내뿜으며 멈추었다.

수십 명의 일인 고관들이 열차 승강대를 먼저 내려와 도열했다. 이어서 이토오가 단구의 키에 하얀 수염을 날리며 승강대에 내렸다. 환영객들이 동양의 영웅을 가까이서 보기 위해 밀어닥쳤다. 이토오는 시종 부드러운 미소를 잃지 않았다. 그의 눈 밑에 붙어있는 콩알 같은 검은 사마귀가 유난히 커 보였다.

이토오는 러시아 코코프체프 재무상과 각국 외교관들에게 의례적인 인사를 나누었다. 그는 의장용 흰 장갑을 끼고 있었다. 보통 때와는 달리 그 장갑이 별스럽게 차가워 보였다. 이토오는 의장대 사열을 하기 위해 걸음을 서서히 내딛기 시작했다.

그때였다. 군중들 틈을 날쌔게 비집고 나오는 사내가 보였다. 그는 헙수룩한 양복에 머리는 헌팅캡을 눌러 쓴 채 의장대 앞줄까지 단숨에 뛰쳐나왔다. 사내의 손에는 부로닝 6연발 권총이 들려 있었다.

순식간이었다. 누구도 그 사내를 막지 못했다. 이토오에게 근접한 사내의 총구에서 불이 뿜어져 나왔다. 백발의 이토오가 제일 먼저 푹 고꾸라졌다. 동양의 거물이라는 그의 작은 체구가 차가운 땅바닥에 볼 폼 없이 나둥그러졌다. 이어서 양복 입은 키 작은 일인이 또 쓸어졌다. 동양의 신사들만 자꾸 거꾸러지고 있었다. 사내는 총알을 아낌없이 모조리 날려버렸다. 일본 영사 가와까미, 만주 철도이사, 궁내대신 비서관 모리가 차례로 숨을 거두었다. 북만주의 차가운 공기를 찢은 총탄의 금속성이 역구내를 발칵 뒤집어 놓았다. 절명한 그들은 말이 없었다. 한낱 고기 덩이에 불과했다.

그 순간 플랫폼은 아수라장이 되었다. 총알을 모두 소진한 사내는 두 팔을 번쩍 쳐들었다.

"대한제국 만세! 대한제국 만만세!"

목청이 찢어지도록 외치는 사내는 대한제국의 남아 안중근이었다.

탐욕으로 가득 차 있던 이토오의 역사는 하얼빈역 철로 위에서 더 나아가지 못하고 멈추어 서고 말았다. 그를 죽임으로써 치욕의 분이 겹겹이 쌓여 있는 조선민족의 응어리는 과연 풀어졌는가?

의사 안중근은 조선의 젊은이들에게 한결 같은 용기를 심어주었다. 의로운 마음으로 외적을 물리치려는 안중근의 행동은 잠시 방황하고 있는 민족을 숙연하게 만들었다.

이토오가 암살되자 국내의 친일파들은 파랗게 사색이 되어 놀란 가슴을 진정하지 못하고 우왕좌왕 날뛰었다. 그 와중에 아직 정신을 차리지 못한 역신들은 또 하나의 공을 세우기 위해 치열하게 다투었다. 이완용은 황제 순종에게 통감부로 친히 나가 조위를 표하라고 강요했다. 그들은 각의를 열어 외적 괴수 이토오에게 문충공이라는 시호까지 내렸다.

일진회를 이끄는 송병준, 이용구는 사죄 특사를 일본에 보내야 한다고 기염을 토했다. 이완용, 윤덕영, 조민희, 유길준은 대련(大連)으로 신발을 거꾸로 신은 채 달려갔고, 김윤식, 박제민, 민병석은 일본으로 날아갔다. 국내에서는 민영우가 이토오의 동상을 세우자고 주책없이 떠들자, 이학재는 송덕비를 세워야한다고 게거품을 물었다.

어쨌든, 이토오의 장례는 성대하게 치러졌다. 조선 내각에서는 그의 유족에게 10만 원의 위로금을 전했다. 부제비가 3만 원이나 들어갔다.

서른 두 살의 안중근은 남의 나라 땅 여순 감옥, 바다가 내려다보이는 나직한 언덕에서 조국이 독립하기에는 아직 충분하지는 못했으되 당당하게 일생을 마감했다.

"나 죽어도 일본인이 관리하는 땅에 묻히기를 원치 않으니 하얼빈에 묻어 내 뜻을 만인에게 전해다오. 그러다가 조국이 독립되거든 내 뼈를 조국 땅에 묻어다오."

그가 이 세상에서 마지막으로 남긴 말이었다.

조선통감 소네는 이토오의 일본 장례 행사에 조선 황족을 보내고 싶어 안달을 했다. 그는 통감부 고위 관리를 통해 사동궁 의친왕에게 친서를 보냈다. 대한제국 황실 대표로 의친왕이 일본으로 건너가 사죄하라는 내용이었다. 이강이 그들의 뜻에 순순히 따르지도 않겠지만 도무지 분별력이 없는 일본 관리들의 정서에 혀를 내둘렀다.

"저 왜인들은 도대체 이해를 할 수가 없는 족속들이군. 내 동포의 의로운 총탄에 죽은 적국의 괴수를 조문하란 말인가? 제발 나를 비웃게 만들지 말라. 썩 물러가라고 하라!"

궁 안에서 노기 띤 이강의 쩌렁 쩌렁한 목소리가 흘러 나왔다. 현관 앞에서 답신을 기다리고 있는 귀 달린 통감부 관리도 확연하게 들었다. 의친왕이 단호하게 거부한 한 마디는 소네를 웃음거리로 만들었다. 소네는 호락호락한 조선 조정의 대신들과는 달리 의연하면서도 강직한 의친왕 앞에서는 속수무책이었다.

같은 친일파라도 일진회 이용구는 한술 더 떴다. 그는 조선을 일본에 합방해 주십사 하고 청원장과 성명서를 내놓았다. 청원장은 조선통감 소네와 대한제국의 참정대신에서 관직명이 총리대신으로 바뀐 이완용에게 호소하는 것이었고, 성명서는 조선 백성들에게 고하는 참으로 지각없는 경거망동한 행동이었다. 그 내용은 일황 명치와 수상 가스라가 주재한 어전회의 결정과도 상통하는 것들로 일본에 건너간 송병준이 앞장서고 최정규, 서창보, 이학재와 함께 작성한 합방선언과 맥을 같이 해서 더욱 기가 막혔다.

그 무렵 국환은 세동의 아들 우만을 데리고 의친왕이 기거하는 사동궁을 조심스럽게 찾아들었다. 이토오가 암살되고 나서 한성 거리의 검문이 살벌해졌다. 국환은 사동궁 출입에 조심을 하지 않을 수 없었다. 얼마 전 독립군 양성을 위한 의병기지 훈련소로 쓰일 경상도 거창 사선대 땅을 매입한 것이 발각되어 사동궁에도 감시가 한층 강화되어 출입이 여의치 않았다.

지난 가을이었다. 이강은 국환과 함께 여행 차림으로 비밀리에 경상도로 떠났었다. 국환이 은밀히 매입해 놓은 의병기지 땅을 둘러보기 위해서였다. 그곳은 거창군 북상면에 있는 사선대(四仙臺) 주변이었다. 땅을 둘러본 이강은 매우 흡족했다. 거창은 옛날부터 험준한 산세가 가로막고 있어 외부 사람이 들어가기가 용이하지 않은 곳이었다. 사선대는 첩첩 산중 월성(月星)이라는 깊은 계곡 상류에 위치해 있었다. 일제의 관심을 아주 감쪽같이 따돌릴 수 있는 천해의 요새였다. 산이 깊고 물이 풍부해서 의병들을 마음 놓고 훈련시킬 수 있어 안성맞춤이었다.

이강은 그곳에서 보름 정도 머물 계획이었다. 그동안 그는 조정에서 승지 벼슬을 지낸 향리에 내려와 살고 있는 정태균(鄭泰均)을 불렀다. 이강은 그에게 의병기지 설립의 뜻을 밝혔다. 정태균은 감격했다. 의친왕은 결코 자유롭지 못한 황족이었다. 나라를 구하고자 손수 몸을 던져 의병기지를 만들고자 불원천리 마다하지 않는 그가 우러러보였다. 노 신하의 눈에서 굵은 눈물줄기가 떨어지며 마른 땅을 적셨다. 정태균은 의병 모으는 일을 자진했다. 그는 임필희(林苾熙)와 함께 북상, 위천, 안의, 함양, 장수, 진안 등 인근 고장을 돌며 은밀히 모병을 하고 다녔다. 열흘 사이 우국 청년들이 단번에 구름같이 모여들었다.

이강은 가슴 밑바닥에서 솟구쳐 오르는 감격으로 목이 메었다. 잃은 나라를 되찾기 위한 젊은 청년들의 의기가 그토록 대단할 줄 몰랐다. 그는 거창으로 모여든 의기충천한 의병들만 가지고도 조선 땅을 무력으로 짓밟고 있는 일본군을 충분히 몰아 낼 수 있을 것 같은 기분이 들었다.

거창에 내려 온 지 보름째 되는 날이었다. 숙소에서 혼자 저녁밥을 먹은 이강은 이런 저런 감회에 젖어 있었다. 국환과 정태균, 임필희는 마침 함양에 우국 청년들을 만나러 가고 없었다. 그는 느닷없이 들이닥친 일본 헌병들에게 어이없이 잡혀 서울로 압송되었다. 함양에서 소식을 전해들은 국환 일행 세 사람은 전라도로 피신할 수밖에 없었다.

일본 헌병대는 이강이 분명히 혐의가 있기는 한데 조선의 왕자를 심문할 수는 없는 일이었다. 그들이 조사를 한다고 해도 의친왕이 고분고분 응할 인물도 아니었다. 함양에서 세 사람의 피신으로 사건의 전모는 밝혀지기가 어렵게 되었다.

이강이 수많은 노력을 들인 거창 의병기지 창설 계획은 조선인 일본 첩자의 밀고로 아깝게도 빛을 보지 못하고 무산되고 말았다. 그나마 뜻을 함께 한 사람들은 모두가 무사해서 다행이었다.

사동궁에 찾아와 나란히 부복한 국환과 우만에게 의친왕은 의자에 자리를 내 주었다. 이강의 근엄하면서도 훤칠하고 지적으로 생긴 풍모가 항상 우만을 압도했다, 두 사람에게 이강은 언제나 밝은 모습을 보였으나 어딘지 모르게 우울하고 고독한 그림자가 깃들어 있었다.

이강은 우만을 처음 보았을 때 사람됨을 단번에 알아보았다. 그를 대견하게 여기며 관심을 두었다. 특히 영어와 일본말에 능한 우만을 훌륭한 재목감으로 생각했다. 귀공자처럼 풍기는 외모와 품위 있는 언행도 마음에 들었다. 그가 태견의 고수일 뿐 아니라 검술의 명인이라는 것도 이강은 알았다. 우만은 신기에 가까울 정도로 변장술에도 능했다. 도성 거리에서 그의 신분을 정확하게 제대로 아는 사람은 거의 없었다.

"죽은 이또의 조문 사절을 거절하신 전하의 뜻을 장안의 식자들이 매우 통쾌하게 생각하고 있습니다."

인사가 서로 오고 간 뒤에 국환이 먼저 이강에게 한 말이었다.

"이또가 안중근 중장의 총탄에 쓰러지고 나서 친일 매국노들이 연이어 칼을 맞고 있다는데 그 사건을 알고 있소?"

이강은 요즈음 장안에서 일어나고 있는 유쾌한 소문에 대해 물었다.

이완용이 명동성당 앞에서 평양 출신 이재명(李在明)의 칼에 가슴을 맞아 고꾸라졌다. 그러나 목숨이 질긴지 생명에는 아무 지장이 없었다. 이완용을 공격한 범인은 밝혀졌으나 송병준과 이용구에게 일격을 가한 범인은 오리무중이었다. 장안 곳곳에 범인을 잡기 위한 헌병들의 번뜩이는 눈이 살벌했다.

송병준과 이용구가 하루 사이에 집 앞에서 차례로 비수를 맞았다. 공교롭게도 두 사람 모두 어깨를 맞아 견갑골이 부러졌다. 겁이 많은 이용구는 집 안에 들어박혀 두문불출이었고, 이완용은 헌병의 호위를 받아 온양으로 부랴부랴 요양을 떠났다. 그러나 송병준은 보란 듯이 붕대로 싸맨 어깨를 드러내놓고 삼엄한 헌병의 호위를 받으며 여전히 통감부를 제 집처럼 들락거렸다.

"소인은 그 소식에 대해 아는 바가 없사옵니다. 다만 정체를 알 수 없는 괴이한 청년이라는 소문만 들었습니다."

"자네도 모르는가?"

이강은 우만이 검술의 명인이라는 것을 기억해 내며 부드러운 눈길로 물었다.

"소인 역시 소문만 흘려들었을 뿐 자세히는 알지 못합니다. 전하."

우만의 음성은 또렷하고 힘이 넘쳤다.

"나라를 걱정하는 젊은이들이 늘어날수록 보람은 느끼지만 아무런 도움을 줄 수 없으니 안타깝군."

"역적들은 옆에 호위병까지 붙여 거동하고 있는데 그들을 공격하기란 쉽지 않은 일이지요. 담력이 대단한 청년입니다."

"영감께서 좀 상세하게 알아보구려, 잘못되기 전에 우리가 도움을 줄 수 있는지 말이요."

"전하, 그만한 배짱이면 자신의 몸 하나는 충분히 지킬 줄 아는 청년이라 짐작되옵니다. 심려 마옵소서. 알아보도록 하겠습니다."

송병준과 이용구에게 비수를 날린 청년은 우만이었다. 그는 그처럼 자신을 노출시키지 않고 신출귀몰하게 움직이고 있었다. 그가 자유로울 수 있는 것은 단신으로 일을 처리하기 때문이었다. 그 사건에 대해서도 의친왕과 국환에게 조차 발설하고 싶지 않았다.

우만이 비수를 날려 매국역적들의 견갑골을 부러뜨린 것은 그들에게 경각심을 주기 위해서였다. 단 한 방으로 그들의 심장에 비수를 꽂을 수도 있었다. 그러나 무술을 배울 때 스승으로부터 하찮은 미물 일지라도 목숨을 해쳐서는 안 된다는 가르침을 아직은 따르고 싶었다.

국환이 말을 이었다.

"그리고 서대문 원각사(圓覺社)에서 일진회와 이완용 내각을 타도하는 군중집회가 있은 뒤 그 열기가 대단합니다. 독립문과 장안거리 곳곳에 백성들의 노호가 하늘을 떠메고 있습니다."

군중집회는 일진회의 합방성명을 정면으로 반대했다. 대한제국을 수호하기 위해서는 이완용과 송병준 친일 내각 역적들은 모조리 처단해 버리자고 외쳤다. 군중집회가 확산되자 병약한 통감 소네는 덜컥 드러눕고 말았다.

원래 약골인 소네가 과도기인 조선통감부를 이끌기에는 역부족이었다. 그는 오래 전부터 심장병을 앓았다. 도저히 통감업무를 수행할 수 없어 결국 본국으로 돌아가 병원 신세를 지게 되었다. 조선 백성들은 좋은 징조라고 모두들 기뻐했다.

백성들은 이토오가 암살된 뒤 통감 소네마저 군중집회 여파로 기겁을 하여 본국으로 도망쳐 버렸다고 믿었다. 이제 조선 강토에 새 봄이 오는가 하고 장안 백성들은 들떴다.

일본 정부의 치밀한 정략을 조선 백성들이 알 수 없었다. 소네가 병이 들어 본국으로 돌아갔다고 했지만 그 조용해 보이는 사건은 일본 수상 가스라와 송병준이 은밀히 만든 합작품이었다.

박제순 내각이 물러갔을 때 송병준은 일약 농상공부 대신이 되었다. 그때 일본 내부에서는 조선합방 문제를 놓고 의견 차이가 있었다. 노회한 이토오는 국제 정세와 조선인들의 저항을 우려해 점진적 방법을 취하고 싶었다. 수상 가스라와 육군대신이었던 데라우치 마사다케와 쵸슈(長州) 군벌 계통은 즉각적인 합방을 주장했다.

이토오가 조선통감 자리를 소네에게 맡기고 일본으로 건너간 까닭은 육군 군벌들의 세력에 의해서였다. 그 이면에 송병준도 끼어들었다. 그는 수상 가스라에게 밀명을 받아 진작부터 남 몰래 일본 왕래가 빈번했다.

　소네 아라스케가 조선통감이 되었을 때 송병준은 심기가 편하지 않았다. 이완용과 가깝게 지내는 문관 출신인 소네를 못마땅하게 생각할 수밖에 없었다. 송병준은 군벌 세력이 통감을 교체하려는 은밀한 움직임에 재빠르게 가담했다.

　이완용과는 달리 송병준은 일본말을 자유자재로 구사하는 능력을 가지고 있었다. 그가 일본 내각에 신임을 받고 있는 이유도 유창한 일본말 때문이었다.

　송병준은 일본 상인 오쿠라와 만나면서부터 재물 긁어모으는데 맛을 들였지만 한때는 목숨을 부지하기 위해 일본으로 도망친 일도 있었다. 송병준이 일본말을 잘 하게 된 것도 이 때 일본에 장기 체류하면서 일본말을 배웠기 때문이다.

　송병준은 이완용의 학문을 발뒤꿈치도 따라가지 못했으나 타고 난 교활한 성격과 처세술을 앞세워 일본의 막강한 권력자들을 사로잡으며 교유했다. 이토오가 이완용 매국내각을 상대로 조선 합방을 공작하고 있을 때 송병준은 일본 우익의 하수인이었다.

　송병준은 하세가와 요시미치 조선주둔군 일본사령관을 통해 일본 육군 군벌의 지원과 지시를 받았다. 일방 그는 일본 우익의 거두이며 흑룡회 회장 우치다 료헤이를 통해 정계의 대부 스기야마 시게마루의 지휘도 받고 있었다. 더 나아가 죠수 군벌의 정권을 장악하고 있는 데라우치 마사다케를 등에 업고 조선합방을 이면에서 움직였다.

일본 정부는 이토오와 이완용 내각, 일본 흑룡회와 조선 일진회라는 두 세력을 적절히 활용하면서 조선합방 공작을 추진하고 있었다. 송병준과 이완용은 각각 다른 연줄을 가지고 서로 견제와 대립하면서 나라 팔아먹는 일에 다투어 앞장선 인물들이었다.

"소네 통감이 갔지만 머지않아 후임이 올 것인데, 그게 걱정이오. 오히려 심약한 소네가 그 자리를 지키는 것만 못할 것 같소."

의친왕은 무관 출신으로 성격이 강한 통감이 오게 되면 정국이 급변하게 될지 모른다는 불안감을 떨쳐버리지 못했다.

"며칠 뒤에 오쿠라가 조선으로 건너온다는 정보가 있습니다."

국환이 자세를 고쳐 앉으며 이강에게 말했다.

"오쿠라라 하면 일본 군납업자? 그 자가 왜?"

"일본에서 무시할 수 없는 거부로 성장한 그가 한성에서 물산회를 개최할 계획을 가진 모양입니다."

"물산회라면 박람회 같은 것 아니오?"

"예, 전하. 일본 상품을 조선에 팔아먹기 위한 계책이라 할 수 있습니다. 그 자가 사람을 넣어 채 객주에게 도움을 청했습니다."

"도움이라니? 채 객주가 오쿠라를 어떻게 아는가?"

"국적은 달라도 같은 상인이다 보니 통상 때문에 자연스레 알겠지요. 오쿠라가 객주들을 초청해서 설명회 같은 것을 할 모양입니다. 그래서 전국 객주들의 동원을 부탁해 온 것입니다. 채 객주는 거절할 수 없는 입장이므로 오히려 그 기회를 우리가 이용할까 합니다. 설명회 때 통감부의 고급 관리와 매국 역신들도 대거 참석한다고 하니 고육책을 써 보겠습니다."

국환이 말한 고육책은 물산 설명회를 위한 축하 연회 때 이완용에게 일본어를 통역할 인물로 우만을 내정해 놓았다는 것이었다. 우만이 이완용의 환심을 사기만 하면 그를 이용해 많은 정보를 얻을 수 있다는 판단이었다.

"우만의 활약이 기대되는군. 앞으로 이 나라 조선을 자네들이 이끌어 가야 하니 그런 경험도 중요하지. 좋은 계획 같소."

이강은 자리에서 일어나 우만에게 다가가 두 어깨를 두드리며 격려해주었다.

"전하! 이것은 소인 아버지께서 전해 올리라는 것이옵니다."

우만은 가지고 온 가방에서 돈뭉치를 꺼내 놓았다. 그것은 의친왕이 젊은 인재들을 양성할 학교 설립에 필요한 토지 매입자금 5만 원이었다.

"아버지께서 직접 전해 올리지 못함을 용서하십시오."

"아닐세, 매번 이렇게 큰 도움만 받으니 염치가 없군. 하루 빨리 이 나라가 독립이 되어야 그 은혜를 갚을 터인데. 그래, 모두 이렇게들 노력하는데 하늘도 무심하지 않겠지."

사동궁을 물러 나온 국환과 우만은 종루에서 헤어졌다.

3

백정의 갓

우만은 몇 달째 만나지 못한 한 살 위인 친구 박서양을 만나러 세브란스 병원으로 갔다. 세브란스는 조선에 처음 세워진 제중원 다음의 외국인 병원이었다. 서양은 세브란스에 외과의사로 근무하고 있었다. 본명이 봉출인 서양은 조선에서 세브란스 의과 전문학교를 첫 번째 졸업한 7명 중 한 사람이었다. 그의 아버지 박성춘도 백정으로 우만이와 같은 동네 관자골에 살았었다. 박성춘은 궁중 제사에 필요한 희생 제물을 공급하는 백정이었다. 천성이 부지런하고 머리를 일찍 깨우친 그는 재산을 꽤 모았다. 그 역시 백정 신분에서 벗어나기 위해 푸주한이 되어 성(城) 안으로 들어와 살고 있었다.

천민 중의 천민인 백정은 어른이 되어도 상투를 틀지 못했고, 평생 갓도 쓸 수 없었다. 관동지별(冠童之別)의 풍속에 따라 아무리 어린아이라도 양반 자손으로 갓만 썼다하면 깍듯이 어른 대접을 해야 했다.

박성춘은 조선에 파견된 선교사 무어(moore)의 백정 출신 첫 신자라 할 수 있었다. 그가 유행성 콜레라에 걸려 사경을 헤매고 있을 때였다. 무서운 전염병이라 누구도 박성춘의 옆에 얼씬거리지 않으려했다. 딱한 사정을 전해들은 무어가 자청하고 나섰다. 그는 세브란스 병원을 설립하기 전 의사로 있는 에비슨에게 간곡히 부탁을 해서 박성춘에게 여러 차례 왕진까지 하며 병을 깨끗이 낫게 해주었다.

　　에비슨은 고종황제의 시의(侍醫)이기도 했다. 고종이 진찰을 받을 때는 조선말이 서툰 에비슨의 초기통역을 의친왕이 맡았었다. 이강은 미국에서 유학을 한만큼 원만한 영어는 자신 있게 소화했다. 대한제국의 황족뿐만 아니라 귀족 중에서도 영어를 제대로 할 줄 아는 인물은 이강뿐이었다. 고종은 통역을 훌륭하게 해 내는 의친왕을 무척 자랑스러워했다. 그런 일로 이강은 고종에게 많은 신임을 받으면서 에비슨과도 가깝게 지내고 있었다.

　　일반 백성들은 황제의 시의 신분인 에비슨에게 감히 함부로 근접할 수 없었다. 황제의 옥체를 만진 손으로 천민인 자신의 몸을 직접 진찰하며 병을 완치시키자 박성춘은 감명 받았다. 그 일로 인하여 세브란스에는 생각지도 못한 일이 벌어졌다. 어느 날부터 환자들이 뚝 끊어져 버리고 말았다. 백정의 몸을 만진 에비슨의 손에 진찰 받을 수 없다는 것이었다.

　　박성춘은 천주교 신자였으나 무어와 에비슨의 전도로 예수교 신자가 되었다. 그는 아들 봉출의 이름까지 '서양(西洋)'으로 바꾸어 버렸다. 인권 차별이 없는 서양을 동경해서 지은 이름이었다. 박성춘은 서양이와 딸 순임까지 '곤당골' 교회 주일학교에 꼭 데리고 다녔다.

곤당골 교회 신자 대부분은 중상층 이상의 양반들이었다. 그들의 항의가 빗발치기 시작했다. 하인이나 상(常)것들과 함께 예배를 보는 것은 참았지만 백정 출신만은 절대 안 된다고 목소리를 높였다. 귀천 분리의 관습을 하루아침에 깰 수 없다는 것이었다.

무어의 생각은 달랐다. 교회 안에서까지 인간 귀천을 구분하는 것은 복음 정신에 위배된다고 그는 양반들을 조용히 설득했다.

"사람은 다 같은 하나님의 자녀입니다. 한 방에서 모두 함께 예배를 드리는 것이 옳습니다. 기독교는 양반들만 믿는 종교가 아닙니다. 천한 자, 소외된 자, 죄 짓고 죽어 가는 인간들을 구원해서 다 함께 천당으로 보내는 것이 기독교입니다."

양반들은 고집을 꺾지 않았다. 결국 남녀 좌석을 휘장이나 병풍 따위로 분리하는 것으로 겨우 합의를 보았다. 그러나 좌석을 분리했는데도 반발이 심한 양반들은 차츰 교회를 빠져나가기 시작했다. 그들은 아예 창덕궁 근처에 따로 '홍문수골'이라는 교회를 세워 버렸다. 곤당골 교회는 자연히 서민과 백정 중심의 교회로 자리를 잡아가고 있었다.

박성춘은 무어와 함께 전국적인 선교 활동에 앞장을 섰다. 그는 교회 헌금에 인색하지 않았다. 교회 일을 열심히 하면서 무어와 황제의 시의인 에비슨의 역량을 이용할 줄도 알았다. 두 사람을 앞세워 백정 신분 철폐운동을 전개했다. 어려운 노력 끝에 얼마가지 않아서 마침내 그 뜻이 이루어졌었다.

그 일에 적극적으로 앞장서 도움을 준 또 다른 인물이 있었다. 바로 의친왕이었다. 에비슨은 외국 여러 나라에서 유학을 하고 영어에도 능통한 황족인 의친왕에게 도움을 청하지 않을 수 없었다. 신분 철폐운동을 제일 먼저 그가 이해할 것이라고 에비슨은 믿었다. 이강은 두말 않고 그 일에 적극적으로 나서 주었다. 에비슨이 그에게 도움을 청하게 된 것은 나름대로 생각이 있었다. 이강은 선진국의 앞선 문화를 배운 사람이고 의협심이 강한 남다른 인격을 알기 때문이었다.

이강은 인권 차별이 없는 선진국의 앞서 가는 문화 정책의 필요성을 조정에 나아가 강조했었다. 의친왕의 열변에 아무도 토를 다는 자가 없었다. 신분 차별이야말로 훌륭한 인재를 등용하는데 큰 장벽이라고 했다. 그러나 그의 노력에도 불구하고 관습에 길들어 있는 기득권 세력을 설득하기란 무척 힘들었다. 여하튼 이강의 끈질긴 열정으로 여러 차례 더 조정 대신들과 황제를 설득해서 결국 성공을 하게 되었다.

드디어 신분 차별을 해방하겠다는 황제의 윤허가 떨어졌다. 천대받던 백정도 양민(良民)이 된 셈이었다. 그들도 망건과 갓을 쓸 수 있고, 양반에게 억울하게 구타를 당하거나 함부로 재산을 빼앗기지 않아도 되었다. 갑자기 다가온 것 같은 신분 상승이 꿈만 같았다. 박성춘은 감격한 나머지 목침 위에 한동안 갓을 쓴 채 잠을 자기도 했다.

에비슨은 박성춘을 앞세워 사궁동으로 찾아 들었다. 의친왕이 자신의 일처럼 적극 나서주지 않으면 신분 해방이 순조롭게 탄생하지는 않았을 것이었다. 이강이 외국에서 배운 지식은 신분 차별로 신음하던 조선 백정들의 오래된 고질적 관습을 바로 잡아 주었다. 박성춘도 이강에게 감사의 뜻을 잊지 않았다.

"이 나라 민초들을 사랑하는 전하의 깊은 마음이 없었던들 어찌 우리 백정의 신분이 해방되는 기쁨을 맞이했겠습니까? 모두가 전하의 공덕이옵니다."

박성춘은 이강 앞에 머리를 진심으로 깊숙이 숙여 감사의 말을 전했다.

"신분 철폐는 당연한 것인데 어찌 나의 공덕이라 하겠소. 미국의 링컨이 이루어 낸 노예해방보다 비록 삼십 년 정도는 늦었으나 조선의 신분해방은 당사인 여러분들이 피눈물로 노력한 결과라고 생각합니다. 민초들도 뭉치면 뜻을 이루어 내는데, 조정의 대신들은 어찌 국가의 위기를 모른다 하고 뒷짐을 지고 있는지 안타깝소. 모쪼록 어렵게 쟁취한 신분해방의 권리를 소중히 생각하고 모두 기울어져 가는 이 나라를 위해 힘써 주십시오."

오히려 이강이 박성춘의 두 손을 움켜쥐고 간곡한 부탁을 했다. 박성춘은 자신도 모르게 눈물이 핑그르 돌았다.

조선의 백정들은 위대한 인권해방의 기쁨을 만끽하며 교회로 몰려들었다. 그들은 서로의 입을 통하여 자신들의 신분 해방운동에 의친왕의 노력 숨어 있었다는 사실을 알고 그에게 존경하는 마음으로 다가서고 있었다.

조선 조정에서 친 러시아파가 득세할 즈음 박성춘은 독립협회가 이끄는 민중운동에 가담했다. 그는 독립협회 운동의 총 대표위원 66인 중의 한 사람이 되었다. 1898년 10월 29일 종로에서 열린 만민공동회에서 민중의 대표로 당당하게 시국 연사로 나섰다.

박성춘은 의친왕은 물론, 무어와 에비슨의 은혜를 항상 잊지 않았다. 그는 아들 서양이가 웬만큼 성장하자 에비슨의 세브란스 병원으로 보냈다. 에비슨의 은혜를 갚기에는 까마득하지만 그곳에서 잔심부름과 바닥 청소, 침대 정리 같은 허드렛일을 시켰다.

얼마 후 병원에서 의사 양성 코스가 생겼다. 박성춘은 서양이를 당장 아르바이트 학생에서 정규 의사 양성 코스를 밟게 했다. 서양은 성적이 우수해 졸업 후 세브란스의 외과의사 겸 학교에서 강의까지 하게되었다.

그 무렵 박성춘의 딸 순임도 이화학당을 졸업했다. 정동교회에서 졸업식이 거행되었다. 그곳에 초대받아 간 에비슨은 감동의 눈물을 흘렸다. 졸업생을 대표해서 단상에 올라가 답사를 읽어 내려가는 아가씨는 다름 아닌 백정 출신 박성춘의 딸이었다. 눈물겹고 당찬 답사를 듣는 에비슨은 감개가 무량할 수밖에 없었다.

백정의 부녀자는 결혼을 해도 족은 짓되 비녀는 꽂을 수 없었다. 시집 장가 갈 때 신랑은 조랑말 대신 소를 탔고, 신부는 가마 대신 널빤지를 타고 갔다. 죽어서도 상여는 탈 수 없었다. 주거 지역을 제한 받는 그들은 동구 밖이나 강 건너에 집단을 이루며 살았다. 여느 마을에 출입할 수 없도록 일부 지역에서는 저고리 앞깃에 검을 리본을 달고 다니게 했다. 천민들에게는 헤어날 길이 없었던 인권의 암울한 시절이었다.

에비슨은 서양이와 순임의 졸업식을 지켜보며 조선 인권사의 금자탑이라 할 수 있는 인간 승리라 생각했는지도 몰랐다. 인간이 가장 존중받아야 할 인권이 무참하게 말살되어 왔던 조선 사회였다. 그 제도의 높은 성벽이 두 남매의 졸업으로 허물어지기 시작하는 순간이기두 했다.

병원으로 찾아온 우만을 서양이가 반갑게 맞이해 주었다.

"요즘 네 얼굴 보기가 어렵다. 무슨 일이 그리 바쁘냐?"

서양은 다정한 말로 우만에게 진찰실 의자를 권했다.

"나야 너처럼 정해 놓은 일자리가 있는 것도 아니고, 그저 동가식서가숙 유람이나 다니지. 그래 요즘 병원 손님들은 좀 늘었는가?"

"많이 늘었지. 아무리 양반이라도 몸이 썩어 드는 데는 도리가 없지. 종기나 썩은 것을 도려내려면 외과 수술이 최고지. 그들도 이젠 새로운 의술인 양의(洋醫)에 대해 많이 이해를 하고 있네."

서양은 백정이었던 자신의 아버지가 콜레라에 걸려 신음하고 있을 때 에비슨이 치료해 준 인권 동등 정신을 잊어버리지 않았다. 아버지의 치료로 인하여 들끓던 세브란스 환자들이 갑자기 뚝 끊어져 버린 사실도 기억하고 있었다.

서양은 무지한 사람들이 있으면 꾸준히 설득을 했다. 그의 노력으로 양반들도 현대 의학에 대한 인식이 달라져 갔다. 달라진 의식은 젊은이들이 차츰 현대 의학공부에 몰려드는 것만 보아도 헤아리고 남았다.

"아버님께서 선교 활동은 여전하시겠지?"

"평생 그 사업을 놓지 않으실 것 같아. 아버지는 하느님의 일이라면 군왕 보다 더 섬기시니까."

"독립협회 일에 굉장한 열정을 가지고 계시더군?"

"협회 일이나 선교 활동도 같은 맥락 아니겠어."

"독립협회 일은 앞으로 신중하셔야 할 거야. 일본 관헌들의 움직임이 눈에 띄게 활발해졌어. 뵌 지도 오래됐군."

"그렇다면 잘 되었어. 오늘이 마침 아버님 생신이니까, 집에서 저녁이나 함께 하지. 아버지도 자네를 보시면 좋아하실 거야."

서양은 마침 퇴근 시간이라 옷을 갈아입고 나왔다. 두 사람은 석양 길을 천천히 걸어서 돈의문 안에 있는 서양의 집에 도착했다.

관자골에 살고 있던 서양이네 집이 돈의문 안으로 옮긴 것은 십 년 전이었다. 기와집이지만 아담하고 소박했다. 예전 같으면 백정 출신이 기와집에 산다는 것은 어림도 없는 일이었다. 그들의 가세를 보아 더 좋은 집을 사들일 형편이 충분했으나 박성춘은 더 이상 과욕을 부리지 않았다. 그는 남은 여력이 있으면 교회나 불우한 이웃을 돕는데 조금이라도 더 신경을 썼다.

집에 도착하자 서양의 동생 순임이 학교에서 돌아와 있었다. 그녀는 이화여학교를 졸업한 뒤 부족한 공부를 계속하기 위해 학교 일을 도우는 중이었다. 우만이 일 년 만에 보는 순임은 처녀티가 완연해 보였다. 갑자기 나타난 우만을 보자 순임은 당황해하며 목덜미까지 새빨개져 부엌으로 사라졌다. 어린 시절 한 동네 골목에서 오빠라고 부르며 따라다니던 철부지 계집아이는 아니었다.

그들은 자라면서 관자골 백정 마을 밖을 떠난 적이 없었다. 백정들은 일반 상민이나 양반들이 사는 동네에는 감히 들어가지 못했다. 만약 양반 아이들 눈에 뜨이기라도 하면 놀림을 당하거나 몰매를 얻어맞기가 일쑤였다. 양반 아이들이 시키는 대로 소가 되고 말이 되어 땅바닥을 기어 다니는 수모를 받기도 했다. 그들에게 맞아 코뼈가 부러지고 팔다리가 떨어져 나가도 누구에게 하소연 할 수도 없었다. 그것이 조선 사회의 법이라 했다.

백정의 아이들은 자연히 자신들 마을 영역 안에서만 놀 수밖에 도리가 없었다.

이제 성숙한 청년, 처녀가 된 두 사람이 오랜만에 마주치게 되자 서먹하고 어색해졌다. 그녀는 백정마을 질척한 좁은 골목 안에서만 놀던 코흘리개 아이가 아니었다. 조선 최고의 신 여학교를 졸업한 인텔리였다.

집으로 조금 늦게 돌아온 박성춘은 우만을 보자 멀리 객지로 나가 있던 자식이 돌아온 것처럼 기뻐했다. 잠시 후 조촐한 저녁이 둥근 상에 차려졌다. 서양의 가족과 우만은 함께 둘러앉았다. 서양의 가족들이 다 같이 감사 기도를 하는 동안 우만은 조용히 눈만 감고 있었다.

그는 종교에 대해 나름대로 특별한 이견은 가지고 있지 않았으나 기독교가 조선의 우매한 민중들을 깨우치게 만든 위력에 대해서는 높게 평가했다. 조선의 백성들은 인권이라는 단어 자체를 아예 모르고 살았다. 오랜 세월 동안 무지한대로 질박한 삶의 타성에 젖어 살아온 그들은 자신들이 받는 박해가 당연한 것처럼 인식하고 있었다. 비 오는 날 태어나서 날개 한 번 펴보지 못한 채, 세상이란 항상 비만 내리는 줄 알고 생을 마감하게 되는 하루살이처럼 그들도 그런 줄 알았다.

침울하고 절망적이었던 민중의식이 깊고 깊은 무지의 늪에서 서서히 깨어나기 시작했다. 그 깨우침은 조선의 황제가 가르친 것도 아니었고 조정의 고관대작들은 더욱 아니었다. 모든 것을 차별 없이 대하는 종교의 사랑이 이루어 내었다. 인권 암흑기의 조선 민중에게 삶의 가치를 깨우치게 만든 것은 종교가 아니었으면 불가능했다.

"아버님 장사는 여전하시지?"

박성춘은 놋숟가락으로 뜬 미역국을 후루룩거리면서 우만에게 물었다.

"장안의 물상거리도 일본인들이 워낙 많이 들어 와 있어 어려운 것 같습니다."

"자네 아버님이야 장사 수완에 워낙 이골이 난 분 아닌가?"

"일인들이 땅이고 곡식이며, 돈이 될 만한 물건을 바닥시세보다 많이 주고 사들이니까 모두 그들에게 몰리고 있습니다. 통감부의 일본인 정착 자금이 무차별 공격을 하는 셈이지요. 갑오경장 이후부터 육주비전 거리 인심도 많이 바뀌었습니다. 일본 상인들은 작은 것부터 손을 대기 시작해서 객주들의 손발을 하나 둘 자르고 있습니다. 미포전부터 어물전, 지전까지 손대지 않는 것이 없습니다."

"그것 참! 조선을 아주 드러내 놓고 집어삼킬 계략이군."

조용히 식사만 하고 있던 서양이가 끼어들었다.

"일본에서 새로운 통감이 오면 압박을 더욱 가해 조선을 당장 끝장 내 버릴 것이라는 소문이 파다합니다."

"갑오혁신 뒤 세상이 바뀐 것은 사실이다. 세상 돌아가는 물리에 개혁은 불가피했고, 이 나라 조선에서 우리 같은 천민이 자신의 목소리를 낼 수 있었던 것도 개혁 때문이 아니더냐? 지금까지 조선의 왕도정치는 결과를 보자면 가진 자들만 혜택을 누리고 살았다. 핍박과 고달픔에 찌들어 있던 우리 천민들은 나라가 망하든 흥하든, 그게 무어 그리 대수냐 하며 세상을 몰랐다. 누가 왕이 되고 통감이 되든 상관없었다. 무식해도 그저 배부르고 등 따시면 태평성센 줄 알았지."

숟가락을 놓은 박성춘은 그쯤에서 말허리를 끊고 아내가 가져온 숭늉을 한 모금 들이켰다.

"그러나 천민도 깨우치고 보니까 세상이 달라 보였다. 나라가 주권을 빼앗겨서는 안 될 일이다. 하루 속히 독립되도록 모두가 애써야 한다. 대세에 밀려 무능했던 임금이나 나라를 팔아먹는데 앞장선 매국노들만 탓할 게 아니다. 조선 황실에는 세계정세를 꿰뚫어 보는 훌륭한 식견을 가진 의친왕 같은 분도 아직 남아 계신다. 제대로 된 의식과 사리의 분별이 분명한 그런 분을 모시고 외적을 물리치는데 온 백성이 마음과 힘을 하나로 뭉쳐야 할 때다."

한낱 천민 백정에 불과했던 박성춘의 의식은 상상을 초월할 정도로 변해 있었다. 배우지 못한 것이 한이었으나 그의 머릿속은 놀라울 정도로 번뜩이는 정치적 감각이 들어 있었고 눈은 변모하고 있는 사회의 현실을 잘 꿰뚫어보았다. 그는 선교사 무어와 의사 에비슨의 영향을 받아 다가오는 새로운 세상을 미리 예견하고 있는 것 같았다.

"자, 이제 그런 얘기는 그만 두고, 어디 보자, 우만이가 양이 보다 한 살 적지? 아마."

박성춘은 갑자기 화제를 돌려 우만의 나이를 물었다.

"네. 스물넷입니다."

"너도 양이처럼 장가 갈 나이가 지났구나. 세상이 아무리 어수선하고 어두운 면이 있더라도 혼사는 늦추지 말거라. 그래, 좋은 혼처 자리는 있느냐?"

박성춘은 숭늉을 다시 훌훌 마시고 나서 순임을 흘깃 쳐다보았다. 아직 조혼(早婚) 풍습이 있는 때라 나이로 따지자면 우만은 그 시기를 훨씬 넘기고 있었다.

"아직까지 미숙해서 자리를 잡지 못했고, 떠돌이 신세라 엄두를 내지 못했습니다."

상머리에 앉아 있는 순임이 살그머니 일어났다. 그녀는 화끈 달아오른 얼굴이 되어 얼른 방문을 열고 조용히 밖으로 나가 버렸다.

우만은 서양이와 얼마 동안 정담을 나누고는 있었으나 마음은 밖으로 나간 순임을 찾아 떠돌았다. 지금까지 그녀에 대해 별다른 감정이 없는 듯해 보인 우만이었다. 저녁 상머리의 순임 앞에서 박성춘의 느닷없는 혼사 이야기가 그를 자극했는지도 몰랐다.

세동이 도성 안으로 들어와 객주를 인수하고 얼마 있지 않아서 아내가 죽었다. 그는 재취 장가를 들지 않았다. 집안 살림은 객주 일을 맡아 보고 있는 집사 처가 알뜰히 보살피고 있었다. 우만은 세동에게 하나밖에 없는 자식이었다. 집안 분위기로 보아 우만이 속히 장가를 들어야 했으나 세동은 아들의 혼사에는 초연했다.

세동과 박성춘은 가까운 사이면서도 정작 자녀들에 대한 혼약을 한 일은 없었다. 관자골에 있을 때는 서로 백정마을의 풍습대로 우만과 순임이 어느 정도 나이가 들게 되면 자연스레 부부가 되지 않겠느냐는 막연한 생각을 했는지도 몰랐다.

박성춘이 만약 신분 상승이 되지 않고 아직도 관자골 백정 마을에서 애옥살이를 하고 있었다면 이야기는 달랐다. 순임은 벌써 두 지아비를 섬기는 여인이 되어 있을지도 모르는 일이었다.

우만은 집으로 돌아가기 위해 서양의 부모에게 인사를 하고 밖으로 나갔다. 그때까지도 순임은 나타나지 않자 그는 궁금증을 일구었다. 서양이 따라 나와 배웅을 하고 대문 안으로 사라졌다. 우만은 그녀의

얼굴을 보지 못하고 떠나는 마음이 섭섭했다. 그는 골목을 돌아 큰길
로 나갔다. 그때 막 우만 앞에 마주치는 여자가 있었다. 그녀가 순임이
라는 것을 금방 알아차렸다. 우만은 뜻밖의 기쁨을 맛보았다.

"아니, 순임이 여기 웬 일이야?"

"오빠가 나오길 기다렸죠."

"밤에 취객들에게 봉변이라도 당하면 어쩌려고."

우만은 말은 그렇게 하면서도 그녀가 어두운 길에서 자신을 기다려
준 사실이 기특하고 고마웠다. 어깨라도 덥석 안아 주고 싶었다.

저녁 상머리에서 우만이 순임에게 관심이 없던 것은 아니었다 두어
번에 걸쳐 곁눈질을 하고 있었다. 그는 그녀한테서 몰라보게 성숙한
아름다운 여인의 체취를 느꼈었다. 부질없는 줄 알면서 막연하게 둘만
이 있는 시간을 상상해 보기도 했다. 막상 마주치고 보니 그런 마음은
멀리 달아나고 어떻게 해야 할지 아무 생각이 없었다.

우만은 미국 유학생활을 할 때 그곳 젊은이들의 데이트 광경이 갑
자기 떠올랐다. 미국의 젊은이들은 주변의 시선을 별로 의식하지 않았
다. 길거리나 공원에서 부둥켜안은 채 키스를 나누는 모습은 흔히 목
격되는 일이었다. 욕망의 표출을 억제하고 자란 조선의 젊은이로서는
그런 광경이 처음에는 민망스럽기도 했다. 차츰 서구의 문화를 이해하
게 되자 그런 행동들이 흉은 아니었다. 감정에 따라 자연스럽게 표현
하는 그곳 젊은이들의 모습이 아름답게 보였었다.

우만은 순임을 포옹하고 싶은 충동이 처음으로 일었지만 짓눌렀다.
짐승 같은 육체의 욕망이 아무리 끓어오른다 한들 조선 땅에서 자란
그는 이미 억제하는 것에 길들어져 있었다. 우만은 한순간 콧구멍으로

길게 빠져나가는 뜨거운 콧김을 느꼈다.

"어둠이 두려웠다면 밤거리에 나올 수 없겠죠. 두려운 것이 있다면 그것은 말 한 마디 없이 오빠를 떠나 보내는 것이 아닐까요? 또 언제 만날지 알 수 없으니까요."

순임은 자신의 마음에 담겨 있는 감정을 솔직하게 말하고 있었다. 우만은 그녀에 비해 솔직하지 못한 자신이 부끄러웠다. 가슴 속에서 불타고 있는 그리움을 말하고 있는 순임 앞에 우만은 갑자기 할 말을 잃었다.

"나만 홀로 그리움으로 지새웠지, 오빠 나 같은 건 안중에 없었겠지요?"

사실이 그랬다. 우만은 지금까지 그녀를 연애 감정으로 한 번도 생각해 본 적이 없었다. 그렇다고 다른 여인을 대상으로 그리움을 엮어 보지도 않았다. 순임의 고백을 듣고 보니 두 사람의 사랑이 오래 전부터 진척되어 온 것은 아닌가하는 느낌마저 들었다.

"내가 순임이를 무시해서 그런 것은 아니야. 그런 감정에 빠져 있기에는 지금의 현실이 나를 필요로 하고 있어. 우리 시대 조선의 젊은이들은 이성에 대한 그리움을 잊어버리고 있는지도 몰라. 아무튼 축하 인사가 늦었지만 졸업을 축하해. 신학문을 배운 만큼 우리보다 어려운 환경에 있는 아이들을 위해 노력해야겠지?"

그는 순임의 간절한 마음과는 달리 에돌려 말을 하고 있는 자신이 바보 같다는 생각이 들었다. 자신의 이성적인 감정은 진작부터 존재하지 않은 것 같기도 했다. 꼬집어 말할 수는 없지만 그런 감정은 거부할 수 없는 무엇에 이끌려 방치당하고 있다는 느낌마저 들었다.

우만은 순임과도 작별하고 집으로 향했다. 그는 순임이 고백한 그리움에 대해 끊임없이 생각해 보았다. 그녀를 포옹하고 싶은 감정이 느닷없이 솟구쳤을 때 그것이 진실된 마음이라고는 보지 않았다. 수컷의 순간적인 욕정의 도발로 밖에 볼 수 없었다. 그녀는 그리움에 대한 감정을 용기 있게 솔직하게 고백했다. 그에 비하면 한 순간이나마 짐승 같은 본능을 드러낼 뻔했던 자신이 부끄러웠다.

일주일 뒤 우만은 일본 상인 오쿠라가 주최한 물산 설명회에 참석했다. 장소는 조선통감 관저였다. 소네 통감 뒤를 잇게 될 후임이 아직 오지 않아서 관저는 비어 있었다. 여러 가지 꽃들과 조명으로 치장한 연회장은 휘황찬란했다. 조선과 일본의 고위 관리 부인들이 화려하게 차려 입은 예복은 눈이 부셨다. 하나같이 일본 하오리를 입은 조선 대신의 부인들은 경쟁적으로 일본 여인들의 헤어스타일까지 흉내 내고 있었다. 그녀들은 대부분 남편 못지 않게 매국에 앞장 선 여인들이었다. 그녀들은 특히 일본 고관 사내들 앞에서 스스로 드러내고 있는 교태가 부끄러운 줄도 몰랐다.

을사늑약 후 국운이 기울어지면서 조선의 고관대작 부인들도 시류에 아부하는 패거리와 저항하는 부류로 나누어지기 시작했다.

대한제국 군대가 해산되기 전 부위로 있었던 이갑의 집에서 부인 여덟 명이 모여 부인회를 결성하고 사진을 찍었다. 그 부인회에는 군인 출신인 유동열과 김응선의 부인이 주축이 되어 명칭을 나라 걱정하는 '우국부인회'라 했다.

우국부인회가 활성화되자 일본 공사관에서 자극을 받았다. 공사관이 나서 배후를 조종하여 '친일부인회'와 '한국부인회'가 결성되었

다. 그 단체의 총재에는 귀족인 완평군 이승응 부인을 추대했고, 의장
역시 귀족이며 을사오적의 한 명인 법부대신 이지용 부인과 부의장에
는 궁내대신 민영철 부인이었다. 간사는 이재극 처였고, 외부대신 이
하영, 평의원 이근택, 한성판윤 박의병, 민병석 부인 등과 박제순의 처
고영희도 끼어 있었다. 친일 매국 남편을 둔 부인들은 빠짐없이 입회
되어 있었다. 일본 외교관 부인 다섯 명도 친일 부인회에 참여했다.

친일 부인회 주축으로 활동한 여인들 중에는 이지용의 처와 민영철
처의 품행은 매국부인으로 최고의 자리를 차지하고 있었다. 이지용의
처 이홍경(李洪卿)은 일본 공사관의 침략 정책 수행 실무 서기관들과의
밀통으로 한성 거리에 이미 추문이 자자했다. 공사관 직원 하기하라와
구니와케라는 두 사내와 번갈아 가며 정을 통하던 그녀는 조선주둔군
사령관 하세가와 하고도 관계를 맺었다. 그 사실을 알게 된 하기하라
가 분통을 터뜨리며 이홍경을 별렀다.

어느 날 두 남녀가 다시 만나게 되어 애정의 표시로 악수 접문(握手
接吻)인 키스를 나누었다. 그 순간 하기하라는 자신의 입 속으로 들어
온 매끄러운 이홍경의 혀를 사정없이 깨물어 버렸다.

그 소문으로 장안 거리에는 작설가(嚼舌歌)가 유행했다. 그녀에게
그런 추문쯤은 아랑곳없었다. 일본말과 영어를 제법 구사하는 홍경은
양장 차림으로 이지용과 다정하게 팔을 끼고 보란 듯이 인력거를 타고
담배 연기까지 내뿜으며 나들이를 즐겼다. 그 집 하인들은 창피해서
차마 외출을 삼가했다.

이지용과 이홍경은 자신들의 집 마루 벽에 함께 찍은 대형 사진을
보란 듯이 걸어 놓고 있었다. 하루는 부부가 출타하고 없는 사이 나이

든 하인 하나가 동료들을 불러 모아놓고 기다란 막대기로 이홍경의 국부를 쿡쿡 찌르면서 외쳤다.

"홍경의 이곳은 왜혈(倭穴)이다. 사내는 나라를, 계집은 몸까지 팔아먹는 집안에 내 비록 박복하여 한낱 종살이를 했을망정, 어찌 이런 곳에서 더 이상 배를 채우고 다리 뻗고 잠을 청할 수 있겠느냐."

그 하인은 홍경의 국부에 찔렀던 막대기를 작신 분질러 팽개치고 대문을 박차고 사라져 버렸다.

을사늑약에 반대하여 벼슬을 버린 한규설(韓圭卨)의 참정대신 자리를 계승한 자는 민영철이었다. 그의 재취 부인 유 씨도 이홍경 못지않았다. 유 씨는 생김새가 요염하여 하세가와 사령관과 정을 통하고 있었다. 그녀는 남편 민영철이 상해로 출장을 가자 왜관과 삼각산 승방을 무시로 드나들며 승려들과도 정분을 텄다.

교제술에 능한 이완용의 부인 조 씨나 이하영 부인 역시 매국 여인들과 다를 바 없는 행동으로 세인들의 눈살을 찌푸리게 했다.

통감관저 연회장의 분위기는 한껏 무르익어 가고 있었다. 우만은 연회장에서 매국 역신 부인들의 교태를 바라보며 치밀어 오르는 구역질을 잘 견뎌 내었다.

그는 아버지 세동과 함께 오쿠라 옆에서 이완용이 연회장에 나타나기를 기다렸다. 조선에서 제일 큰 객주를 운영하는 세동의 부탁을 오쿠라가 무시할 수는 없었다. 오히려 오쿠라는 우만의 세련된 일본어 화술에 매료되어 이완용에게 소개시키게 된 것을 자랑스럽게 생각하고 있었다. 이완용에게 일본어 통역인으로 내정된 우만의 임무는 나름대로 매우 중요했다.

잠시 뒤 부인을 대동하지 않은 이완용이 맨 나중 연회장에 나타났다. 그는 면식 있는 일본 고관들과 먼저 악수를 나누고 오쿠라에게 다가왔다. 이완용은 일본말로 간단한 인사 정도는 할 줄 알았다. 오쿠라가 통역할 우만을 그에게 소개했다. 이완용이 차가운 시선으로 우만을 잠깐 훑어보았다.

"채우만이라? 좀 묘한 이름이군. 여하튼, 오늘 수고를 부탁하네."

나라를 팔아먹은 일등 매국역신 답지 않게 말본새가 부드러웠다. 그는 선비 출신답게 시종일관 몸가짐에 품위를 지키려는 노력이 엿보였다.

우만의 일본말은 주위 사람들 시선을 끌기에 충분했다. 조선의 역신 부인들은 양복을 말끔히 차려 입은 훌륭하게 생긴 우만에게 벌써부터 추파를 던졌다. 그녀들은 일본말이 유창한 우만을 일본에서 건너온 귀족 출신 청년쯤으로 착각한 모양이었다. 이완용 역시 얼마 지나지 않아서 들고 나는 언행이나 몸가짐이 훌륭한 처음 만난 우만에게 매우 만족했다.

아까부터 조선 매국대신 중에서 우만을 유심히 지켜보는 사내가 있었다. 송병준이었다. 그는 우만에게 비수를 맞아 부러진 견갑골의 상처가 아직 낫지 않아 한 쪽 팔이 부자연스러웠다. 송병준은 자신 이상으로 일본말을 유창하게 지껄이는 청년에게 관심이 쏠렸다. 키도 훤칠하고 이목구비가 뚜렷한 우만을 오쿠라가 일본에서 데리고 온 줄 알았다. 그는 나중에서야 이완용의 통역을 맡은 조선 청년이라는 사실을 알게 되었다.

이완용과 함께 나라 팔아먹는 일에 다투어 앞장 선 우두머리 격인 송병준은 항상 이완용에게 멸시 당하고 있다는 자격지심을 버리지 못했다. 이완용은 출신부터가 자신과는 사뭇 달랐다. 자신은 관기 어머니를 둔 종살이 출신이지만 이완용은 양반 가문에서 태어나 판중추부사였던 이호준의 양자로 들어가 제대로 된 바탕 위에서 학문을 익힌 처지라 비교가 되지 않았다. 송병준은 미천한 출신을 감추기 위해 민씨 집안의 세도가 민태호의 애첩 홍씨를 자신의 어머니라고 소문을 퍼뜨리고 다녔다. 그는 그처럼 이완용 앞에서는 열등감 때문에 몸부림치며 안달을 했다.

오쿠라가 한성에 유치하게 될 물산 설명회가 끝날 즈음 참석자 대부분이 연회에 만족하고 있었다. 연회가 거의 파할 무렵 송병준이 사람을 보내 우만을 조용히 불렀다. 그는 우만에게 명함을 건네며 근간 자신의 집으로 한 번 찾아오라는 말을 남기고 연회장을 빠져나갔다.

이튿날 변복을 한 우만과 국환이 거의 같은 시간에 맞추어 사동궁에 나타났다. 일본 관헌들의 감시가 여전히 삼엄하여 두 사람은 사동궁 출입에 항상 조심을 하지 않을 수 없었다. 그들만 알고 있는 사동궁 뒤뜰의 비밀 통로로 은밀히 출입해야만 했다.

"그래, 설명회는 사람들이 많이 왔습니까?"

"예, 전하. 조정 역신들은 말 할 것 없고, 일본에서도 장사꾼들이 많이 건너 왔습니다. 그곳에서 얻은 정보에 의하면 조선통감이 임명되었다고 합니다. 그런데 웬일인지 취임을 서두르지 않고 본토에 머물러 있다고 합니다."

"그 자는 누군가요?"

"육군대장 데라우치 마사다케라고 했습니다."

데라우치는 일본 군부 우두머리 집단의 장주파에 속해 있었다. 별명이 살무사로 통하는 그는 통감 임명을 받고 부통감에 야마가다 이사부로를 발탁해 놓았다. 이사부로는 육군 최고 원로인 야마가다 아리도모 조카였다. 데라우치는 도오쿄에서 가스라 수상의 독촉에도 불구하고 느긋하게 조선통감 부임을 늦추었다.

"데라우치 그 자가 부임을 늦추고 있는 까닭이 무엇이요?"

"누구도 아직 그 자의 속셈을 알 수 없다고 합니다. 좀 더 두고 보아야 알 것 같습니다."

국환이 의친왕의 물음에 답했다.

"악명이 높은 자라 하니 어떤 폭풍을 몰고 올지 걱정이군. 참, 학교를 세울 토지 매입은 진척이 있소?"

"예, 전하. 황해도와 함경도에 적당한 장소가 있어 곧 시작될 것 같습니다.

"영감에게만 모든 책임을 맡겨 면목이 없소. 잘 알아서 하시지만 부디 신중하셔야 됩니다."

"전하! 어제 연회장에서 송병준이 우만에게 만나자는 청을 넣었습니다."

"그 자가 왜?"

"글쎄, 워낙 엉뚱하고 속을 짐작할 수 없는 자라 묘연합니다."

"병준이 우만의 출신이나 이력을 알고 있소?"

"지금까지는 조정대신 뿐만 아니라 누구도 우만에 대해 아는 사람이 없는 것 같고, 모두가 일본 귀족 청년쯤으로 지레 짐작하는 눈치였습니다."

"완용의 통역을 병준이가 불렀다……. 병준은 당돌하고 저돌적이니까 매사 조심을 해야 할 것이오. 분명 무슨 꿍꿍이가 있겠지."

의친왕은 상대방을 부르면 언제나 호를 즐겨 썼다. 이완용과 송병준의 호를 쓰지 않고 거리낌 없이 이름을 부르는 것을 보면 그들에 대한 증오를 짐작할 수 있었다.

"송병준의 부름에 쉽게 응해야 할 지 어쩔지 방책을 세워야겠습니다."

"지금으로서는 우만이 노출된 게 없으니까 조심해서 접근을 해보는 것도 나쁘지 않겠구려."

이강은 그런 기회를 굳이 피할 이유가 없다고 했다.

우만과 국환이 사동궁을 빠져 나와 객주로 세동을 만나러 갔다. 세 사람이 만나 의논한 시간은 그리 길지 않았다. 모두 송병준의 청을 받아들이기로 결정했다. 이완용에게 기대를 했으나 송병준이 먼저 우만에게 호감을 보내왔다. 어쨌든 그의 입김도 만만하지 않은 만큼 환심을 사 두면 앞으로 요긴하게 쓰일 일 것 같았다. 어차피 접근하다가 보면 우만과 세동의 부자지간 관계가 드러날 것이었다. 그런 점을 고려해서 세동과 우만이 미리 함께 찾아가는 것도 나쁘지 않은 일이었다.

세동은 송병준의 환심을 사기 위해 값진 선물을 준비했다. 재물이라면 물과 불을 가리지 않는 그를 매수하기란 별 어려운 일도 아니었다. 오래 전 일이기는 했으나 국환이 부평 군수로 있을 때 송사 사건의 감정이 남아 있을지도 모르나 재물을 들이 미는데 마다할 리가 없었다. 여러 가지로 오히려 좋은 구실이 될 수 있었다.

다음 날 오전 우만과 세동은 진고개 송병준 첩의 집으로 찾아들었다. 그의 첩은 일본식의 최고급 요정인 '파성관'을 운영하는 여주인 가스코였다. 송병준은 첩의 집에서 숙식하는 날이 허다했으므로 미리 거동을 탐지한 뒤 그리로 간 것이었다.

파성관은 송병준이 차린 요정이었다. 그는 일본을 드나들던 오래 전부터 현지에서 가스코를 첩으로 삼아두고 있었다.

청일 전쟁에서 일본이 승리하자 조정에서는 청년이었던 의화군(의 친왕 이강)을 일본에 특파대사로 파견하게 되었다. 그 대열에 일본 통으로 자타가 공인하는 송병준이 수행원으로 함께 갔었다. 그때 민 왕비가 시해되는 사건이 발생했다. 그 소식을 전해들은 송병준은 귀국을 포기하고 그곳에 눌러 앉아 버렸다. 민씨 일족의 권력 배경인 민 왕비가 없어지자 조선 내의 반일 분위기가 팽배해졌다. 친일파인 송병준은 위기감을 느낄 수밖에 없었다.

그는 자신의 이름을 당장 노다 헤이지로라는 이름으로 개명을 해 버렸다. 그의 생계는 양잠전습소를 차려 근근이 이어가며 낭인 생활을 하고 있었다. 송병준은 러일 전쟁이 일어나자 비로소 조선으로 나오게 되었다. 그는 일본 정부로부터 막대한 공작금을 받고 오타니 기쿠조 병참감의 통역 신분으로 귀국했다. 그의 임무는 조선에서 친일 단체를 만들고 유력 인사를 친일화시키는 공작이었다. 동학을 일본에 협력시키게 하는 작업도 그가 맡았다. 그때 풍부한 공작금으로 첩 가스코에게 파성관이라는 일본식 요정을 차려주게 된 것이었다.

그 요정은 정치계와 종교계 요인들을 친일화시키는 아지트로 이용되고 있었다. 일방 국내 정세와 요인들의 동향을 일본 당국에 비밀리에 보고하는 일도 송병준의 몫이었다.

송병준은 일본당을 만들기 위해 이용구에게 사천교도를 규합하여 진보회를 결성했고, 윤시병에게는 유신회를 만들도록 획책했다. 이를 다시 일진회라는 친일 매국단체로 통합시키는 작업도 파성관에서 이루어졌었다. 파성관은 장안에서 한정된 매국 고관대작들만 이용하는 고급 요정이었다.

송병준의 집에 도착한 세동은 집사를 통해 명함과 다섯 근짜리 금부처 두 개를 예물로 먼저 들이밀었다. 재물 긁어모으는데 첩의 속곳도 마다하지 않는 그가 관심을 가지는 것은 당연했다. 송병준은 견갑골 상처가 아물지 않은 처지로 지난 밤 파성관에서 마신 술이 아직 덜 깨어 속마저 장염처럼 부글거리고 있었다. 찌푸려 있는 그의 얼굴은 황금덩어리를 보자 대번 활짝 펴졌다. 옛날 송사 사건 감정은 전혀 기억이 없는 듯했다.

그는 일국의 대신이라는 체통도 없이 맨발로 일본 나막신을 질질 끌며 사랑방으로 서둘러 내려왔다. 그가 조선 최고의 객주 이름을 모를 리가 없었다. 그는 옛 친구라도 만난 듯 세동에게 아픈 어깨뼈 때문에 부자연스러운 손까지 내밀어 잡으며 반겼다. 귀밑까지 올라온 송병준의 입 꼬리는 도무지 내려갈 줄을 몰랐다. 우만은 어깨 상처가 아물지 않은 것 같은 송병준을 바라보며 고소를 머금었다.

그때였다. 송병준은 세동 뒤에 부복하고 서 있는 우만을 비로소 발견하고 의아한 듯 웃음을 거두었다.

"아니 채 객주 뒤에 있는 젊은이는?"

"예, 소인 자식 놈이지요. 만아 대감께 인사 올려라."

우만은 옷깃을 여미고 무릎을 깍듯하게 꺾고 절을 했다.

"다시 뵙게 되어 영광이옵니다. 채우만이라 합니다."

이목구비가 시원하게 생긴 만큼 목소리 또한 씩씩하고 우렁찼다. 생긴 인물이야 송병준도 준수한 호남이었다. 그러나 잘 생긴 얼굴 이면에는 탐욕과 음모, 시기와 색욕이 한껏 뒤엉켜 있을 줄이야 그의 실체를 모르고는 상상이 되지 않았다.

송병준은 우만이 인사를 하자 일본말을 썼다. 그는 일본의 도시들과 천황의 이름에 대해 간략하게 물었다. 우만이 듣기에는 철자법이 약간 틀린 곳도 있지만 대체로 정돈된 표준말이었다. 우만은 자신이 아는 대로 또박또박 답변을 해 주었다. 그의 대답이 끝나자 송병준은 우만의 어깨를 감싸 안으며 칭찬이 늘어졌다.

"이런 훌륭한 자제를 두었으니 든든하시겠소. 채 객주!"

"대감께서 미흡한 자식을 친히 불러주시니 집안의 광영이옵니다. 모쪼록 잘 거두어 주십시오. 은공을 잊지 않겠습니다."

"그저께 연회장에서 일당(一堂. 이완용) 대감 옆에서 통역하는 것을 보고 감복했소. 조선에 이토록 훌륭한 청년이 있는 줄은 몰랐거든. 영어에도 능하다고? 잘 되었군. 이참에 내가 자제에게 부탁을 하나 해야겠소."

송병준은 이른 낮인데도 집사에게 일러 술상을 내오게 이르고 세동 부자에게 자리를 권했다.

그는 본처한테 둔 아들들 외에 파성관의 첩 가스코에게 딸이 하나 있었다. 딸을 미국으로 유학 보내기 위해 영어를 가르칠 마땅한 선생을 찾고 있는 중이라 했다. 우만에게 딸의 영어 선생이 되어 달라고 겉으로는 간곡한 청을 넣었다.

세동이 가로채고 나섰다. 그는 우만의 의견은 들어보지도 않고 그렇게 하겠노라고 응낙을 해 버렸다. 송병준은 어려운 일이 있으면 무엇이든 부탁하라며 자신의 신분에 대한 과시를 떠벌이는 것도 잊지 않았다. 기분이 좋아진 그는 연거푸 마신 몇 잔 술이 간밤에 덜 깬 숙취를 증가시켜 얼굴이 벌겋게 달아올랐다. 세동은 예의 상 어쩔 수 없어 낮술을 몇 잔 마시게 되었다.

세동 부자는 며칠 뒤부터 송병준의 부탁대로 하겠노라는 약조를 남기고 자리에서 일어섰다.

송병준의 인간성을 알기란 그리 어려운 일은 아니었다. 그는 자신의 출세와 영달을 위해서는 수단과 방법을 가리지 않는 철저한 기회주의자가 틀림없었다. 사상이나 신념이 있는 것도 아니고 의리나 지조가 있는 것은 더더구나 아니었다. 임기응변에 능하고 상황에 맞추어 처신하는 처세술은 주변 사람들이 혀를 내둘렀다. 그는 의외로 단순하고 저돌적이었다. 마음속에 생각을 담아두고 가만있지를 못했다. 결정을 하면 바로 행동으로 옮기는 사내였다.

그는 벌써부터 일본을 흠모하여 신변의 의식주는 물론이고 노복에 이르기까지 모두 모방해서 일본인과 다름없이 행동하게 했다. 철저한 반민족 범죄자로서도 뿐만 아니라 그는 파렴치범으로도 손색이 없는 인물이었다.

송병준은 애국이고, 친일이고 분간을 못했다. 무지하고 분별이 없는 그는 조선의 계급사회로부터 소외당한 분풀이로 조선을 증오했으며 일본화에 온 신명을 다 받쳤다.

이완용에게 항상 열등감을 가지고 있는 송병준이었다. 그가 우만을 가정교사로 채용하려는 속셈은 단순했다. 딸의 영어 교육이 그리 중요한 것은 아니었다. 이완용이 행여 우만을 수하에 넣기 전에 아예 접근하지 못하도록 미리 손을 쓴 것뿐이었다. 출중하게 잘생기고 외국어 구사력이 우수한 우만을 이완용이 거두어들인다는 것은 정말 배 아픈 일이었다.

송병준은 우만을 챙기려다가 조선 최고의 물상객주 세동까지 얻게 된 것은 큰 수확이었다. 송사리 잡으려다가 잉어를 낚은 격이었다.

도오쿄에서 조선통감 부임을 차일피일 미루고 있던 데라우치가 헌병사령관 아카시 중장을 조용히 불렀다. 그는 아카시에게 조선으로 먼저 건너가 조선 정부의 치안권을 모조리 박탈하라고 명령했다. 그는 아카시에게 헌병 2천 명을 더 딸려 보냈다. 데라우치는 이토오 히로부미가 조선에서 군대를 해산시킬 때 일본군의 사상자가 많이 발생한 점을 염두에 두었다. 치안권을 일본이 완전히 장악하면 반란의 소요도 미리 막을 수 있고 무슨 일이든 거리낌이 없을 것 같았다.

모든 언론과 집회의 단속 명령도 떨어졌다. 그들은 안창호(安昌浩), 유동열, 이동휘, 이갑 등 애국단체 지도자들을 마땅한 이유도 없이 마구 잡아 가두었다.

마침내 데라우치는 더위가 한창인 7월 중순이 지나서야 조선으로 건너왔다. 조선통감에 부임한 뒤 그는 개성 감옥에 갇혀 있는 애국지사들을 아무 조건이 없는 것처럼 석방했다. 나중에 그들을 회유해 보려는 속셈이었다. 데라우치는 안창호에게 사람을 보냈다.

지방에서는 아직 의병들이 준동하고 있었다. 데라우치는 인심 잃은 이완용 내각을 갈아 치우고 싶었다. 그래서 안창호에게 조선 내각을 맡기겠다고 수작을 걸었다. 안창호는 일언지하에 거절해 버렸다.

"내가 아무리 할 일이 없고 쓸개가 빠졌다 한들 조선 백성으로 어찌 왜적이 만든 수상 자리에 앉을 수 있겠느냐?"

데라우치는 그 말을 전해 듣고 앞면 근육을 실룩거렸다. 자신의 도도한 체면이 창피를 당하자 자존심이 부글부글 끓어올랐다. 분을 삭이지 못한 그는 통감 집무실을 뒤 마려운 강아지처럼 왔다 갔다 안절부절못했다.

"요시! 이것들이 아직 따끔한 맛을 못 봤군. 그래 두고 보자!"

그는 석방했던 애국지사들을 어처구니없게 다시 감옥에 가두어 버렸다. 데라우치는 분을 삭이지 못해 며칠 동안 골머리를 짜낸 끝에 결단을 내렸다.

마침 순종황제 비(妃)의 백부(伯父)인 윤덕영이 인사차 그를 찾아왔다. 데라우치는 윤덕영에게 태황제 고종과 순종의 손발을 잘라 버릴 계책을 서두르라고 명령했다.

그런 다음 헌병사령관 겸 경무총감이 된 아카시 중장을 시켜 창덕궁과 모든 궁문의 열쇠를 거두어 들였다. 황실의 지엄한 국새와 어새도 일본 사람이 관리하고 감시하게 했다.

그는 다음 단계로 이완용을 들볶았다.

"도대체 무엇들 하고 계시오? 보호조약이 끝났으면 조정에서 바로 합방조약이 체결되어야 하는 게 순서 아니오? 황공하옵게도 천황폐하의 신민(臣民)이 되겠다면서 내각에서 뒷짐만 지고 있으니, 어찌 천황 폐하의 신민이 되기를 바라시오?"

이완용은 정신이 번쩍 들었다. 자신의 구태 의연한 행동이 빌미가 되어 대신 자리에서 쫓겨날 것이 두려웠다. 그는 머리를 조아리고 데라우치의 비위 맞추기에 급급했다. 쓸개마저도 빼 버린 것 같은 그의 비굴한 행동을 바라보고 데라우치는 쓴 웃음을 지었다. 조선 내각의 우두머리라고 하는 나약한 대신을 바라보니 자신감이 불뚝 생겼다. 조선 내각에 이처럼 한심한 자들이 있는 이상 합방체결은 식은 죽 먹기였다.

이완용이 돌아가고 나자 데라우치는 통감부를 통해 슬쩍 소문을 흘렸다. 그의 유일한 첫 번째 목적은 조선과 일본의 합방체결이었다. 강제합방을 앞당기기 위해서는 조선 내각에서 대립 관계인 이완용과 송병준을 이용하기로 했다. 이완용 내각을 와해시키고 송병준을 그 자리에 앉힌다는 것이었다.

그 소문을 들은 이완용은 당장 열을 받았다. 가만히 앉아서 당하고 있을 수가 없었다. 후끈 달아오른 그는 절치부심하며 끙끙 앓았다. 만약 무지막지한 송병준 내각이 성립되면 그에게 보복 당할 우려도 있지만, 합방 뒤 공적에 대한 영화를 빼앗기게 된다는 것은 생각만 해도 아찔한 일이었다.

그는 서둘렀다. 아무리 생각해도 자신이 송병준 보다 못한 인물은 분명 아니었다. 부족한 게 있다면 단지 일본말을 잘 못한다는 것뿐이었다. 이완용은 우만의 생각이 갑자기 떠올랐다. 오쿠라가 베푼 연회장에서 일본말을 능숙하게 통역하던 그를 수소문 해 보라고 아랫것들에게 당장 일렀다. 우만을 통해 부족한 일본말에 대한 자리를 메우고 싶었다. 그러나 한발 앞서 벌써 송병준의 수하에 들어갔다는 소식은 그를 허탈하게 만들었다. 이완용은 그대로 포기할 수는 없었다. 마침 일본에서 유학하고 돌아온 이인직이 있었다. 그를 불러 심복 비서로 삼았다.

이완용은 발 빠르게 움직였다. 비서로 둔 이인직을 통감부 외사국장 고마쓰에게 즉시 보냈다.

"나의 내각을 와해시킨다고 해도 현재보다 더 친일적인 내각은 나올 수 없다."

이완용은 이인직을 통해 강력한 자신의 메시지를 전달했다. 자신 휘하에 있는 현 내각만이 합방조약을 체결할 수 있다고 목소리에 힘을 실었다.

송병준에게 그런 소문이 들어가지 않을 리가 없었다. 우만도 그 소식을 자연히 알게 되었다. 그는 지체할 수 없었다. 국환에게 서둘러 연락을 하고 사동궁으로 잠입해 들었다. 국환도 곧바로 들이닥쳤다.

"아침부터 무슨 일인가? 좋지 않은 소식이라도……"

국환은 별채에 먼저 도착한 우만을 보자 선걸음에 물었다.

"먼저 전하를 뵙고 함께 의논드려야 할 일입니다."

"그렇다면 얼른 들어가세."

국환이 앞서고 우만이 뒤를 따랐다. 우만은 별채에 자신이 와 있다는 것을 이강에게 미리 기별을 넣어 놓았었다. 두 사람이 들이닥치자 이강은 준비하고 있다가 즉시 나와 그들을 반갑게 맞이했다.

"어서들 오시오. 그동안 무고하시고? 어쩐 일이오?"

문안 인사를 여쭙는 두 사람에게 이강도 안부를 물었다.

"예, 전하! 통감부에서 나온 소식입니다. 통감부에서 이완용을 충동질하여 합방체결을 서두르고 있다고 합니다."

우만의 목소리는 거의 울분에 가까웠다.

"합방이라? 저들의 마각이 이제 드러나기 시작하는군. 정확한가?"

이강은 놀라는 기색이 역력했으나 자제하는 듯했다.

"송병준의 입에서 나온 소식입니다."

우만의 확신에 찬 목소리는 매우 짧았다.

우만은 송병준의 딸 나미에한테 영어를 가르치기 위해 3일에 한 번 가스코의 집을 방문하고 있었다. 나미에는 아름다운 꽃이 이제 막 피어나려는 18살의 한 송이 꽃봉오리였다. 나미에의 이름은 송병준이 직접 지어 준 것이라 했다. 나미에는 미색을 갖춘 어머니 가스코와 준수하게 생긴 송병준을 나뉘어 닮아 드물게 보는 미인이었다. 본처에게 딸이 없는 송병준은 나미에를 무척 애지중지하고 있었다.

어제 오후는 일찍부터 파성관에서 연회가 벌어졌었다. 그곳에서 술 취한 송병준은 가스코 집으로 초저녁 무렵 돌아왔다. 그는 마침 나미에의 공부를 마치고 돌아가려던 우만을 별채로 불렀다. 우만이 들어서자 송병준은 푸념이 섞인 욕설로 이완용을 물어뜯었다.

"총리 자리를 그만큼이나 해 먹었으면 이젠 물러날 줄도 알아야지. 나하고 무슨 억하심사가 있다고 사사건건 훼방을 놓는 거야? 보호조약만 해도 그렇지. 내가 아니었으면 어림 반 푼어치가 있기나 했나? 기백도 없는 책상물림들이 생색이나 낼 줄 알았지. 저희들이 할 줄 아는 게 도대체 무어야? 합방체결을 얼마나 잘하나 한 번 두고 보자. 염병할!"

혀 꼬부라지는 소리로 송병준은 우만을 당장 수행비서로 임명하겠다고 떠벌였다. 그는 이완용이 비서를 대동하고 다니는 것을 시답지 않게 생각하고 있는 중이었다. 우만은 확답을 당장 하지 않고 집으로 돌아왔다.

"그렇다면 틀림없군. 을사늑약으로 이미 빼앗긴 나라이기는 한데, 지금 당장 무슨 대책이 나올 수도 없고, 악순환이로군."

우만이 가져온 강제합방 정보는 이강을 암담하게 만들었다.

"황제께서 수락하실까요?"

국환도 안타까워하는 말이었다.

"아버님 태황께서도 어쩌지 못했는데 병약한 황제(순종)께서 무얼 어쩌겠는가? 군대와 치안권 마저 저들이 벌써 손아귀에 넣었고, 나라의 국록을 먹는 자들은 하나같이 일본의 앞잡이가 되어 설치는데 어디에다 하소연할까."

"전하께서 태황제 폐하를 한 번 찾아 뵙는 게 어떨까요?"

"문안 인사를 못 드린 지도 벌써 오래되었지만, 옆에는 항상 의혹의 눈으로 엄 비 마마께서 붙어 계시지 않소."

말을 하고 있는 이강의 얼굴에 쓸쓸한 고뇌가 스쳐 지나갔다.

그는 어릴 때부터 아버지 고종이나 어머니 장 귀인의 사랑을 제대로 한 번 받아보지 못하고 자랐다. 사랑의 결핍으로 인한 그의 마음속에는 항상 어머니의 진한 그리움이 슬픈 모습으로 자리 잡고 있었다.

4

궁중의 여인들

명성황후는 어린 나이에 왕비로 간택되어 입궁했다. 그
녀는 오랜 세월동안 독수공방으로 세월을 보낼 수밖에 없었다. 고종은
민 왕비를 맞아들이기 전부터 이씨(李氏) 성을 가진 궁녀를 총애했다.

　그 궁녀가 먼저 왕자를 낳았었다. 왕실로서는 큰 경사가 아닐 수 없
었다. 첫 왕손의 탄생은 고종이나 대원군으로서도 큰 기쁨이었다. 왕
실에서는 항상 왕손의 부족으로 근심이 끊일 날이 없었다. 헌종에게
후사가 없자 철종이 왕위를 이었고, 철종마저 왕손을 생산하지 못하자
고종이 등극하게 된 것이었다.

　왕실 어른인 조 대비도 첫 왕자의 탄생을 여간 기뻐하지 않았다. 아
기 왕자는 자라면서 인물이 너무 출중해서 조 대비와 대원군의 사랑을
독차지했다.

　궁인 이씨는 미인이었다. 그녀는 영보당이라는 당호를 받았다. 첫
왕자에게는 영보당의 미모와 고종의 후덕함이 잘 조화된 결함 없는 용

모를 지녔다고 해서 완화(完和)라는 군(君)호를 내렸다.

왕실 어른들의 사랑이 완화군에게 집중되자 차츰 마음의 동요를 일으킬 수밖에 없는 것은 민 왕비 중전이었다.

그녀에게는 심각한 문제였다. 왕실은 적서(嫡庶)의 차별이 없었다. 그대로 아이를 낳지 못하면 궁궐에서 쫓겨나는 수모도 겪어야했다. 중전은 후사가 없어 사가로 나간 5대 조모 인현왕후가 생각났다. 민 왕비는 마음을 모질게 먹을 수밖에 없었다.

애간장을 태우던 중전의 오랜 숙원이 이루어졌다. 드디어 학수고대했던 첫 원자를 탄생하게 되었다. 궁궐에 들어간 지 5년 만이었다. 그녀의 기쁨은 무엇과도 바꿀 수 없었다. 이 세상 모두를 얻은 것 같았다. 다만 근심거리가 있다면 아기가 통변 불능이라는 희귀한 병을 가지고 태어난 것이었다. 항문이 없으니 배설을 하지 못했다.

그 소식을 듣고 왕실 어른인 대원군도 걱정이 되었는지 산삼을 보내왔었다. 산삼은 만병을 다스리는 으뜸이니 정성껏 다려서 아기에게 먹이도록 당부까지 했다.

왕실의 적자는 태어난 지 나흘 만에 죽고 말았다. 중전으로서는 청천벽력이었다. 평소 대원군에 대한 좋지 않은 감정을 가지고 있던 그녀였다. 중전은 대원군이 보내 준 산삼이 문제가 있다고 생각했다. 대원군에 대해 평소 도사리고 있던 미운 감정이 철저하게 증오로 변해 버렸다. 그녀는 그대로 물러설 수가 없었다.

중전은 첫 원자가 죽고 어렵사리 공주를 낳았다. 그러나 그 아기도 얼마 가지 않아서 안타깝게 명줄을 놓고 말았다. 중전의 절망은 말로 표현할 수 없었다. 그렇다고 자신의 운명이 바람 부는 대로 물결치는 대로 가만히 두고 보지는 않았다. 그녀는 지혜를 짜내 영리한 머리로 고종의 마음을 사로잡는데 혼신의 힘을 기울였다.

그런 노력에도 불구하고 왕비에게 후사가 더 이상 생기지 않자 왕실에서는 영보당 소생 완화군을 왕세자로 책봉해야 한다는 움직임이 있었다. 그런 분위기가 차츰 굳어지는 듯했다. 절대적 후원자는 대원군이었다. 후사가 없는 것에 위기를 느낀 조 대비까지 대세에 따르는 입장이었다.

안타깝게 노심초사 안절부절 괴로워하던 중전은 드디어 아기를 잉태하게 되었다. 그러나 안심할 분위기가 아니었다. 자신의 소생으로 태어난 아기들이 두 명이나 내리 죽었다. 만약 이 번에 태어나는 아기가 공주라면 이젠 왕세손을 바라볼 가망도 없는 일이었다.

그런 긴박한 상황에서 왕비가 낳은 아기는 다행스럽게도 원자였다. 왕비는 물론 그녀의 일가붙이들에게까지도 이만저만한 큰 경사가 아닐 수 없었다. 어쨌든 한시름 놓은 왕비는 이제 그 자리를 지키는 일만 남았다. 누구를 막론하고 왕실 적자인 조선의 국왕이 될 자신 아들에게 해(害)가 되는 일이 있다면 아예 싹부터 잘라 버려야 했다.

순종은 유아 시절부터 건강한 체질이 되지 못해 항상 중전의 근심거리가 되었다. 순종이 태어나고 6년 뒤 건강했던 완화군이 공교롭게도 13살 나이로 까닭 없이 갑자기 죽어 버렸다. 영보당은 말할 것도 없지만 조 대비도 크게 슬퍼했다. 대비는 완화군이 생시에 좋아하던 군밤을 손수 상청에 올리며 그의 죽음이 몹시 애달파 눈물까지 흘렸었다.

중전은 고종 주변의 여인들에 대한 접근을 철저하게 막았다.

철종의 후궁이었던 숙의(淑儀) 범(范)씨가 아직 궁에서 기거 하고 있을 때였다. 범씨의 궁에 장(長)씨 성을 가진 상궁이 있었다. 그녀는 살결이 희고 키가 훤칠한 미인이었다. 그 장 상궁을 고종이 자신의 침소에 들게 했다. 아무리 왕이라 해도 상전 소속의 궁녀는 침소에 드리지 않는 게 법도였다. 고종은 봉작을 내려 귀인이 된 미인 장 씨에게 한동안 빠져 있었다.

얼마가지 않아서 장 귀인은 임신을 하게 되었고 왕자를 낳았다. 그가 바로 의친왕 이강이었다.

그 소식을 들은 서슬이 시퍼래진 중전은 고종이 이미 봉작까지 내린 장 귀인을 불러들였다. 왕비는 금방이라도 죽일 것처럼 장 귀인을 혹독한 고문으로 다루었다. 고종에게 그 소식이 들어가지 않을 리가 없었다. 고종은 그토록 아끼던 장 귀인의 위기 앞에 돌변하여 이해할 수 없는 행동을 취했다. 수수방관하며 내명부의 일이니 임금이 나설 것이 못 된다는 태도였다. 그가 왕자까지 낳은 장 귀인의 위기 앞에 왜 애매모호한 태도를 보였는지는 알 수 없었다.

심한 고문을 버티지 못해 장 귀인은 그만 기절을 해 버렸다. 중전은 그것으로 그치지 않고, 불로 달군 쇠꼬챙이로 지져대었다. 중전은 목숨 부지한 것을 다행으로 알라며 장 귀인을 아기 왕자와 함께 사가(私家)로 냉혹하게 내쫓았다.

그때부터 의친왕 이강은 수모와 박해를 받으며 모진 목숨을 근근이 이어갔다. 생모 장 귀인은 고문의 후유증으로 시나브로나마하다가 궁궐에서 쫓겨 난 10년 만에 죽고 말았다. 외로운 어린 왕자 이강의 마음속에는 수많은 아픈 기억들이 차곡차곡 쌓여가고 있었다.

불우한 어린 왕자에게 아무도 관심을 가져주지 않았다. 왕실에서조차 거두어주지 않는 것은 그나마 그가 목숨을 이어 갈 수 있는 매우 다행한 일이었다.

궁궐 안에서 왕과 여인의 문제가 한동안 잠잠한 듯했다. 민 왕비는 고종의 신임을 받고 있을 뿐만 아니라 어느새 정치적으로도 대원군과 대등한 입장이 되어 있었다. 그녀는 시아버지 대원군과 정치적인 갈등으로 다른 곳에 눈 돌릴 틈이 없었다. 그녀는 일가붙이들을 조정 벼슬에 중용하여 자신의 입지를 확고하게 틀어잡기 시작했다.

그동안 임오군란을 비롯하여 갑신정변, 동학운동, 을미사변, 청일전쟁을 겪으면서 나라 안과 밖이 들끓을 때였고, 그 틈바구니에서 고종은 고종대로 고난스러운 나날이었다. 국가의 위기를 겪으면서 강력한 절대 군주가 될 수 없는 상황에서 나름대로 스트레스를 받으며 외롭고 쓸쓸하게 하루하루를 보내야 했었다.

그때 고종의 마음을 사로잡아 승은(承恩)을 입은 여인이 있었다. 그녀는 중전의 시위상궁인 엄(嚴)씨였다.

엄 상궁은 외모로 보아 도저히 사내들의 색정을 도발시킬 요인은 전혀 가지고 있지 않았다. 임금의 침소에 잠자리를 살피러 들어갔던 엄 상궁이 밖으로 나왔을 때 뜻밖에 치마를 뒤집어 입고 있었다. 왕과 잠자리를 치른 궁녀들은 그 증표로 치마를 뒤집어 입고 나와 과시를 하는 게 전례였다. 엄 상궁의 그런 모습을 보고 모두들 어이없어 하며 콧방귀를 뀌었다. 주변에서는 못 생긴 그녀의 승은을 도무지 믿으려 하지 않았다.

변변하지 않은 얼굴에 절구통처럼 생긴 몸피를 보며 모두들 거짓말이라고 단언을 할 수밖에 없었다. 그녀의 나이를 따지자면 32살이었다. 조혼(早婚)의 시절이라 손자를 볼 나이였다.

그럼에도 불구하고 엄 상궁은 비상한 머리와 야심을 가진 여인이었다. 그녀는 철종 때 5살 아기나인으로 입궁을 했다. 가세가 찢어지게 가난해서 부모가 입 하나라도 줄여 보려고 알음알음으로 일찌감치 궁궐로 들여보낸 것이었다. 그녀는 어릴 적부터 궁중 여인들이 저마다 살아가는 생존 방법을 찬찬히 지켜보며 자랐다. 중전의 시위상궁이 되면서부터 오로지 왕비를 헌신적으로 받들어 모셨다. 건강하게 생긴 모습대로 몸을 아끼지 않는 그녀의 충직은 왕비를 감탄하게 만들었다.

엄 상궁과 잠자리를 하고 난 고종이 한 마디 던졌다.

"너는 정녕 모과를 닮았구나."

엄 상궁은 그 말을 꿀떡 집어삼켰다.

고종은 뜻밖에도 엄 상궁과의 잠자리가 좋았던 모양이었다. 모과란 울퉁불퉁하고 못 생겼지만 강렬한 향기만은 일품이었다. 그녀의 용모를 보고 입맛을 다실 사내는 아무도 없었지만 잠자리는 고종을 매료시킨 것 같았다. 어두움 속의 이부자리에서 얼굴은 보이지 않았지만 삼십 대의 뚱뚱한 여인의 육체가 큰 보료처럼 편안한 모양이었다. 방중술을 어떻게 익혔는지 고종은 꼼짝 못하고 그녀의 포로가 되고 말았다.

몇 번에 걸친 왕과 엄 상궁의 잠자리가 조용히 지나 갈 리가 없었다. 수많은 여인들의 입이 열려 있는 궁궐에서 그 소식이 왕비의 귀로 들어가는 것은 시간 문제였다. 중전으로서는 참으로 어처구니가 없었다.

중전은 장 귀인을 쫓아낸 후 궁중 여인들을 혹독하게 다루어 놓아서 당분간 그런 걱정은 하지 않고 지냈었다. 설마하니 생각지도 않은 자신의 수하에 부리는 궁녀를 임금이 건드린 것에는 할 말을 잊었다. 중전은 자신보다 잘생긴 미인이라면 질투라도 했을 터였다. 왕이 생겨도 너무나 못생긴 궁녀와 동침을 한 것에 그녀는 자존심이 상하고 말았다.

중전은 엄 상궁을 당장 잡아들여 내전 뒤뜰에 포박하여 잡도리를 시작했다. 믿는 도끼에 발등 찍힌 격이었다. 왕비의 눈에는 살기가 번뜩이고 있었다.

중전이 엄 상궁을 죽이려 한다는 소식이 고종의 귀에 들어갔다. 고종은 당장 엄 상궁이 형틀에 묶여 있는 내전 뒤뜰로 체통도 없이 달음박질을 쳤다. 내전 문을 들어선 그는 왕비를 붙들고 사정을 했다.

"중전. 가련한 목숨을 죽일 것까지야 있겠소. 과인의 체면을 보아 궁궐 밖으로 그냥 내치시오."

중전은 어떤 경우든 임금의 체면을 절대 무시할 수 없었다.

고종은 장 귀인이 왕자를 낳아 혹독한 고문을 당할 때와는 달리 사뭇 다른 행동을 보여 주었다. 양면성을 보여 주는 고종의 행동이었지만 그 이유는 본인 외에는 아무도 알 수 없었다.

엄 상궁은 죽다가 살아난 목숨을 부지하여 궁궐 밖으로 쫓겨나갔다. 그녀는 이 세상에 없는 듯 숨을 죽이고 엎드려 살았다. 어느덧 10년이라는 세월이 흘렀다. 그런 엄 상궁에게 기회가 찾아왔다. 중전이 일본 공사 미우라 고로의 흉계로 조선에 거주하고 있던 일본 깡패인 낭인들에게 시해를 당한 사건이 벌어졌다.

고종은 중전의 장례를 치르고 닷새 만에 밖에 있는 엄 상궁을 불러

들였다. 참으로 기이한 일이었다. 10년 동안 그녀에게 단 한 번의 기별도 없이 지내던 고종이었다. 왕비가 죽자 보란 듯이 엄 상궁을 불러들인 국왕의 행동이 주변에서는 도무지 이해가 되지 않았다.

장안의 백성들은 고종을 심간(心肝)이 없다고 한스럽게 여겼다. 중전의 죽음은 미증유의 국가적 참변과 치욕으로 고통 받았고 또 왕의 도덕성에도 실망한 백성들이 무력한 탄식을 토했다.

하여간 민 왕비가 죽고 궁궐로 들어간 엄 상궁은 임신을 하게 되었다. 그녀는 얼마 후 순조롭게 왕자를 낳았다. 그 왕자가 영친왕 이은이었다. 영친왕은 의친왕 이강과 20살이나 나이 차이가 났다.

민 왕비가 시해되고 궁궐에 들어와 살던 이강은 1900년 8월에 3살이었던 이복 동생 이은과 함께 왕으로 봉해졌었다.

그 시기에 순종은 워낙 병약해서 후사가 없을 것이라는 소문이 기정사실화 되어 있었다. 왕실에서 의친왕 이강을 황태자로 책봉하려는 움직임이 일었다. 그는 왕성한 23살의 청년이었다. 그때 돌연 고종의 명령으로 이강은 미국 로어어노크 대학으로 유학을 떠나 버렸다. 김규식(金奎植)도 그 대학의 학생이었다. 이강은 유학 생활 3년 만에 '뉴욕 헤럴드'지에 성명을 발표했다.

―나는 미국 국민의 자유와 미국의 독립에 매혹되어 조국의 왕관을 포기하고 국외생활의 자유를 위해 황실이 지워준 모든 책임을 포기한다.―

그는 같은 학교의 여학생인 앤지 글라함과 열애에 빠져 있었지만 그리 오래 가지는 않았다. 조선의 왕위 승계 서열 1위인 왕자의 성명은 미국을 떠들썩하게 했다.

조선에서 그 소식을 들은 엄비는 쾌재를 불렀다.

이강을 황태자로 책봉하려는 움직임이 있을 때 엄비는 가슴을 쥐어짰었다. 자신이 낳은 왕자의 위상이 흔들리게 되면 황실에서는 경우에 따라 죽음도 각오해야 했다. 그녀가 고종을 부추겨 이강을 미국 유학 길로 보내는 데는 일단 성공했지만 안심할 수는 없었다. 근심으로 가슴을 졸이던 엄비에게 이국 땅 미국에서 조선의 왕위 계승을 포기하겠다는 이강의 성명은 그야말로 엄청난 기쁨이었다.

이강은 자신의 출생으로부터 소년과 청년기를 되돌아보면 어둡고 외로운 시절이었다. 특히 민비에게 당한 고문 후유증으로 병들어 사경을 헤매던 생모 장 귀인을 생각하면 슬픔이 복받쳤다. 자신의 힘이 너무 미약하다는 것을 깨달을 때마다 죽음도 무수하게 생각했지만 살아남아야 했다. 그래서 생모의 명예를 회복시키는 것도 자식 된 도리였다.

청년 시절 자신이 황태자 자리를 탐내었다면 얼마든지 가능한 일이었다. 황실에 올바른 어른이 남아 있지도 않았지만 얼마든지 도모할 수는 있었다. 철종의 부마(駙馬)인 박영효(朴泳孝)와 순종 황후의 백부 윤덕영만 끌어넣어도 가능한 일이었다. 박영효는 개화파의 우두머리로 아직까지 노론을 이끌며 조정안과 밖으로 실력행사를 하고 있었고, 윤덕영 또한 황후와의 관계로 위세가 만만하지 않았다. 나머지 탐욕으로 무리 지어 있는 조정 대신들을 규합하기란 손쉬운 일이었다.

이강은 사라져 없어질 지도 모를 대한제국의 황태자 자리에 연연한다는 것은 부질없는 짓이라 생각했다. 국제 사회의 강대국들은 이미 조선이라는 작은 나라가 일본에게 어떻게 되든 상관하지 않았다. 그들도 나름대로 조선과 같은 약소국들을 벌써 강탈하고 있기 때문이었다.

이강은 조선이 독립하는 그날을 대비해 견문을 넓히고 더 많은 지식을 쌓을 수 있는 훌륭한 인재들을 배양해 내는 것이 더 중요하다고 생각하고 있었다.

이복형인 병약한 순종이나 볼모로 일본에 잡혀가 있는 나이 어린 동생 영친왕이 무슨 요령으로 꺼져 가는 왕국의 국권을 회복시키겠는가. 일본은 간악하게도 황제와 황태자의 손발을 이미 다 잘라 놓아 무용지물이나 마찬가지로 만들었다.

이강이 외국 아가씨와 열애에 빠지고 뭇 여성들 하고의 문란한 스캔들은 일본이 바라던 일이었다. 미국에서 여자들과 염문을 뿌리며 스스로 타락해 가는 것 같은 의친왕을 지켜보며 일본은 미소 지었다. 이강은 어림없었다. 자신을 몰락해 가는 왕국의 쓸개 빠진 왕자로 단정 짓는 일본을 싸늘하게 바라보았다. 철저하게 저들을 속이는 것만이 이강으로서는 자유로웠다. 일본은 벌써 그렇게 속아 왔었다.

일본은 조선 황실의 완전 멸망 계획을 가지고 있었다. 그들은 조선 황족 자녀들을 외국인과 혼인시키므로 정통혈족을 붕괴하려는 의도를 철저하고 은밀하게 진행시켰다.

일본이 이강을 일본 여자와 혼인시키려고 시도했을 때였다. 이강은 단호하게 거부하며 조선 여자를 택해 보란 듯이 혼례식을 올렸다. 고종도 이강의 기개를 대단히 기뻐하며 칭찬했다. 의친왕은 그만큼 자신을 지킬 줄 알았다.

우만이 가지고 온 데라우치의 강제합방 음모 소식을 아버지 고종에게 의논할 성격은 아니라고 이강은 생각하고 있었다. 일본은 이미 조선을 집어삼키려는 각본까지 만들어 놓았다. 여러 가지 국제 정황으로 보아도 대세는 벌써 기울어져 버렸다. 아무리 발버둥쳐 본들 지금은 송골매의 갈퀴에 잡혀 있는 개구리 신세 같았다. 이제는 10년이나 30년을 내다보고 준비를 해야 했다. 대한제국의 문명은 일본에 몇 십 년을 뒤져 있었다. 오로지 그들을 따라잡고 발전하기 위해서는 젊은 인재 양성만이 시급한 일이었다. 조선의 젊은이들에게 선진 문화를 부지런히 가르쳐 앞서 가는 강대국들과 어깨를 나란히 하는 것만이 독립을 앞당기는 길이었다. 그 일을 점진적으로 달성하기 위해서는 학교 사업은 매우 중요한 것이었다.

"이번 경험으로 보아 통감부의 움직임을 신속하게 탐지하는 일은 중요합니다. 그러기 위해서는 우만이 병준의 수행비서 요청을 받아들이는 것이 좋을 듯합니다. 그들의 고급 정보를 캐내기란 결코 쉬운 일은 아니기 때문입니다."

국환은 이강의 우울한 기색을 살피며 말문을 열었다.

"나도 그렇게 생각하고 있소. 저들이 사동궁에 꼼짝없이 들어앉아 있는 나를 방관할 동안 큰일들을 하나씩 이루도록 하시오. 그리고 상해 임시정부 결성은 어떻게 되어 가는 것 같소?"

"그 쪽은 준비가 순조롭지 않아 아직까지 빛을 보지 못한 듯합니다. 국내에 있는 신채호, 신규식, 박은식이 상해로 가기 위해 서두르고 있다고 합니다."

"그런 지식 있는 분들이 많이 움직여 준다면 해외의 독립운동 성과가 훨씬 값지겠구려."

"아예 가족들까지 함께 이주를 한답니다."

"모두가 조국의 독립을 위해 힘들게 노력들을 하는데, 별 도움이 되지 못하는 내 자신이 답답하구려."

"전하! 결코 그렇지 않습니다. 국내뿐만 아니라 상해 지도자들은 전하께서 독립운동에 적극적인 도움을 주신 것에 무척 고무되어 있습니다. 그나마 어려운 여건에서도 군자금까지 지원하시니 모두 감격해 있습니다. 황실에서는 어느 누구도 감히 나서지 못한 일이옵니다. 독립운동에 참여하고 있는 사람들에게 전하의 모습은 큰 위로와 힘이 되고 있습니다."

이강은 국환의 말을 지그시 눈을 감고 들었다.

조정의 권력을 쥐고 있는 자들이 올바른 정치를 하지 못해 백성들에게 고통을 안겨 준 것을 생각하면 이강은 황족으로서 심이 부끄러웠다. 이 나라 조선 땅이 황실의 것은 아니었다. 태고로부터 백성들의 땅이었다. 백성들의 잘못으로 조선이 침략 당한 것이 아니었다. 잘못이 있다면 국정을 다스리는 황제로부터 조정대신들의 책임이었다. 역신들은 백성들이 헐벗고 굶주려 울부짖는데도 아랑곳없었다. 자신들의 사리사욕을 위해 오로지 나라 팔아먹는 일에만 앞장서 왔을 뿐이었다. 국력을 진작 바로 잡지 못하고 쇠약하게 내버려 둔 원인이 마치 자신의 탓 같은 생각이 들자 이강은 긴 한숨이 나왔다. 그러나 신세 한탄만 하고 있을 수는 없었다. 나라가 독립하는 그날까지 꿋꿋한 의지를 가지고 투쟁하는 용기가 필요할 뿐이었다.

국내에서 독립운동을 위한 활동은 누구든 제한을 받았다. 일본 관헌들의 감시가 강화되어 운신의 폭이 좁아졌기 때문이었다. 명망과 지도력 있는 인사들은 만주나 상해로 건너가서 그곳에서 뜻을 펴고 인재 양성에 심혈을 쏟았다.

상해의 지도자들이 그곳에 독립운동 본부를 설치하려고 한 것은 국제 교통의 요지이기 때문이었다. 국제 정세를 신속하게 파악하기 위해서는 상해가 독립운동의 중심지로서 그 역할에 적합한 곳이었다. 지도자들은 중요한 사업으로 우선 독립군의 군사력 배양에 주력을 두었다. 그러나 빈약한 재정으로 좀처럼 뜻을 이루지 못하고 있었다. 독립을 쟁취하는데 국제 여론을 환기시키는 외교도 소홀히 할 수 없는 일이었다.

상해는 각국의 조계지(租界地)가 설정되어 있었다. 타국의 조계지에 외국인은 함부로 들어갈 수 없었다. 상해로 이주한 독립 운동가를 비롯한 조선인 대부분은 프랑스 조계지에 거주했다. 일본이나 외국인에게 고용된 조선인은 공동 조계지에서 살았다.

이강이 독립운동 단체 중에 유독 상해에 관심을 가지게 된 것은 훌륭한 지도자들이 많기 때문이었다. 그곳이 독립운동의 중심이 될 수 있다면 흩어져 있는 단체들을 규합하는 일은 용이할 것 같았다. 여러 곳에 흩어져 있는 단체를 결집시켜 한 목소리를 내는 것도 매우 중요한 일이었다.

"학교 부지가 매입되면 공사가 시작되기 전에 전하께서 현장을 한번 둘러보시고 관계자들을 격려해 주시는 것도 좋을 듯합니다."

"통감부에서 일일이 감시를 하고 있을 터인데 내가 움직인다면 번거롭기만 할뿐이오. 격려문을 보내 위로하는 것이 그들의 눈을 따돌리기 쉬울 것 같소. 병준의 비서 일은 우만이 받아들이도록 합시다. 그것이 우리 사업에 많은 도움이 되겠소."

사동궁을 물러 나와 국환과 헤어진 우만은 진고개 건너에 있는 가스코의 집으로 향했다. 나미에의 영어 공부를 지도하는 날이기도 하고 초저녁쯤 그곳에서 송병준을 만나기로 했기 때문이었다.

집에는 나미에가 혼자서 기다리고 있었다. 그녀가 입고 있는 파란 목단 무늬의 기모노가 눈이 부실 정도로 화사했다. 목에서 가슴 쪽으로 깊게 패인 옷 속에 드러난 그녀의 살결은 '가부키' 무희들이 얼굴에 바른 분가루 보다 더 희었다. 나미에는 우만과 눈길이 마주칠 때마다 수줍은 듯 살그머니 시선을 피했다. 그럴 때마다 그녀의 하얀 얼굴은 복사꽃처럼 곱게 물들었다.

일본인과 매국 대신들에게는 좋지 않은 감정을 가지고 있는 우만이지만 나미에게만은 그렇지 않았다. 그렇다고 자신이 가르치고 있는 학생이라는 것 외에는 특별한 감정은 아직 없었다.

그녀의 머리는 비교적 우수했다. 그녀에게 가르치는 영어가 철자법이나 문장을 공부하는 것은 아니었다. 생활 영어를 암기하는 정도였다. 그녀의 기억력은 상당한 수준이었다. 혀 짧은 발음으로 영어를 읊조리고 있는 나미에의 목소리는 귀엽고 사랑스럽기까지 했다.

그날따라 우만의 시선은 살결이 두드러지게 흰 그녀의 가슴 언저리에 자주 머물렀다. 그는 멍청한 시선을 깨달을 때마다 다급하게 거두어들였으나 자신도 모르게 그 행동은 반복되었다.

그녀는 공부가 끝나자 주방에서 차를 끓여 왔다. 우만의 앞에 무릎을 꿇어 앉아 다소곳하게 차를 따르는 모습이 정숙해 보였다. 그녀는 우만이 차를 마시는 동안 두 눈을 방바닥으로 내리 깔고 꼼짝도 하지 않았다. 그런 분위기에 우만은 약간 답답함을 느꼈다. 나미에가 말이라도 걸어오면 좋으련만 조각처럼 미동도 하지 않았다. 일본 문화 속에 비쳐지는 여자란 남자에게 오로지 헌신하기 위해 태어난 것 같은 분위기가 느껴졌다.

얼마 있지 않아 송병준이 돌아왔다. 그는 우만의 인사를 받으며 나미에한테 다가가 가볍게 등을 안고 볼에 입까지 맞추었다. 반역자 매국역적의 가슴에도 자식에 대한 따뜻한 부정(父情)은 넘치는 모양이었다.

나미에는 송병준의 가슴을 부끄러운 듯 떠밀고 눈을 곱게 흘겼다. 우만을 의식한 듯 그녀의 얼굴에 무안한 표정이 역력했다.

"나미에 공부는 진척이 좀 있는가?"

"예. 머리가 총명해 금방 따라오고 있습니다."

"수고 많군. 어떤가? 내 비서 일을 맡겠는가?"

"예. 미숙하지만 힘껏 보좌하겠습니다."

"그렇다면 내일 아침부터 이곳으로 출근하고, 필요할 때 내 지시를 받아 수행하게. 자네의 용전(用錢)은 내가 알아서 줌세."

우만은 가스코의 집을 나와 도동에 있는 세브란스로 갔다. 거리는 벌써 땅거미가 내리고 있었다. 서양이가 마침 왕진에서 막 돌아왔다. 서양은 오늘 병원에서 번(番)을 서는 날이었다. 그 시간에 서양이 갈아입을 옷을 가지고 순임이 왔다. 서양은 밀려 있는 환자들을 바쁘게 돌아보느라 이야기를 나눌 틈이 없었다.

우만과 순임은 함께 병원 밖으로 나갔다. 두 사람은 세브란스 뒤 목멱산 기슭으로 올랐다. 인적이 드문 어스레한 언덕배기 아래로 펼쳐진 숭례문을 따라 광화문, 종루, 수표교 일대의 한성 중심지가 가로등 불빛에 비쳐 한눈에 들어왔다. 도심은 전기가 들어 온 이래 날로 발전하여 전차가 왕래하는 거리는 불꽃으로 수를 놓은 것처럼 야경이 일품이었다. 마침 산 위로 떠올라 있는 보름 달빛을 받은 순임의 얼굴은 흰 박꽃처럼 청순해 보였다.

아침저녁으로 제법 서늘해진 날씨가 가을을 성큼 몰고 온 것 같았다. 잔디는 벌써 이슬을 머금고 촉촉이 젖어 있었다. 우만은 순임이 깔아 준 보자기 위에 앉았다. 무더위가 기승을 부린지가 엊그제 같은데 풀벌레의 울음이 맑고 또렷해진 것을 보면 가을이 다가온 것이 분명했다.

두 사람은 그때까지 말 한마디 나누지 않았다. 하릴없이 풀잎을 뜯어 산 아래로 던지고 있는 순임이 한숨을 쉰 뒤 입을 열었다.

"오빠는 공부에 관심 없으세요?"

"공부? 응, 나도 순임처럼 공부를 하고 싶지. 그러나 지금은 그럴 수 없어. 빼앗긴 나라 찾는 일에 미약한 힘이나마 보태야 할 때야. 국력을 되찾으면 나는 역사 공부를 하고 싶어. 순임이는 모쪼록 열심히 공부해서 후학을 길러내는 훌륭한 선생님이 되면 좋겠군."

"오빠의 마음을 이해 할 수는 있어요. 그러나 오빠의 재능이라면 저와 함께 공부를 해서 후학 배출에 힘쓰는 것도 나라를 위하는 길 아니겠어요?"

"그래, 맞는 말이야. 나도 그런 욕심이 생겨. 그러나 지금은 곤란해. 언제가는 그런 기회가 오겠지."

뜨거운 열정으로 가득 들끓고 있을 젊은 남녀의 대화는 자꾸 겉으로 맴돌았다. 가슴을 몽땅 태워 버릴 것 같은 사랑 이야기는 정작 빼놓은 채였다. 순임은 그런 분위기에 은근히 부아가 치밀었다. 그녀는 우만에게 시비를 걸고 싶었다.

"서양이 오빠한테 들었어요. 송병준의 딸 영어를 가르치고 있다고요? 그건 좀 곤란한 행동 아니겠어요? 하필이면 역적 대신과 일본 여자의 핏줄이 섞인 아이를……."

우만은 좀 당황했다. 그 순간 나미에 얼굴이 문득 떠올랐다. 청순하면서 순박한 모습으로 앉아 있는 순임의 얼굴 위에 나미에의 밝고 맑은 모습이 오버랩 되어 애잔하게 사내 마음을 흔들고 지나갔다.

"응, 그것은……. 지금은 설명할 수 없지만, 깊은 이유가 있어. 그 실체는 다음에 말해 주지."

"내가 오빠를 믿지 못해서 하는 말이 아니에요. 내막은 잘 모르지만, 일본 여자를 가르치는 것보다 나하고 함께 농촌에서 계몽운동을 하는 게 훨씬 보람된 일 아닐까요?"

우만은 자신의 입장을 순임에게 자신 있게 이해시키지 못하는 것이 아쉬웠다. 당장은 순임에게 오해를 받더라도 자신이 맡고 있는 임무에 대해 발설할 수는 없었다.

"그래, 그것도 좋은 일이야. 순임이 충고를 듣고 나니 정신이 번쩍 드는데."

우만은 열없는 웃음으로 얼버무렸다.

"자, 그만 내려갈까. 서양이가 예쁜 동생 납치 된 줄 알고 걱정하겠군."

우만은 먼저 일어나며 무의식으로 순임의 손을 잡아 일으켰다. 그녀의 손에서 따뜻함이 전해졌다. 순간 그녀를 안아서 등이라도 토닥거려 주고 싶었지만 마음뿐이었다. 그 순간 나미에가 마음에 걸리는 것은 또 무슨 조화인가.

이튿날부터 우만은 분주해졌다. 송병준의 스케줄에 맞추어 그와 함께 움직이는 날이 많았다. 나미에의 영어 공부는 암기 위주로 하고 일주일에 한 번 테스트를 하는 정도였다.

송병준이 하는 일이란 뻔했다. 조정에 등청하여 별 할 일도 없이 거들먹대다가 정상배들과 작당을 해 일찌감치 무리지어 파성관으로 쳐들어가 술판이나 벌이는 게 고작이었다. 그는 술이 거나하게 오르면 새로 부임한 통감 데라우치를 두고 간간이 안주 삼아 불만을 터뜨렸다. 데라우치가 근간에 자신을 개인적으로 자주 초청해 주지 않는 것을 못마땅하게 생각하고 있었다.

"데라우치가 나를 무시하면 쓰나. 내가 본국을 왕래하며 천황폐하와 가스라 수상에게 그 자신을 통감 자리에 앉히기 위해 얼마나 충간했는지, 본인이 더 잘 알 것이야. 이 송병준이를 무시하다간 큰 코 다치지 아마."

그는 술잔을 단숨에 입 안에 털어 넣고 옆자리 기생이 젓가락으로 집어주는 안주를 씹으며 짧은 콧수염을 습관적으로 쓰다듬었다.

"일당 대감도 그렇지 아직 총리 자리에 있지만 시간문제야. 통감이 취임 직후 왜 나를 총리시키겠다고 했는지 그것도 새카맣게 모르고 있잖아. 세상 돌아가는 이치를 제대로 알아야 무얼 해먹지. 안 그렇소? 내가 총리를 사양한 깊은 뜻도 모르면서 뭘 어떡하자는 것이야? 젠장!"

자신을 과시하기 위해 술 자석에서 으레 한 두 번은 지껄이는 허튼

소리였다. 덧붙여 자신이 수행 비서를 둔 것도 앞으로의 큰일에 대비한 것이라는 자랑도 요즈음 새로 생긴 버릇이었다.

교묘한 물밑 작업에 치밀했던 데라우치는 마침내 이완용을 자극하는데 성공했다. 이완용은 내각 소집을 서둘렀다. 의제는 나라 팔아먹는 일이었다. 데라우치가 미리 작성한 강제합방 안을 이완용이 내각 회의에 내 놓았다. 아무도 그 일에 가타부타 토를 달은 자가 없었다.

회의장 안은 잠시 침묵의 시간이 흘렀다. 그 순간 학부대신 이용직이 별안간 벌떡 일어나 책상을 힘껏 내리쳤다. 그는 강경한 어조로 합방 안에 반대 소리를 외쳤다. 그가 내지른 불같은 목소리는 허공의 메아리에 불과했다. 아무도 이용직의 의견에 참견을 하는 사람이 없었다. 그는 다시 한 번 우렁차게 자신의 반대 의견을 대신들 귀에 박아놓고 옷자락을 후려치며 자리를 떠나버렸다.

1910년 8월 22일 창덕궁 대조전 흥복헌 용상에 앉아 있는 순종은 목석처럼 말이 없었다. 이완용 내각은 저희들이 결정한 강제합방 안을 어전에서 말 몇 마디로 통과시키려 하고 있었다.

황제의 용상 바로 뒤에는 오산일월(五山日月)의 병장(屛障)이 서너 뼘 사이를 두고 순종의 침울한 분위기와는 어울리지 않게 현란한 빛을 내뿜었다.

이완용은 황제에게 거듭해서 합방 안을 윤허하라고 무엄하게도 짓졸랐다. 그때 용상의 병장 뒤에서 여인의 목소리가 조용히 흘러나왔다. 순종의 귀에만 들릴 수 있는 거리였다.

"폐하! 합방을 절대 윤허하지 마옵소서. 태황제께서 아무리 말씀이 계셨다고 해도 저들의 꾸민 말을 믿으시면 아니 되옵니다."

목소리의 주인은 순종의 비(妃) 순정효황후(純貞孝皇后) 윤(尹)씨였다. 국권이 강탈당할 위기에 그녀는 병장 뒤에서 어전회의를 엿듣고 황제에게 합방을 절대 허락해서는 안 된다고 간하고 있었다.

이완용은 순종이 쉽게 합방 안에 윤허를 내리지 않자 주위를 불러 옥새를 가져오라고 으름장을 놓았다. 강제로라도 날인을 하겠다는 속셈이었다.

잠시 뒤 옥새를 가지러 갔던 관리가 빈손으로 돌아왔다. 옥새는 황후가 챙겨서 벌써 어디론가 종적을 감추었다고 했다. 한동안 창덕궁 안과 밖이 소란스러웠다. 황후의 종적을 알 수 없었다. 나중에서야 그녀가 병장 뒤에 숨어 있다는 것을 알아내었다.

황후는 치마 속에 옥새를 감추어 놓고 의연하게 앉아 있었다. 누구라도 지존인 황후의 치마 속을 감히 들추어 볼 수는 없었다. 다급해진 역신들은 황후의 백부 윤덕영을 앞 세웠다. 매국 역신의 한 패거리인 윤덕영은 상궁들을 협박해 황후의 치마 속에 있는 옥새를 강제로 빼앗았다.

한바탕 소란 끝에 옥새를 겨우 찾아낸 역신들은 오로지 합방 윤허를 받아내기 위해 번갈아 가며 혈혈단신 애처로운 황제를 괴롭혔다. 병장 뒤에 버티고 있는 황후도 윤덕영이 무엄하게 내쫓았다. 외롭고 의지할 곳조차 없는 순종은 더 이상 버텨 낼 힘이 없었다. 아무리 더 없이 위엄을 갖춘 황제라 한들 이미 허수아비처럼 생각하는 신하들이었다. 그들은 똘똘 뭉쳐서 황제를 절구통에 넣은 삶은 메주콩처럼 짓이기고, 키질 위에 있는 좁쌀처럼 까불며 협박했다. 순종이 토하는 한

숨은 길고 뜨거웠다. 죽지 못해 살아 있는 목숨이 원망스러웠다.

그는 풀어져 내린 눈꺼풀을 힘겹게 걷어 올리며 아무 감정도 없는 것 같은 어조로 조용히 말을 이었다.

"짐은 경들의 뜻에 따르겠노라. 합방을 단행하오."

순종의 입에서 맥 빠진 소리가 흘러나왔다.

그 순간 이완용을 비롯한 역신들은 펄쩍 뛰며 당장 만세라도 부르고 싶었다. 모두들 찢어진 입을 쉽게 다물지 못했다. 그들이 생각하는 것은 국가의 안위가 아니었다. 오직 합방을 성공시킨 공적으로 받게 될 영달에 눈이 뒤집혀 그저 좋아서 죽을 지경이었다.

이완용은 전권 위임장에 옥새를 가차 없이 짓눌렀다. 한순간이었다. 그들은 어이없는 합방 조인을 끝내고 데라우치에게 득달같이 달려가 버렸다.

단군 이래 그 자손들의 맥이 끊어지지 않고 이어 온 이 강토 역사 수천 년과 조선조 5백여 년이었다. 이제 그 생명을 다했는가? 을사늑약 후 수많은 백성들이 울부짖고 수많은 의인(義人)들이 아까운 목숨을 바쳤다. 순종의 맥없는 단 한마디에 조선 운명은 정녕 끝나고 말았는가? 이 나라 조선 강토가 송두리째 왜적에게 빼앗겼는데도 푸른 하늘과 산야, 흐르는 강물은 무심하게 아무 말이 없었다.

강제합방 조인은 무려 일 주일 동안이나 침묵을 지키고 있었다. 쥐 죽은 듯하다가 8월 29일에 갑자기 반포되었다.

합방조약 제 5조에는 일본국 천황이 훈공(勳功) 있는 조선인으로서 특히 표창에 적당하다고 인정된 자에 대하여 영작(榮爵)을 주고 또 은급(恩給)을 준다고 되어 있었다.

민중들은 핍박과 가난으로 굶주림에 떨며 죽어가는 시기였다. 역신들은 나라 팔아먹은 공로로 일본 정부로부터 받게 될 은사금으로 호의호식하며 옥토를 늘리게 생겼다. 온갖 산해진미로 배를 두드리고 번들거리는 입술은 기름이 마르는 날이 없게 되었다.

5
무단(武斷)의 칼

1910년 10월 1일 목멱산 중턱 해묵은 송백(松柏)에 둘러싸인 목조 건물인 조선총독부가 한성거리를 내려다보고 있었다.

통감부를 총독부로 개명한 일본 육군대장 데라우치 마사다케가 제1대 조선 총독에 취임하여 청사에 첫 등청을 하는 날이었다. 아침 일찍부터 숭례문에서 목멱산을 오르는 가두에 기마 헌병들이 삼엄한 경계를 서고 있었다. 총독부 청사 주변에도 헌병들이 몇 겹으로 에워싸고 일반인들의 출입을 철저히 통제했다.

데라우치는 이토오 히로부미가 쓰던 통감의 명칭을 총독으로 바꾸었으나 청사는 금방 손댈 수가 없어 그대로 두었다. 그는 야심을 가진 사내답게 가슴에 숨긴 흉계라도 있는 듯 의미심장한 미소를 가끔 짓고 있었다.

데라우치는 일본 간부급 관리들만 소집시킨 청사에서 육군대장 정장을 하고 가슴에는 수많은 훈장을 번들거리며, 생각보다 시무식을 간단하게 끝내 버렸다. 그는 미리 특명을 내려 번거롭게 조선 내각의 전임 각료들을 초대하지 않았다. 조선 내각은 이미 해체되어 있었다.

권력에 맛들인 자들은 그 자리를 떠나 있어도 항상 기회를 엿보며 연연하기 마련이었다. 이제 할 일이 별로 없어진 그들과의 관계를 이참에 적당히 거리를 두는 것도 좋을 것 같았다.

이제부터 이 나라 조선 팔도의 모든 일은 총독인 자신의 지배 하에서 일사불란하게 움직일 뿐이었다. 일본 관리들은 자신의 지시대로 최선을 다해 따르면 그만이었다. 조선은 5천년의 역사와 문화를 가진 나라였다. 동방예의지국이라 불리던 조선 천하를 자신이 호령한다고 생각하니 데라우치는 감개가 무량했다. 이제 자신의 의지대로 우매한 조선 민중들을 깨우치게 만들어 대 일본제국의 신민을 만드는데 신명을 바칠 각오가 새로웠다.

조선총독은 본국 정부의 속령(屬領) 관리 직함에 지나지 않지만, 대일본제국 육군대장 자리를 겸하고 있는 데라우치 생각은 달랐다. 조선은 본국의 영토와 별로 차이가 없었다. 그런 나라를 다스리며 그 위에 군림하는 최고 통치자라는 자부심과 오만으로 한껏 가슴을 부풀렸다.

총독이라는 자리는 억조창생을 다스렸던 조선의 왕이나 다름없었다. 조선의 경략을 어떤 배짱으로 통치해 나갈 지는 오로지 자신의 손바닥 안에 있었다. 도오쿄의 가스라 정부 따위에게 간섭받을 이유가 없다는 태도였다. 5천 년의 역사를 가진 선비의 나라 대한제국을 자신이 강제합방하여 2천만 조선 백성을 일본의 노예로 존속시킨 것이라 생각했다. 섬나라 일본은 일찍이 남의 나라를 합방시켜 속국을 만들어 본 바가 없었다. 데라우치는 자신의 공적에 대해 한껏 거드름을 피우고 싶었다.

며칠 뒤 데라우치는 자신의 집무실에서 가죽 장화를 신은 채 큰 키에 뒷짐을 지고 나무 바닥을 뚜벅대며 어지럽게 왔다 갔다 하고 있었다. 그가 화를 진정시키지 못할 때의 버릇이었다.

"어이, 야마가따! 이 자들이 나한테 이럴 수가 있나? 본국에 있는 놈들 모두 머리가 돌아버린 게 아닌가?"

"무슨 일이신지? 각하!"

"자, 이것 좀 읽어 보시오. 가쓰라 수상이 제 멋대로 놀고 있는 꼴을 좀 보라구. 나한테 상의 한마디 없이, 도대체 무례 한 것들 아닌가!"

데라우치는 옆에 서서 의아해하는 부총독 겸 정무총감 야마가다에게 본국에서 날아온 전문을 불쑥 내밀었다.

전문에는 시종(侍從) 이바나를 천황의 칙사로 조선으로 파견했다는 내용이었다.

일본은 조선을 강제합방시켜 속국으로 만든 만큼 천황 밑에 황제를 둘 수는 없었다. 조선 황제를 왕으로 책봉한다는 내용이었다. 5백 년 왕통을 이어온 조선 황제를 하루아침에 천황의 발아래 굴복시키는 막중한 행사였다. 데라우치는 그런 중요한 일을 한마디 상의 없이 처리한 본국 정부에 괴팍한 성질을 죽이지 못하고 길길이 뛰었다.

"적어도 이런 중요한 행사에는 황족이나 가쓰라 수상이 직접 건너와야지, 어디서 듣지도 보지도 못한 시종 나부랭이를 칙사로 보낸다 말인가? 천하의 데라우치가 이런 모욕을 당하고도 분해서 살겠나. 이 원숭이들을 그냥! 야마가따! 당신도 가만있을 테요?"

데라우치의 들끓는 열화도 소용이 없었다. 행사는 치러져야 했다.

창덕궁 인정전에 마련된 식장에는 순종의 이왕책봉식(李王冊封式)이 이루어지고 있었다. 순종황제와 일본에서 온 시종 이나바 칙사가 탁자를 사이에 두고 마주앉았다. 황제는 동쪽을 보고, 일본 칙사는 서쪽을 보았다. 순종 옆에는 궁내 대신 민병석, 시종원경 윤덕영, 시종무관장 이병무가 기립해 있었다. 이나바 칙사 옆으로는 데라우치와 야마가다 정무총감, 아카시 경무총감 등이 검정 제복 차림으로 위엄을 갖춘 채 배석했다.

순종과 이나바도 말이 없었고 데라우치도 시종 굳은 표정으로 묵묵히 서 있을 뿐이었다.

이나바 칙사는 일본 황실의 국화 문장이 새겨진 가로 세로 한 자 남짓한 함(函)을 순종에게 내밀었다. 순종은 함을 맥없는 손으로 받아 귀찮은 듯 말없이 옆으로 밀어 놓았다.

예식은 그것으로 끝나버렸다. 말은커녕 기침소리 하나 없이 조칙이 든 상자를 주고받는 광경은 무언극 같았다. 식이 끝나고 동행각(東行閣)으로 자리를 옮겨 샴페인을 터뜨렸다. 조선 황실이나 일본 측 참석자 누구도 샴페인을 입 근처에 대지도 않았다.

조선 황실 측이 행사장을 모두 빠져나가자 일본 측도 자리에서 바로 떠났다. 양쪽 모두가 입도 대지 않은 샴페인 잔에서는 그 순간에도 거품이 일고 있었다.

궁궐로 돌아간 순종은 두 눈의 초점이 흐려져 몇 번이고 쓰러질 뻔했다. 그때마다 주위에서 재빠르게 부축해서 위기를 넘겼다. 자신의 손으로 나라를 송두리째 넘겨 준 일도 모자라서 황제에서 왕으로 격하된 엄청난 치욕을 남긴 행사였다. 허약 체질인 그가 그나마 버텨내기까지는 정신력 때문이었다.

몸이 비대하기만 했지 순종은 태어날 때부터 허약했다. 치아를 18개나 의치로 갈아 끼웠고, 심한 근시안이었다. 장안에 안경이 유행하고 있었으나 그는 아버지 폐하 앞에서 감히 안경 쓰는 것을 불경이라 하여 몹시 갑갑하게 지냈었다.

순종의 나이가 40살에 가까워졌는데도 아이를 얻지 못하는 것은 결코 윤 황후에게 문제가 있는 게 아니었다. 가까운 주위에서는 그의 건강을 제일 큰 문제로 손꼽았으나 일부는 다른 풍설을 믿었다.

순종의 할아버지 대원군은 풍수도참에 무척 집착했다. 대원군은 집권 전에 풍수사 정풍(鄭風)을 시켜 충청도 내포에 명혈 자리 두 곳을 잡아 놓았다. 그는 아버지 남연군(南延君)의 묘를 이장하게 되었다. 문제는 두 혈 중에 어떤 곳을 택하느냐를 두고 고민하고 있었다.

덕천 가야산에 있는 혈은 2대 천자지혈(二代天子之穴)이요, 오서산에 있는 혈은 만년 영화지혈(萬年榮華之穴)로 점지되었기 때문이었다.

대원군의 관심은 구체적인 제시가 없는 만년 영화보다 당장 임금을 보증하는 혈에 마음이 쏠릴 수밖에 없었다.

그 가야산의 발복으로 고종이 왕 위에 올라 황제가 되었고, 순종이 그 다음 황제에 즉위했다. 그러나 순종에게 후사가 없는 것은 예사로운 일이 아니었다. 풍수설대로 2대 발복으로 끝날지도 모를 일이었다. 황제의 주위에서는 숨을 죽였다.

이왕 책봉식은 끝났지만 데라우치는 한일합방을 자신의 으뜸가는 공적으로 쳤다. 그는 고무되어 며칠 동안 조용한 시간 속에 총독부 청사를 지키고 있었다. 집무실 회전의자에 앉아 책상 위에 두 다리를 쭉 뻗어 놓고 낮잠도 즐겼다. 그는 이제 조선 왕국의 지배자로서 남아 일대의 대업을 이루기 위해 호연하게 마음을 가다듬으며 여유로운 시간을 보냈다.

그때였다. 총독실 문을 열고 비서 고다마가 들어왔다. 고다마는 얼굴에 함박웃음을 머금었다.

"각하! 본국에서 전문이 왔습니다."

"무슨 일인가?"

데라우치는 조용하게 즐기고 있는 분위기가 깨진 것에 불만인 듯 짙은 눈썹을 꿈틀거렸다.

"축하드립니다. 각하께서 백작(伯爵)으로 승작하셨습니다. 오늘부터 자작에서 데라우치 백작으로 불리십니다."

"오호, 그건 사양 못 할 선물이군."

그는 비서가 가지 온 관보를 받아들고 거만하게 훑어보았다. 데라우치의 얼굴이 차츰 일그러져갔다. 드디어 그는 관보를 내 팽개치고 자리에서 벌떡 일어났다.

"망할 것들, 이런 엉터리가 어딨나? 참새 대가리보다 못한 가쓰라! 도대체 그 친구 꿍꿍이가 무엇이지? 나를 이처럼 푸대접하는 이유가 무언가?"

그가 화를 낼만도 했다.

조선 강제합방이 일본으로서는 무진장한 보고가 될 끝없는 만주대륙으로 뻗어나갈 발판이었다. 조선 합방의 공적을 두고 일본 정부로서는 당연히 논공행상을 하지 않을 수가 없었다. 그 논공행상이 데라우치의 심기를 건드렸다.

본국 수상 가스라와 대신들 모두가 승작이 되었는가 하면, 외무성과 궁내성의 관리들까지 모두 은상을 받은 것으로 되어 있었다. 조선 현지에서 데라우치를 제외한 실제로 공을 세운 총독부 관리들은 승작이나 은상도 없고 식은 밥 신세가 되고 말았다. 데라우치가 열을 받지 않을 수 없었다.

그로서는 야마가다 정무총감, 경무총감 아카시 중장과 심복 부하들에게 볼 낯이 없었다. 그래서 더욱 고래고래 소리를 질렀다. 그는 본국 내각을 헐뜯으며 분통을 있는 대로 터뜨렸다.

물론 강제합방에 공을 세운 조선 대신들에게는 영작과 은급이 주어졌다. 작위와 은사금을 받은 조선인은 전직과 현직 모두 76명이나 되었다. 일본은 조선의 영향력 있는 사람들에게 인심을 베풀어 줌으로서 그들의 효용 가치를 높이려했다.

왕실 종친을 제외하고 10만 원 이상 고액 수령자는 이완용, 송병준, 이지용, 박제순, 고영희, 조중응, 이용직, 민병석이었다. 말단 관리의 연봉이 고작 2백 50원 정도임을 감안할 때 매국 역적들이 받은 은사금은 어마어마한 금액이었다.

시간이 흐르자 데라우치의 분노도 차츰 가라앉았다. 어느 날 그는 각료 회의를 열었다. 그곳에는 정무총감, 헌병사령관 겸 경무총감, 관방비서과장, 관방인사과장, 총무국, 내무국, 재무국, 식산국, 법무국, 학무국 각 국의 국장들이 다 모였다. 그들 명칭을 처음에는 장관으로 칭하다가 국장이라 불렀다.

그 중에서도 총독의 신임을 두텁게 받는 자는 헌병사령관 겸 경무 총감인 육군 중장 아카시와 비서과장 고다마였다. 고다마는 한낱 사무 관에 지나지 않았지만 데라우치의 사위였다. 그런 인연으로 관방비서 과장이라는 직함만 가지고도 막강한 권력을 누렸다. 그는 일본인 관리 들 사이에서 총리대신으로 불리 울 정도로 권세가 막강했다.

그날 회의 내용은 조선을 손쉽게 다스리기 위해 왕실과 백성들을 격리시켜 존왕(尊王) 의식을 차츰 퇴화시키자는 것이었다. 일제가 대 한제국 황제를 마음대로 이미 왕으로 격하시켰고, 덕수궁의 고종과 창 덕궁의 순종, 의친왕 이강, 이희(李熹) 등은 벌써 유폐되다시피 했다. 그들에게 생활의 아쉬움이 없도록 세비는 넉넉하게 지출하고 불편함 이 없도록 해 포로로 만들자는 흉계였다.

젊은 왕자 이강이 신경 쓰였지만 고종도 만만하게 보아서는 안 된 다는 것이었다. 고종의 나이가 비록 많다고 하지만 아직 머리 쓰는 기 량은 보통이 아니었다. 정력이 왕성한 그들에게 생활에 불편을 주면 무슨 일을 꾸미게 될지 몰랐다.

"뭐야? 세비라는 것은 적당히 주면 그만이지, 이미 폐기된 것이나 마찬가지인 그들에게 후한 대접을 할 필요가 있나?"

데라우치가 시큰둥하게 말했다.

"각하! 아니올시다. 지략이 출중하다고 자부하신 이또 공작께서도 이 태왕에게 헤이그 밀사사건으로 보기 좋게 한 방 얻어맞았습니다. 만만하게 보실 일이 아닙니다. 그들이 남은 여생을 풍족하게 지내도록 슬슬 구슬려 세상일을 까맣게 잊도록 만들어야 합니다."

아카시 경무총감의 강경한 진언에 데라우치는 고개를 끄덕거렸다.

그 해부터 1년 세비가 고종과 순종에게는 150만 원씩, 이강, 이희에게는 약간의 은사 공채를 교부하도록 했다.

인심을 후하게 쓰는 것처럼 보여 준 교활한 데라우치가 마냥 방관만 하고 있을 리가 없었다. 궁궐에 찡 박아놓은 이왕직장관(李王職長官) 민병석에게 압력을 넣어 계수에 밝은 일본인 차관에게 왕궁의 크고 작은 일들을 모두 관장하도록 했다. 겉으로는 총독이나 경무총감이 아무 간섭도 하지 않는 것처럼 보였으나 손바닥 손금을 들여다보듯이 훤하게 감시하고 있었다.

일본은 조선을 합방한 뒤 나라 파는데 공을 세운 조선 매국역신들에게 작위를 내렸고 은사금을 3천만 원이나 풀었다. 그 돈은 결국 조선이 부담해야 할 돈이었다. 현금이 아니라 공채로 주었기 때문에 대부분의 매국노들은 가슴앓이를 했다. 쉽게 현금으로 쓸 수 없는 것이 불만이었다. 은행들이 그 기회를 놓칠 수 없었다.

한성에 개설된 은행 대부분은 일본 자본으로 만들어진 것들이었다. 은행들은 공채를 사들이면 좋은 돈벌이가 된다는 것을 알았다. 은행들이 총독부의 허가를 받으려 했으나 거절당했다. 천황의 은사금으로 돈놀이를 한다는 것은 불손한 행동이라고 못 박았다.

정작 총독부의 속뜻은 다른 곳에 있었다. 그 돈이 외국에 흘러 들어가는 것을 방지하기 위해 공채 매입을 허락하지 않았다.

현금이 필요한 매국 역적들의 사정은 절박했다. 그런 입장을 아는 은행들이 총독 데라우치에게 은밀한 로비를 한 덕분에 결국 허락을 받아내었다. 한성은행이 마침 3천만 원의 증자를 노리고 있을 때였다. 한성은행은 자신들이 총독부에 허락을 받은 만큼 공채 매입을 독점했다. 은행은 매국 귀족들의 공채를 인심이라도 쓰듯이 받았다.

일제로부터 왕에서 공(公)으로 불리게 된 이강은 세비에 묻어오는 공채를 현금으로 바꾸게 했다.

"망국의 왕손으로, 내 비록 곤궁해 배를 주릴지언정 왜적이 저희 것처럼 주는 조선 백성의 돈으로 어찌 기름진 음식을 먹고 비단 옷을 걸치겠는가."

그 돈의 행적에 대해서는 이강과 국환밖에 아는 사람이 없었다. 사동궁에 들어가는 최소한의 경비 외에 국환에 의해 은밀하게 모두 독립 군자금으로 쓰여 지고 있었다.

이강은 몇 해 전 독립군을 양성할 거창 의병기지 창설 계획이 도중에 무산되고 감시를 받자 자신이 직접 나설 수 없음을 몹시 안타까워 했다.

대한제국은 완전히 일제의 손으로 넘어갔고 백성들은 임금과 왕실을 향해 무능하다고 비난의 소리가 높았다. 이강은 나라가 이지경이 되도록 방치한 책임은 당연히 나라를 잘 못 다스린 국왕이라고 생각했다. 그는 왜적의 무단정치로 순한 양 같은 백성들이 이리떼에 쫓기듯이 길을 잃고 갈팡질팡 헤매고 있는 생각을 하면 가슴이 저미어 들었다.

총독 데라우치는 무단정책으로 조선 백성들을 옭아매고 길들이며 숨통을 조여 가기 시작했다.

그는 우선 총독부 관리들의 제복을 개정했다. 행정 관청 뿐만 아니라 소학교 교사들에게까지 새로운 제복에 긴 칼을 차고 교단에 올라서도록 명령을 내렸다. 은빛이었던 제복에 늘어뜨린 줄과 모자에 두른

테를 금 색깔로 바꾸어버렸다. 칼도 황금색으로 도금을 한 것이어서 그 위엄이 한껏 돋보였다. 데라우치는 외관을 꾸미는데도 철저하게 무단이었다.

그는 도로도 넓혔다. 백성은 좌측, 군인은 우측으로 통행하게 되어 있는 것도 바꾸었다. 일사불란하게 구분없이 군인과 민간이 혼연 일체가 되어야 한다며 모두가 우측통행을 하도록 했다.

철저한 무단정책을 지시하는 총독에게 누구도 반론이 없었다. 야마가다 정무총감마저도 침묵하고 있었다. 야마가다는 본국에서 농림대신까지 지낸 행정가였다. 데라우치와는 사물을 판단하는 기준이 판이할 때가 많았다. 군인출신과 문관의 체계적 갈등이 있었지만 야마가다는 빗대 놓고 반발을 할 수 없었다. 그랬다가는 데라우치 입에서 당장 험악한 욕설이 튀어나올 것이 뻔했으므로 방관하는 자세였다.

언론기관을 몹시 두려워하고 있는 야마가다에 비해 데라우치는 무시했다. 조선에서 행하여지고 있는 총독의 무단정책에 대한 비난이 본국 신문에 연일 빗발쳤다. 데라우치는 엄청난 여론이 들끓어도 코웃음으로 일관하며 끄떡도 하지 않았다.

오히려 그는 신문에 대해 빈정거렸다.

"문약(文弱)한 작자들이 세 치의 혓바닥만 가지고 정부의 시책을 헐뜯고 있군. 좁쌀 같은 것들. 국가의 이익을 위해서는 백해무익한 것들이야, 야마가따! 그렇지 않소?"

그는 야마가다를 쏘아보며 신문이라는 말만 들어도 비위가 뒤틀린다고 투덜거렸다.

며칠 뒤 데라우치는 일본을 다녀온 송병준의 초청으로 단 둘이서 파성관 술자리에 마주 앉는 기회가 있었다. 그는 송병준에게 푸념 삼아 언론에 대해 불평을 늘어놓았다.

"송 대감, 어떻게 하면 악머구리 같은 조선에 있는 언론들을 잠재울수 있겠소이까?"

"언론이요? 그것 쉽지요. 아, 당장 폐간시키면 간단하지 않소."

데라우치의 눈이 번쩍하고 빛이 났다.

"그럼 본국의 언론들은?"

"신문이 도착하는 즉시 싹 쓸어서 압수해 버리지요."

데라우치나 송병준은 단순하고 무지막지한 점에서는 별로 차이가 없었다. 데라우치는 기막힌 수를 배웠다며 무릎을 치며 파안대소했다. 기분이 좋아진 그는 힘을 얻은 듯이 송병준과 밤새도록 술을 퍼마셨다.

골치를 앓고 있던 데라우치는 드디어 조선에 있는 언론들을 하나둘 죽이기 시작했다. 그는 일본인이 경영하고 있는 대한일보, 조선일일신문, 동양일보를 차차 매수해 넘겨받았다. 신문사 소유권을 넘겨받는 즉시 총독부는 폐간해 버렸다.

본국에서 발간되고 있는 조일신문이나 매일신문은 일본 전국의 대표적인 언론기관이었다. 두 신문은 데라우치에 대해 극히 비판적인 글을 연일 싣고 있었다. 조선에서 벌어지고 있는 총독이 저지른 사건이나 이슈를 낱낱이 캐서 승냥이처럼 매일 물어뜯었다.

총독은 본국에서 발행되어 날아오는 신문도 송병준의 충고에 힘입어 결단을 내렸다. 신문을 실은 연락선이 일본 시모노세끼를 출발해서 부산항에 도착하자마자 모조리 압수해 버렸다. 압수된 신문은 쥐도 새도 모르게 태워졌다. 데라우치, 그 사내는 본국의 비판 따윈 안 보고 안 들으면 상관없다는 배짱이었다. 야마가다는 갈수록 대담해져 가는 데라우치의 행동을 보고 기가 막혀 아예 할 말을 잊고 멀찍이 떨어져 거리를 두고 얼씬하지 않았다.

데라우치는 한술 더 떠서 조선인을 일본식으로 일신하기 위해 동화 정책(同化政策)을 펴기 시작했다. 그는 두려울 것이 없었다. 본국 정치 권에 든든한 실력자들과 연줄을 대고 있었고, 일본 천황이 지지하는 동화정책이라 신임이 두터웠다. 천황 역시 국가 존립 이후 남의 나라 땅을 한 번도 지배해 본 적 없는 왜소한 섬나라에 국토를 늘려주고 백 성 또한 불어나는데 그까짓 언론의 비판이 있다고 마다할 이유가 없 었다.

총독의 무단정치는 날로 강경해졌다. 그는 헌병사령관 아카시 중장 을 불러 일본인 헌병들에게 즉결 재판권까지 주었다. 전국은 경색되 고 살벌했다. 원만한 범죄는 재판이 필요 없었다. 헌병들이 즉석에서 형벌을 판결해도 무방했다. 지방에서 헌병의 권세는 실로 대단한 것 이었다.

그런 험악한 시기에 조선의 지식인들은 발붙일 곳이 없었다. 그들 은 식솔들을 데리고 만주나 상해로 차츰 떠나가기 시작했다.

이강은 그것을 염려하고 있었다. 지식인들이 모조리 떠나고 나면 조선 땅에 누가 있어 젊은 인재들을 양성할 것인가? 생각만 해도 천근 의 무게가 어깨를 짓누르는 것 같았다. 어쨌든 학교를 설립하는 일은 무엇보다도 중요했다. 그는 국내에서 의병기지 창설이 불가능하다는 것을 경험으로 통해 알고 있었다. 이강은 국환을 통해 만주에서 활약하고 있는 독립군들에게 비밀리에 자금 보내는 일을 게을리 하지 않으며 일방 함경도와 황해도 일대의 학교 설립도 박차를 가했다.

모든 자금은 자신에게 주어지는 세비와 정비(正妃) 김씨 친정에서 전답을 팔아 보낸 돈이었다. 그 외에 객주 세동이 거금을 내어놓는 것이 전부였다.

학교를 세울 곳에 땅을 매입하고 흙벽 쌓는 일이 진행되었다. 교실을 짓느라고 국환은 현장 움막 같은 곳에서 기숙을 했다. 그는 한 달에 한 번 천리 길 현장에서 달려와 사동궁에 들러 진척 사항을 보고하고 있었다.

우만은 송병준을 수행하고 나미에 영어공부에 매달려 있노라 국환을 만나지 못 한지도 여러 달이 지났다. 우만은 일주일에 한 번 사동궁의 이강을 배알했다. 그동안 수집된 정보를 정리해 보고하기 위해서였다.

그런 우만이 새벽 일찍 사동궁을 예고도 없이 불쑥 찾아들었다. 이강은 자리에서 아직 기침도 하지 않고 있다가 우만이 왔다는 기별을 받고 직감으로 다급한 일이구나 싶어 서둘러 일어나 들라했다.

"이른 새벽에 어쩐 일로?"

"예, 전하! 지난 밤 부친이 헌병대에 연행되었습니다."

"뭐라고? 무슨 일로?"

"자세한 것은 알 수 없으나, 몇 해 전 거창 의병기지 사건 때 지주에게 지불했던 어음이 문제 된 게 아닌가 합니다."

"어음이라면 그때 국환이 회수하지 않았는가?"

"그것이 실수인 것 같습니다. 수습을 어떻게 해야 될지 의논을 드리고자 하옵니다."

"그것 참, 신중하게 대처하지 않으면……. 가만 있자, 국환께서 오시는 날이 언제인가?"

"조금 전에 발 빠른 보부상 출신 한 사람을 함경도로 보냈습니다. 아무래도 사나흘은 걸릴 것 같습니다."

의병기지 거창 땅 매입사건은 헌병대의 노력에도 불구하고 이강의 함구로 일단락 된 듯해서 까맣게 잊어버리고 있었다. 뜻밖의 일이었다. 예상하지 못한 상황 앞에 당황하지 않을 수 없었다. 국환이 거창 사선대 일대를 사들일 때 지주에게 지불한 대금은 어음이었다. 사건이 터지고 나서 그가 회수하지 않은 것은 이미 매매가 성립되었고 또 그 땅이 언제 요긴하게 쓰일 지도 모른다는 나름대로 생각이 있어 그대로 둔 것이었다.

지주가 돈 쓸 일이 생겨 어음을 진주에 있는 객주에서 현금으로 바꾼 것이 화근이었다. 한성에 있는 객주가 수결한 거액의 어음이 지방에 나돈다는 정보가 헌병대에 포착되었다. 수상하게 생각한 진주 헌병대에서 한성 사령부에 보고하고 조사를 시작했다.

사선대 지주는 어음을 건네 준 사람에 대해 명확하게 알지 못했다. 계약서상의 땅 양수인을 국환이 가명으로 해 놓았기 때문이었다. 지주는 한성에서 권력 있고 돈 많은 양반이 경관 좋은 곳에 정자나 지어 놓고 풍류를 즐기기 위해 땅을 매입한 정도로 만 알고 있었다.

진주 헌병대에서는 거액의 어음이 의병기지 사건과 연관이 있다고 추측은 했지만 도무지 실마리가 풀리지 않았다. 그런 정황을 보고 받은 사령부는 어음 발행 수결인 세동을 종로 헌병대에 지시해 무조건

잡아들인 것이었다.

　"대안이 없는가?"

　감금되다시피 사동궁에 들어앉아 있는 이강으로서는 답답할 수밖에 없었다. 사건이 확대되어도 자신에게는 별다른 영향이 미치지 않는다. 만약 실체가 드러나게 되면 의병기지 창설계획에 헌신적으로 도움을 주었던 거창의 정태균이나 임필희 뿐 아니라 국환은 물론이고 세동도 큰 변고를 겪을 일이었다. 특히 물상을 운영하고 있는 세동이 잘못되면 문제가 클 수밖에 없었다. 이강이 물심양면으로 추진하고 있는 독립군자금 지원이나 교육 사업이 타격 입을 것은 자명했다.

　"지금으로서는 별다른 방법이 없습니다. 단지, 송병준을 이번 기회에 이용해 보면 어떨까 하는 생각이 듭니다."

　"음, 그도 좋은 생각이군. 그러나 조심해야 될 것이야. 워낙 이(利)를 밝히는 자니까."

　우만은 사동궁을 나오는 즉시 진고개에 있는 가스코의 집으로 내달았다. 평소보다 이른 아침이라 송병준은 아직 일어나지 않았다.

　송병준은 강제합방 공로로 일본 귀족 칭호와 수많은 재산을 불렸다. 강제합방으로 나라의 모든 국사가 총독부로 넘어간 뒤로 그는 이제 딱히 출근해야 할 곳도 없었다. 한동안 빈둥거리며 놀고 있다가 싫증이 났는지 그는 대정권번(大正券番)이라는 기생조합을 만들어 그 뒷배를 보아주며 소일하고 있었다. 대성사라는 고리대금 업체도 운영하면서 일본은 수시로 왕래했다.

　송병준이 일본을 들락거리는 것은 그쪽 정치계의 실력자들과 교유를 게을리 하지 않기 위해서였다. 그는 자신의 권력이 녹슬지 않다는 것을 과시함과 동시에 또 다른 권력으로의 복귀를 위해 지속적인 계략을 꾸미고 다녔다. 근간 서재에 틀어 박혀 바둑과 독서로 소일하고 있는 이완용과 차이라면 차이였다.

그는 잠자리에서 우만이 왔다는 전갈을 받고 굼뜨게 일어났다. 응접실로 나와 기지개를 늘어지게 켜며 우만의 아침 인사를 받았다.

"별일이 없으니 오늘 하루 쉬라고 말한 것 같은데 무슨 일인가?"

"부친의 일로 상의 드릴 일이 있습니다."

"부친? 무슨 일루?"

"갑자기 당한 일이라 내용을 상세히 알 수가 없습니다. 어젯밤 헌병대에 연행되어 가셨습니다."

"헌병대라고? 어느 헌병댄가? 내 전화를 넣어 보지."

"종로 헌병대라 했습니다. 번거로울 것 없이 자작님께서 면회 허가신청서 한 장 써 주시면 제가 부친을 만나 뵙고 오겠습니다."

조선 조정에서 대신을 지낸 송병준은 대감이라는 호칭보다 일본 천황이 내린 자작이라 불러주는 것을 더 좋아했다.

송병준은 그 자리에서 일본 글로 당장 면회 허가신청서를 써 주었다. 신청서 밑에는 이미 없어진 대한제국 농상공부 대신이라는 직함 아래 천황이 내린 자작 칭호와 자신의 이름을 커다랗게 휘갈겨 놓았다. 계통을 밟아 제대로 공부하지 못한 실력치고 필체 하나는 썩 좋았다.

송병준은 마다하는 우만의 말 따위는 듣지 않고 기어코 전화통을 붙들고 교환에게 헌병대를 호출했다. 헌병대장과 유창한 일본말로 통화하는 그의 목소리에 위엄이 한껏 묻어났다. 그는 세동이 무슨 일로 잡혀갔는지를 이것저것 물었다. 뒤이어 자신의 비서를 보낼 터이니 면회시켜 주라고 아주 당당하게 말했다. 그는 우만에게까지 자신의 권위가 아직 건재하다는 것을 보여주고 싶은 것 같았다.

송병준은 송수화기를 걸이에 내려놓으면서 고개를 갸우뚱거렸다.

"의병기지 매입이 어떻고, 어음 수결은 또 무슨 소리야?"

"아무튼, 다녀와서 상세히 보고 드리겠습니다."

우만은 즉시 가스코의 집을 나왔다. 그때까지 나미에의 모습은 보이지 않았다. 그는 종로 회나무골에 있는 헌병대로 달려갔다. 세동은 아직 용산에 있는 사령부로 이송이 되지 않고 있었다. 우만은 눈빛이 날카로운 헌병대장에게 면회 신청서를 내밀었다. 국가 안전을 위협하는 사범은 조사가 끝날 때까지 면회를 할 수 없었다. 그러나 송병준은 총독 데라우치와 막역한 사이였고 헌병사령관 아카시하고도 통하는 사람이었다. 본국의 귀족 신분인 송병준이 책임진다고 했으니 따질 이유가 없었다. 그의 비서 신분으로 온 키가 훤칠하고 잘 생긴 우만의 막힘없는 일본말에 헌병대장은 본국에 있는 귀족의 자제쯤으로 생각한 것 같았다.

세동에게 특별 면회가 허용되었다. 간수에게 끌려나온 그의 모습이 초췌하지는 않았다. 아직 고문 따위는 받지 않은 것 같았다. 헌병대장은 자신의 사무실에서 자리까지 피해 주는 친절을 보였다.

두 사람만 남게 되었다. 세동은 우만에게 간밤의 취조받은 내용을 상세하게 말했다. 그는 사건을 조기에 마무리 짓지 않으면 여러 사람이 무사하지 못할 것이라고 수습 방법까지 일러주었다.

"사건을 해결하자면 돈이 필요 할 것이다. 아끼지 말고 쓰라. 어차피 송병준에게 부탁해야 효과가 있다. 그에게 이만 원을 건네주어라."

"이만 원이라구요? 큰돈이 아닙니까?"

"시키는 대로 하거라."

세동은 헌병대에서 조사 받을 때 그 사건과 절대 무관하다고 우겼다고 했다. 그 진술을 송병준에게도 그대로 전하라고 일렀다.

"모두가 나라를 위해 하는 일이다. 흔들림 없이 의연하게 처리하여라."

우만은 면회 온 자신을 오히려 격려해 주는 아버지가 자랑스러웠다.

나라를 팔아먹은 비열하고 파렴치한 조정 대신들은 거의가 양반 가문 출신들이었다. 그들에 비하면 하잘것없는 백정 출신이지만 우만은 자신의 아버지가 한결 우뚝 우러러 보였다.

그는 헌병대를 나오는 즉시 객주로 내달았다. 객주를 지키고 있는 집사가 소식이 궁금해 불안한 얼굴을 하고 기다리고 있었다. 우만이 나타나자 그는 세동의 안부부터 물었다.

"곧 나오시겠지요. 아래 일꾼들 단속을 부탁하셨습니다."

우만은 집사가 안심하도록 다독거렸다. 불미스러운 일이 밖으로 새어 나가서 좋을 것은 없었다. 그는 집사에게 세동이 나올 동안 평소처럼 객주 일을 꼼꼼히 챙겨 달라는 당부도 잊지 않았다. 우만은 그가 내어주는 은행 통장과 어음을 받아들고 밖으로 사라졌다.

은행을 다녀온 우만은 다시 송병준에게로 갔다. 시간은 벌써 정오를 훨씬 지나고 있었다. 송병준은 하녀가 차려 주는 늦은 점심을 먹고 거실에서 차를 홀짝거렸다. 그는 우만이 들어서자 하녀에게 차를 내오라고 일렀다. 그러고 보니 우만은 점심도 걸렀다. 그때도 나미에는 보이지 않았다.

"그래 무슨 일이든가? 헌병대가 나설 일이면 보통은 아닐 성싶은데."

송병준은 우만을 슬쩍 쏘아보며 물었다.

"부친이 수결한 어음이 문제가 되었습니다."

"어음이라구? 의병기지 땅 매입은 또 무언가?"

"상세히는 알 수 없으나, 아마 경상도에서 의병들을 훈련시킬 목적으로 누가 땅을 사들였는데 지주에게 간 돈이 마침 부친이 수결한 어음이라고 해서 혐의를 두고 있는 것 같습니다."

"무엇이라고? 저런, 몹쓸 것들이 있나! 결국 그 돈이 독립군을 양성하려는데 쓰였다는 말 아닌가? 조선 개국 이래 지지리도 못 살던 나라에 새로운 문명이 들어오고, 백성은 개화되고, 지금이야말로 천황 폐하의 은덕으로 조선 천하가 태평성센데, 무슨 지랄들이람? 에잉! 조선 놈들은 그저 몽둥이로 두들겨 잡아야 한다니까."

송병준은 건성으로 입에 물고 있는 권련에 성냥을 득 그어 불을 붙였다. 그는 한 모금 빨아들인 연기를 길게 내뿜었다.

"그런데 말이야, 자네 부친이 그 일과 무관하다면 걱정할 일은 아니지 않은가?"

소파에 비스듬히 앉은 그의 말투에 비아냥거림이 묻어났다. 그는 우만의 표정을 슬쩍 읽었다. 눈빛이 예사롭지 않았다. 예전 우만을 부드럽게 대하던 것과는 분명히 거리가 있어 보였다.

"자작님께서도 잘 아시다시피 어음이라는 것은 발 달린 짐승이나 마찬가지 아닙니까. 그것은 바꾸어지는 소유자를 따라 아무 곳이나 떠돌아다니는 물건입니다. 그런 어음이 어디 한두 장이겠습니까. 어떻게 해서 그 어음이 경상도 진주까지 날아갔는지는 알 수 없지만, 이미 망한 나라를 찾자는 데 귀한 재물을 쏟아 부을 만큼 부친은 어리석지 않습니다."

우만은 송병준을 슬쩍 우롱해 보고 싶은 생각이 불현듯 일어났다.

"자작님께서도 저희 부친을 잘 아시지 않으십니까? 천민으로 태어나 양반들에게 갖은 굴욕과 고초를 겪었습니다. 어려울 때 누구 한 사람 도와주지 않았지요. 왕실에서는 그동안 백성을 위해 도대체 무엇을 했습니까? 부친은 그런 왕실과 양반들이 다시 일어나라고 바칠 돈이 있다면 지나가는 개에게나 던져주겠다고 분개하셨습니다. 자작님의 말씀대로 우리 백성들은 천황 폐하의 은혜로 이제 든든한 반석 위에 있게 되었는데 무엇이 부족해서 그런 위험을 자초하겠습니까."

아주 명쾌하고 논리적인 것 같은 우만의 그럴 듯한 말에 송병준은 헛기침을 뱉으며 재떨이에 담배를 털었다. 조선 땅 어디를 가나 아직도 멸시받고 있는 천민들까지 들먹이게 된 우만의 속셈을 그가 알 리가 없었다.

천민 기생의 소생으로 태어난 송병준이었다. 그는 신분이 엄연한 사회에서 고아처럼 성장하며 불만을 많이 가지고 있었다. 어려운 환경에서 성장하며 성공을 하였으나 사상이나 신념이 있는 사내는 아니었다. 자신의 불행했던 과거에 대한 반발로 양반 계급들을 짓밟고 싶은 충동덩어리를 항상 가슴에 품고 있을 뿐이었다.

"아무튼 그런 일로 헌병대에 걸려들었다면 온전하겠는가? 내가 알아보겠지만 쉽지는 않을 것이야."

송병준은 체면치레적인 말을 마치자 우만이 가져온 가죽 가방에 신경을 쓰면서 손가락으로 무엇을 암시하기라도 하듯 애꿎은 탁자 위를 토닥거렸다.

"작은 돈이지만, 부친이 자작님께 정중히 전해드리라고 했습니다. 모쪼록 소인을 봐서라도 부친 신변에 탈이 없도록 선처해 주십시오."

우만은 그가 신경 쓰고 있는 가방에서 현금과 어음 뭉치들을 끄집어내 탁자 위에 놓았다. 송병준의 눈빛이 대번 달라졌다. 그는 돈 액수를 얼른 가늠해 보고 눈길을 슬쩍 옆으로 비켜 놓았다. 그의 손가락은 여전히 탁자 위에서 토닥거렸다.

"응, 그런가. 얼마인고?"

"예, 이만 원입니다."

"이만 원? 음……. 이만 원이라."

송병준은 천장만 바라보며 쓰다 달다 말이 없었다.

"어찌하오리까. 자작님?"

"글쎄, 음, 그런 일이라면 총독하고 담판을 지어야 하겠지? 그 액수로 총독을 매수할 수 있을지 의문이야. 헌병사령관 아카시가 있기는 하지만, 그 자 역시 힘들겠어. 그들을 입막음하려면 아예 숨을 못 쉬게할 정도의 액수가 아니면 곤란할 거야."

"더 필요하다는 말씀이십니까?"

"그게 문제야. 내가 어디 그런 일을 해 보기나 했나? 나는 돈하곤 거리가 먼 사람 아닌가? 내 체면이 그런 궂은일에 나설 법한가? 채 객주일이니까 손수 나서려고 하는 것이지."

"말씀해 주십시오. 얼마쯤 더 필요하신지."

"모두가 어려운 시기이기는 하지만, 삼만 원쯤은 있어야 되잖을까?"

"예? 삼만 원이요?"

"그래, 삼만 원."

송병준은 눈 하나 깜짝하지 않았다. 그는 군 냄새가 나는 더러운 입으로 어마어마한 돈의 액수를 아주 쉽게 말했다.

우만은 말문이 막혔다. 그가 강제합방 공로로 일본으로부터 받은 은사금이 10만 원이라고 하더니 그런 거금쯤은 아주 우습게 아는 것 같았다. 3만 원이면 웬만한 학교 3개를 세우고도 남는 금액이었다.

그 정도 사건은 송병준의 신분이면 신원보증 하나로 충분히 해결될 수 있다고 생각했다. 결국 그는 돈에 욕심을 내고 있었다. 우만은 가슴 밑바닥을 치고 울컥 올라오는 분노를 짓누르며 조용한 어조로 말했다.

"부친이 의병기지 사건과 관련 된 것도 아니고, 억울하게 잡혀 있는 것입니다. 어려운 일인 줄 아오나, 그동안 자작님과의 의리를 생각해서 간곡히 부탁드리오니 부디 힘을 빌려 주십시오."

"그러니까 내가 나선다고 하지 않았는가? 생각해 보게, 사건 자체가 별 것 아니라고 할지 모르나 의병기지를 만든다는 것은 황공하옵게도 천황폐하를 공격하겠다는 불측한 역심 아닌가? 이 일을 잘 못 건드리면 나까지 역도가 될 수 있네. 그래서 그만한 돈이 필요하다는 걸세. 일이란 단 한방에 끝내버려야 후환이 없는 것일세."

그는 매국 역신답게 흥정하는 솜씨가 여간 녹녹하지 않았다.

무식하면 용감하다는 말처럼, 그가 을사늑약 전에 일본으로 건너가 건달생활을 하고 있을 때였다.

어느 날 송병준은 죠슈 군벌의 우두머리 가스라 수상과 환담을 하고 있었다. 가스라가 그를 떠보기 위해 물었다.

"예를 들어 말이요. 조선을 합방한다고 하면 상당한 돈이 필요하지 않겠소? 얼마쯤 있으면 되겠소이까?"

송병준은 망설임이 없었다.

"일억 엔은 필요하오! 내가 책임지고 틀림없이 합방을 시키겠소이다."

그는 무지한 만큼 단순하기 그지없었다. 눈썹 하나 깜짝하지 않고 서슴없는 기염을 토했다. 나라 팔아먹는데 1억 엔의 돈만 있으면 된다는 것이었다. 그에게서 개인적인 것은 물론이고 민족적 양심을 찾는다는 것은 애초부터 무리였다.

우만은 송병준한테서 한 가닥의 의리나 신뢰 같은 것을 바란 자신이 어리석음을 깨달았다. 부질없는 일이었다. 그는 내놓았던 돈 뭉치를 가방에 챙겨 넣고 다시 오겠다는 인사를 남기고 그 집을 단걸음에 나왔다.

우만이 나가고 나자 나미에가 홀연히 나타나 거실로 들어섰다. 그녀는 외출에서 조금 전 집으로 막 돌아와 있었다. 나미에는 거실로부터 새어나오는 우만의 목소리를 듣고 반가운 마음으로 다가갔었지만 문 앞에서 망설이게 되었다. 그녀는 두 사람의 심상치 않은 목소리 때문에 잠시 옆방으로 들어갈 수밖에 없었다. 그녀는 그곳에서 우만이 나갈 때까지 숨을 죽이고 기다렸었다.

송병준은 거실로 들어오는 나미에를 보고 만면에 미소를 띠었다.

"어서 오너라. 나미에. 언제 돌아왔지?"

"예, 파파! 방금."

부녀의 대화는 거의 일본말이었지만, 나미에가 아버지를 호칭할 때는 영어식으로 불렀다.

"그래, 웬일이지?"

"파파께 드릴 말씀이 있어요."

"그래? 무엇이냐?"

송병준은 그윽한 눈으로 나미에를 바라보았다.

"왜 선생님을 도와주지 않으세요. 얼마든지 파파가 해결할 수 있잖아요?"

"나미에. 얘기를 엿들었군. 네가 몰라서 하는 소리야. 그런 일은 인정만으로 되는 게 아니란다. 채 비서를 나도 도와주고 싶지만 잘못하면 나까지 다치게 될 지도 몰라. 나미에는 그런 일에 나서지 않도록 해. 알았지?"

송병준은 나미에가 더 참견하지 않도록 말끝에 힘을 실었다.

"그 분은 파파의 비서이고 소녀의 선생님이기도 해요. 나는 지금까지 선생님처럼 예의가 바르고 자신의 품격을 소중히 하는 분은 보지 못했어요. 그런 선생님이 곤경에 처해 있을 때 도와주지 않으면 잘못 아닐까요? 그리고 선생님은 파파와 핏줄이 같은 조선 사람 아닙니까?"

나미에는 송병준을 똑바로 쳐다보며 표정은 부드러웠으나 말에는 가시가 돋아 있었다.

"조선사람, 조선사람 하지 마라! 조선은 나에게 아무 것도 해준 게 없다. 나를 이렇게 훌륭한 인물로 만들어 준 것은 천황폐하와 일본뿐이다. 더 말하지 마라 나미에! 내가 알아서 할 테니!"

송병준은 딱 부러지게 말하고는 벌떡 일어나 자신의 방으로 횡하니 건너갔다. 나미에는 터질 것 같은 야들야들한 아래 입술을 지그시 깨물었다. 새카만 눈동자는 반항의 빛으로 일렁거렸다.

우만은 송병준의 집에서 나오자 물상에 들러 가방을 맡기고 다시 너더리(관수동)를 지나 회나무골 헌병대로 세동을 만나러 갔다. 서쪽 하늘 언저리를 붉게 물들인 가을 해는 무악재를 비켜 만초천(蔓草川) 너머로 느릿느릿 기울어가고 있었다.

헌병대장은 퇴근하고 없었다. 당직 하사관에게 우만이 유창한 일본어로 인사하자 그도 아는 체를 했다. 아침나절에 우만이 면회를 갔을 때 자신 상관에게 데려다 준 헌병이었다. 우만은 일본 관리들이 하급자에게 곧잘 거드름 피우는 흉내를 약간 내었다. 천황폐하와 조국을 위해 고생이 많다며 하사관에게 두툼한 봉투를 내밀었다. 하사관은 우만을 대단한 귀족 자제쯤으로 생각하고 있던 터라 봉투를 받으며 머리까지 조아렸다.

우만은 아침 면회 때 빠뜨린 것이 있다며 한 번 더 단독 면회를 하겠다고 했다. 곤란한 일이 있으면 아카시 사령관에게 전화를 해 주겠다고 하자 그럴 필요가 없다며 직접 세동을 데리고 나왔다.

잠시 후 하사관이 자리를 피해주자 우만은 세동에게 송병준을 만난 정황을 설명해 주었다. 세동은 잠깐 생각에 잠겼다가 입을 열었다.

"차선은 없다. 그것이 차선이다. 그가 요구하는 대로 해 주어라."

"아버님! 그의 요구가 너무 무리하지 않습니까? 그 자는 분명 다른 생각이 있는 것 같습니다. 차라리 그 돈을 이완용이나 데라우치에게 직접 전해 주는 게 낫지 않습니까?"

"아니다. 어차피 송병준을 계속 이용하려면 그 자가 뜻하는 대로 해주어라. 청탁 대상을 바꾼다고 나아질 게 없다. 모두가 그 나물에 그 밥처럼 한통속 아니냐."

"그 돈이면 만주의 독립군에게 쓰일 군량미 수천 석과 막사 수백 개를 짓고 남을 돈입니다."

"돈이란 다시 만들면 된다. 내가 잘못되고 나면 지금까지 전하께서 벌려 놓은 사업에 막대한 지장을 줄 수 있다. 그 점을 명심하도록 해라."

"송병준이 돈을 독식할 것이 분명해 보이는데도 말입니까?"

"그 자는 어차피 마음이 검은 인간이다. 그 자한테서 인정이나 동정을 바라지 마라. 그리고 전 영감과 상의하되 신속하게 처리하여라. 알겠느냐?"

"예, 말씀대로 따르겠습니다. 그런데 영감께서 빨리 도착하실지 모르겠습니다."

우만은 헌병대를 빠져 나와 사동궁으로 걸음을 재촉했다. 그는 하루 종일 일어난 일을 이강에게 보고하고 숙소로 돌아갔다. 우만은 부모와 함께 살지 않고 단출하고 깨끗한 초가집 하나를 빌려 세 들어 있었다. 숙소는 목멱산 아래 있는 국환의 동네였다. 그쪽에 자리를 잡은 것은 국환과 신속한 연락을 취하기 위해서였다.

6
타오르는 촉화

우만은 밥을 대어 먹는 동네 주막에서 늦은 저녁을
가볍게 먹었다. 집으로 돌아와 책상 앞에 앉았으나 도무지 글이 눈에
들어오지 않았다. 가슴에서는 열 덩어리가 꺼지지 않고 오르내렸다.
송병준에게 배신당한 것 같은 분노가 쉽사리 가라앉지를 않았다.

　자신은 송병준에게 있어 수족같이 부리는 비서이고, 명색이 딸을
가르치는 선생이 아닌가. 아버지 세동이 철에 따라 부족함 없이 예의
를 갖추어 수백 금의 예물로 섬겼다. 물론 그에게 접근한 목적이 계략
적이기는 했다. 그래도 사람에게는 인정이란 게 있지 않은가. 송병준
은 그런 인정이 통하지 않았다.

　밖에서 사립문 열리는 소리가 났다. 우만은 귀를 곤두세웠다. 분명
인기척이었다. 이웃에서 찾아 올 사람은 아무도 없었다. 국환이 벌써
돌아오지는 않았을 것이다. 우만이 호흡을 가다듬고 막 일어서는 순간
자신을 부르는 소리가 났다. 귀에 익은 목소리였다.

"안에 계셔요. 선생님."

혀 짧은 발음, 조용하고 맑은 목소리는 나미에 같았다. 그녀가 늦은 밤에 자신의 숙소까지 찾아오리라고는 상상할 수 없었다. 그녀가 숙소를 알고 있다는 것도 이해가 되지 않았다.

우만은 방문을 벌컥 열었다. 그 압력으로 방 안에 심지를 태우고 있는 책상 위의 촛불이 일렁거렸다.

어두운 밤이었지만 좁은 마당 안에 들어와 서 있는 사람은 나미에의 형체가 틀림없었다.

"나미에? 웬 일이야, 혼자?"

우만은 촉각을 곤두세워 그녀의 뒤를 살폈으나 별다른 인기척은 없는 듯했다. 어두움에서 희미하게 윤곽이 드러나는 그녀의 차림은 일본 옷이 아니었다. 조선 여학생들이 즐겨 입는 흰 저고리와 짧은 검정치마였다. 일본인들이 조선 땅에서 밤거리를 활보한다는 것은 위험한 일이었다. 강제합방 후 조선 사람들의 신경이 극도로 예민해 있어 어떤 봉변을 당할 지 알 수 없었다. 그렇다고 그런 기우에서 나미에가 조선 여학생의 옷을 입은 것은 아닌 듯했다.

"밤늦은 시간에 혼자 불쑥 찾아온 점을 사과드립니다. 선생님."

"응, 그래, 무슨 일이지?"

"소녀를 밖에 마냥 세워 둘 건가요?"

당돌한 말투는 아니었다. 애원이 담겨 있었다.

"그렇군. 누추하지만……."

엉거주춤하는 우만의 말이 땅에 떨어지기도 전에 나미에는 벌써 섬돌 위에 신발을 벗었다.

방으로 먼저 들어간 우만이 나미에한테 자리를 권했다.

"혼자 거처하는 곳이라 대접할 게 없군, 그래. 이곳은 어떻게 알았지?"

"아버지 책상에서 선생님의 거주지 약도를 우연히 보았습니다."

우만은 나미에를 그윽한 눈으로 바라보았다. 그녀의 눈동자가 금방이라도 울음을 터뜨릴 것 같은 슬픈 빛을 담고 있었다.

"파파를 용서하세요. 그분 욕심 때문에 나미에도 괴롭습니다. 낮에 파파와 나눈 이야기를 본의 아니게 엿듣게 되었어요."

"그 일이라면 나미에가 걱정하지 않아도 돼요. 아직 결정된 것은 없으니까."

그녀는 송병준의 탐욕스러운 세계를 벌써 꿰뚫어보았다. 그런 아버지 때문에 캄캄한 밤길을 마다하지 않고 혼자 있는 사내의 집을 찾아온 그녀가 가엾어 보였다. 그녀하고는 무관한 일이었다. 송병준은 천하의 둘도 없는 배신과 협잡, 사기를 일삼는 파렴치한이었다. 그런 사내한테서 아름다운 마음을 가진 나미에가 태어났다는 게 도무지 믿어지지 않았다.

어느새 나미에의 기다란 속눈썹이 젖었다.

"이제 선생님은 어떻게 되죠? 우리 집에는 오시지 않을 거죠?"

그녀는 자신의 아버지로 인해 일이 그릇되어 가고 있다는 것을 알았다.

"왜? 부친한테서 무슨 말이라도 들었소?"

"조선 사람으로서 파파의 정직하지 못한 행동이 싫어요. 파파가 어떻든 소녀는 조선 사람이에요. 앞으로 나미에는 없어요. 소희(昭熙)라고 불러주세요."

그녀는 부모가 지어준 일본 이름을 버리겠다고 했다. 연약해 보이는 소녀이지만 야무진 결의가 보였다. 우만은 그녀한테서 그런 용기가 숨어 있다는 게 놀라웠다. 그렇다고 부모가 조국에 저지른 엄청난 죄를 그녀가 대신할 수는 없었다. 죄와 벌은 당연히 당사자의 몫이었다.

"나미에. 아니 소희라 했지. 그래, 소희 마음을 충분히 알았으니까, 이젠 돌아가도록 해요. 소희의 소중한 마음을 잊지 않을 테니까."

매국역적 아버지를 둔 그녀는 비록 일본 여인의 피가 섞여 있지만 조선인이라 부르짖었다. 우만은 한낱 가느린 소녀에 불과한 소희한테서 진정한 용기가 무엇이라는 것을 배우는 것 같았다. 우만은 소희가 깨물어 주고 싶을 정도로 아름다워 보였다. 그녀를 비로소 여자로 생각하고 있는지도 몰랐다.

"선생님. 오늘 밤 돌아가지 않겠어요."

눈을 내리깐 소희는 아래 입술을 지그시 깨물었다.

"뭐라고?"

우만은 정신이 번쩍 들었다.

소희는 대답 대신 자리에서 일어났다. 그녀는 뒤돌아서서 저고리 고름을 이미 풀고 있었다. 눈 깜짝할 사이였다. 우만은 무슨 짓이냐고 소리치고 싶었으나 말이 입 밖으로 나오지 않았다. 그는 눈을 질끈 감았다. 그녀의 알몸이 눈부셨기 때문이었다. 껍질 벗긴 양파 속처럼 그녀의 피부가 타오르는 촉화에 반사되어 매끄럽게 빛났다.

"소희 무슨 짓이지?"

볼 것을 벌써 다 보아 버린 그의 목소리는 떨고 있었다.

"일본이라는 허울을 벗고 조선의 알몸이 되고 싶어요."

소희의 말은 한 치의 흐트러짐이 없었다.

"그런다고 해결 될 것은 없어."

우만은 자신의 말이 가식적이라는 생각이 들었다.

"소녀를 수치스럽게 만들지 마세요. 내 행동을 순수하게 받아주세요. 만약 거절하시면 내가 이미 결심한 갈 길을 잃어버립니다."

우만은 아무 말도 잇지 못했다. 실오라기 하나 걸치지 않은 성숙해 가는 여인의 육체는 아름다움의 극치였다. 자연이 만든 최고의 걸작이라 할 수 있었다.

소희의 나신은 석고판에서 금방 끄집어 낸 것 같이 뜨거웠다. 그녀는 자신의 알몸을 넋 잃은 것처럼 앉아 있는 우만의 품에 아낌없이 던져버렸다. 하필 그 순간 우만은 유치장에 갇혀 있는 아버지의 얼굴이 떠올랐다. 도저히 그녀를 받아들일 수가 없었다. 그럼에도 불구하고 일렁거리며 타고 있는 촛불은 누구에 의해서인지 쉽게 꺼져버렸다.

사내를 처음 받아들인 그녀의 몸은 들뜨고 뜨거웠다. 우만은 어두움 속에서도 눈을 감고 그녀의 몸속으로 천천히 자맥질하며 유영을 해 들어갔다. 그녀의 몸속은 끝 간 데가 없는 것처럼 넓고 깊었다. 사내를 빨아들이는 속살은 꿈틀거리면서도 한없이 부드러웠다.

이틀 뒤 저녁 무렵 함경도에서 국환이 도착했다는 기별이 왔다. 우만은 그와 만나서 서둘러 사동궁으로 발걸음을 놓았다. 오랜만에 보는 국환인지라 이강도 반갑게 그를 맞이했다. 서로 수인사가 끝나자 자연히 세동의 문제가 먼저 거론되었다. 국환은 사동궁으로 오는 동안 우만한테서 사건 내막을 미리 들은 터였다. 서로 의견을 충분히 나눈 뒤라 결론을 내려야 할 시간이었다. 국환은 비용이 많이 들어도 발 빠르게 움직여 해결하자는 세동의 의견에 일리가 있다고 했다.

"채 객주는 병준이 원하는 액수대로 주는 것이 좋다고 했습니다."

"나도 그런 생각이 드오. 다른 곳에 다시 손을 쓴다고 해도 병준이 그 자가 비틀게 마련이고, 그렇게 되면 일만 복잡해지겠지. 채 객주의 말대로 결정하는 게 좋을 것 같소. 만아, 돈은 준비되었는가?"

이강은 적지도 않은 거금의 준비가 염려스러웠다.

"혹시 몰라 집사에게 미리 일러났습니다."

"모두가 어려운 때이군. 내가 미처 신경을 쓰지 못해 이런 일이 벌어졌어."

이강은 사동궁에 갇혀 있으면서도 그런 사건이 터진 것을 마치 자신의 탓이라 말했다.

"아니올시다. 전하! 소인이 진중하지 못해 일을 이 지경으로 만들어 여러 사람에게 고통을 주고 있습니다. 어떻게 죄를 물어야 할지 몸 둘 바를 모르겠습니다."

"아니오. 모두가 잘하기 위해 노력하다가 생긴 일이요. 어찌 영감에게 허물이 있다고 하겠소. 과거는 극복하면 되는 것이요. 너무 괘념 마시오. 내가 부덕한 탓이오."

모든 허물을 자신에게 돌리는 너럭바위처럼 포용이 넓은 이강에게 우만은 감복했다.

"전하! 함경도 북청에 짓고 있는 학교가 돌아오는 봄이면 준공될 것 같습니다. 겨울이 깊어지기 전에 준공 날짜를 앞당기기 위해 모두 자신의 일처럼 몸을 아끼지 않고 서둘고 있습니다."

"그 참, 불행 중 반가운 소식이오. 채 객주 일이 잘 수습되면 어떻게 하든 한 번 다녀오고 싶소."

"그렇게 되기를 바라겠습니다."

이튿날 아침이 밝는 즉시 우만은 3만 원을 준비해 넣은 가방을 들고 송병준에게로 달려갔다. 송병준은 이른 아침부터 나들이 준비를 하고 있었다. 그의 옷차림은 대한제국 농상공부 대신일 때의 훈장이 주렁주렁 달린 검은 제복이었다. 송병준은 우만의 인사를 건성으로 받았다. 그는 우만이 들고 온 가방을 싸늘한 시선으로 얼핏 흘겨보았다.

"일이 어렵게 되었어. 자네 부친을 사령부로 넘긴 모양이야. 그 일로 다녀와야 하겠으니 여기 머물러 있게."

떨쳐버리 듯이 황급하게 나가버리는 송병준에게 다녀오라는 인사도 못한 채 우만은 의자에 주질러 앉았다. 우만은 생각에 잠기었다. 사령부로 신병이 넘어갔다면 송병준의 말대로 일이 수월하지 않을 것 같았다. 송병준이 그 일로 서둘러 나간다고 했지만 왠지 선뜻 믿어지지가 않았다. 그는 잠시 혼란스러웠다.

거실 문이 열리며 하녀가 차를 내어왔다. 우만은 차를 마시며 그곳에 머물러 있는 자체가 불필요한 것 같은 생각이 자꾸 떠들고 일어났다. 송병준이 다녀온다고 했지만 딱히 시간을 정하지 않았기 때문이기도 했다. 그는 문득 그날 밤 자신의 방에서 꿈같이 몸을 섞은 그녀의 얼굴이 뜬금없이 떠올랐다.

그날 새벽이 오기 전에 소희는 서둘러 잠자리에서 빠져 나갔었다. 밤에 몰래 나온 집으로 식솔들이 일어나기 전에 들어가야 했다. 그녀는 옷을 챙겨 입은 뒤 아직 깨지 않은 우만의 귀에 속삭이듯 짧은 말을 남기고 바람처럼 떠나버렸었다.

"선생님. 이제 소녀는 선생님의 여자입니다."

우만은 어렴풋한 그 소리가 꿈결로 생각되었다. 그러나 그녀가 떠나고 잠에서 깨어났을 때 그 소리가 현실로 나타났었다. 이부자리에 장미꽃 같은 처녀의 붉은 혈 자국이 아주 선명하게 남아 있었다.

우만은 그런 생각에 빠져 있다가 도리머리를 쳤다. 아버지의 문제로 정신이 심란한 와중에 여자를 떠올리고 있는 자신이 불쾌했다.

정오가 되어도 소희뿐 아니라 가스코도 보이지 않았다. 우만이 그만 일어서려고 할 때 마침 송병준이 돌아왔다.

거실로 들어서는 그의 표정은 굳어 있었다. 그는 중절모자를 벗었다. 우만은 송병준의 모자를 공손히 받아 옷걸이에 걸었다. 아직까지 우만은 그의 비서 신분이었다.

"자작님, 어떻게 된 일입니까?"

우만은 그가 말을 할 때까지 숨이 막힐 것 같아 기다릴 수가 없었다.

"그쪽으로 좀 앉지. 음, 일이 어렵게 되었어. 데라우치 총독의 특명이 떨어졌다네. 감히 천황폐하에게 대적한 무리들은 용서할 수 없다며 본보기를 보여 준다고 길길이 뛴다는구먼. 그의 황소고집은 아무도 못 말리지."

"그렇다면 방법이 전혀 없다는 말씀입니까?"

"내가 뭐라고 했나? 호미로 막을 것을 가래로 막는다고, 무슨 사건이든 애초에 발 빠르게 딱 분질러 놓아야 뒤탈이 없는 법이지. 우물쭈물 한 사이 이제는 억만금도 소용없게 되었어."

"그럼 어떻게 됩니까?"

"사령부로 넘어갔으니 기다려 보세. 사령관을 만나 부탁은 했네만, 우선 객주가 몸이나 다치지 않도록 조처하는 수밖에, 방법이 궁해. 악명 높은 헌병사령부가 어떤 곳인가?"

우만은 눈앞이 아찔했다. 머리가 텅 비어 버린 것처럼 아무 생각도 떠오르지 않았다. 그는 때늦은 후회가 되었다. 진작 아버지의 말대로 서둘지 않은 것이 안타까웠다.

"자작님께 송구한 말씀을 드립니다. 당분간 비서 일을 수행하지 못하게 됨을 양해해 주십시오. 나미에 공부도 마찬가지입니다. 아버지 대신 객주 일을 돌보아야겠습니다."

송병준도 이제 공사다망한 일도 없고, 건달 신세라 굳이 사람 쓸 일은 없었다.

우만은 송병준에게 하직 인사를 하고 맥없이 집을 나섰다. 송병준은 돌아가는 우만의 뒤 모습을 바라보며 알 수 없는 미소를 지었다.

아침에 우만이 집으로 찾아오기 전에 송병준은 예전보다 일찍 기침을 해 있었다. 그는 소파에 앉아서 이 궁리 저 궁리로 머리를 굴리고 있다가 별안간 대단한 것이라도 발견한 듯이 무릎을 치며 벌떡 일어났다. 바삐 외출복으로 갈아입고 막 나설 차비를 했을 때 우만이 나타난 것이었다.

송병준은 그를 집에서 기다리게 하고 대문을 나서자 곧바로 아카시 사령관을 만나러 갔다. 그가 아카시를 면담하고 돌아온 시간은 세 시간쯤 걸린 셈이었다.

송병준은 세동을 의병기지 사건으로 꽁꽁 엮어 놓고 아예 그의 모든 재산을 몰수할 음모를 꾸미고 있었다. 그는 눈물도 없고 피마저도 차갑기 그지없는 혹독한 인간이었다. 은혜를 원수로 갚는 사내였다.

일찍이 민태호의 후의로 출세를 하게 된 그는 충정공 민영환이 순절한 직후 그의 재산을 까닭 없이 통째로 가로채려다 물의를 일으켰었다. 민영환은 민태호의 아들이었다. 송병준은 장안 천지에 그 소문으로 창피를 당했으면서도 뉘우치는 기색이 전혀 없었다. 그는 민태호의 애첩 홍씨가 자신의 생모이기 때문에 그 재산을 찾으려 한 것뿐이라고 두서없는 허무맹랑한 거짓말로 둘러댔었다.

그뿐만이 아니었다. 송병준은 친구 김시현(金時鉉)이 죽자 그의 재산을 관리해 주겠다고 자청하고 나섰었다. 그는 친구 부인까지 농락하고 재산까지 가로챘다. 친구 부인의 고소로 송병준은 삼킨 재산을 고스란히 토해내고 눈도 깜짝하지 않았다.

그는 서울 장안에 다시 그 소문이 파다하게 퍼지자 국민신보를 찾아 갔었다. 그 사건을 낭설이라 보도하면 사례하겠다고 제의했다. 송병준은 그마저 약속을 지키지 않고 배신해 버렸다. 격분한 국민신보 이강호(李康鎬)가 진상을 폭로해 엄청난 망신살이 뻗쳤었다. 그런 지경에 이르러도 송병준은 부끄러운 줄 몰라 했다. 한성거리가 비좁은 듯 버젓이 활개를 치고 다녔다. 그는 모든 면에서 타의 추종을 불허한 사내였다.

세동은 헌병사령부에서 악명 높은 모진 고문을 당하면서도 끝까지 거창 의병기지 전모를 발설하지 않았다. 사령부에서도 더 이상 사건의 단서가 나오지 않자 마무리하지 않을 수가 없었다. 그들은 송병준의 계획대로 세동의 재산이 항일 운동에 쓰일지 모른다는 명분으로 모든 재산을 몰수해 버렸다. 세동은 그들의 요구에 동의한다는 각서를 쓰고 겨우 풀려나올 수가 있었다.

재산 압류장은 아카시 손에서 송병준에게로 넘어갔다. 그들은 파성 관에서 축배를 들고도 모자랐다. 송병준은 이튿날 가스코의 집에서 아카시를 다시 초대해 기생들을 불러다 놓고 질탕스럽게 놀았다.

세동은 풀려났지만 그의 수중에는 집 한 채와 텅 빈 객주 창고뿐이 었다. 그는 고문의 후유증으로 한동안 운신을 못하고 누워 있어야 했다. 집안 살림은 객주 집사 내외가 계속 돌보았다.

이강은 그 소식을 듣고 밤중에 변복으로 그를 찾아가 위로하는 수 고를 아끼지 않았다. 왕자의 신분으로 백정출신 집을 방문한다는 것은 상상도 할 수 없는 일이었다. 세동은 누운 채로 그를 맞이했다. 그는 황감하여 이강의 손을 잡고 눈물을 흘렸다.

세동이 풀려 난지 열흘이 지났다. 목멱산 아래 우만의 숙소로 갑 자기 소희가 찾아왔다. 그녀의 양 손에는 혼자서 들기가 힘겨워 보이 는 커다란 가방과 보퉁이가 들려 있었다. 집에서 가출이라도 한 것 같았다.

우만은 집안의 모든 재산이 몰수된 내막을 송병준의 흉계라고는 꿈 에도 몰랐다. 그는 찾아온 그녀를 담담하게 맞이했다. 소희의 얼굴이 무척 수척해 보였다. 그런 얼굴이 오히려 더욱 고혹적이었다.

우만은 헌병사령부에서 풀려나 본가에 누워 있는 세동의 수발 때문 에 설마의 숙소에는 열흘 째 들리지 않았다. 그날따라 가져올 서책이 있어 잠깐 들린 것이 소희와 마주치게 되었다.

어쨌든 반가운 마음이 앞섰으나 그는 감정을 자제했다. 그녀는 방으로 들어와서 가방과 보퉁이를 내려놓고 앉았으나 한동안 말이 없었다. 우만은 영문을 몰랐다. 짐 꾸러미로 보아 집 안에 무슨 변고라도 생긴 것은 아닌가 싶었다.

"무슨 일이지? 좋지 않은 일이라도?"

소희는 좀처럼 입을 열지 않았다. 우만은 그녀가 가지고 온 짐 꾸러미도 궁금했다. 얼마간 그러고 있는 그녀가 말없이 가방과 보퉁이를 우만 앞으로 내밀었다.

"도대체 말을 해야 알 것 아닌가? 이 보퉁이는 무엇이지?"

그녀는 말을 하지 않기로 작정한 것 같았다. 우만은 보퉁이의 매듭을 풀었다. 그 속에 들어 있는 물건은 모두 현금이었다. 가방에도 현금과 각종 귀금속이 들어 있었다. 어림잡아 족히 20만 원은 되고도 남을 것 같았다. 소희가 엄청난 재물을 가지고 있을 리는 없었다. 그녀가 어디에서 무슨 일로 엄청난 거액의 재물을 가고 왔는지 종잡을 수 없었다.

"도대체 무슨 물건이지?"

"선생님 집안의 것입니다."

"뭐라고? 자세히 말해 봐요."

"이 물건들은 선생님 아버님의 것이 틀림없습니다."

소희는 눈물 젖은 큼직한 눈으로 우만을 응시하고 있다가 돈과 패물을 가져온 사연을 풀어내기 시작했다.

세동이 헌병사령부에서 모든 재산을 포기하고 풀려난 이튿날이었다. 송병준이 진고개 파성관에 이어 첩 가스코의 집에서 다시 연회를 베풀 때였다. 송병준과 아카시 사령관은 기생들이 도착하기 전에 큰 목소리로 떠들었다. 그 소리를 소희가 지나다가 엿듣게 되었다. 두 사람은 자기들이 꾸민 떳떳하지 못한 음모를 무용담처럼 파안대소하며 지껄이고 있었다.

소희는 그 소리를 엿들으며 그 자리에서 숨이 막혀 자지러져 죽는 줄 알았다. 그동안 자신 아버지의 파렴치하고 나라 팔아먹은 행각을 바람결에 어렴풋하게 흘러 듣고는 있었지만 반신반의했었다. 그 사실이 백일하에 드러나는 순간이었다. 그녀는 송병준과 아카시 사령관이 작당한 음모를 귀담아들으며 치를 떨었다. 자신 아버지는 물상객주 세 동의 모든 재산을 가로챈 주범이었고, 도저히 용서 받지 못할 패륜적 인간이었다.

그녀는 자신의 아버지가 송병준이라는 사실이 두려웠고 수치스러웠다. 첩살이를 하고 있는 어머니가 일본인이기는 해도 어찌되었든 자신은 조선인의 핏줄이었다. 그녀는 얼마 전까지만 해도 자신이 순수한 일본인인 줄 알고 있었다. 그녀가 태어나기 전부터 송병준은 철저하게 일본인 행세를 해 왔기 때문이었다. 송병준의 집 하인들은 모두 일본 옷을 입고 일본말을 해야 했다. 소희는 얼마 전까지 자신의 아버지가 나라를 팔아먹은 친일 역신이라는 것을 까맣게 몰랐다. 그는 조선인으로 태어나 일본을 위해 앞장서서 휘두른 권력으로 재물을 축적하고 은혜를 배신으로 갚는 인간이었다. 시장의 무뢰배들 보다 못한 인간이라는 것을 그녀는 비로소 알게 되었다.

송병준은 소희 자신이 존경하고 사랑하는 연인의 집안 재산까지 더러운 손을 뻗쳐 수중에 넣었다. 그녀는 사랑하는 이의 불행을 앉아서 가만히 보고만 있을 수가 없었다.

소희는 며칠 밤낮을 뜬눈으로 지새우다가 결심하게 되었다. 자신 아버지가 부당하게 취득한 재물은 마땅히 주인에게 돌아가야 한다고 생각했다.

송병준은 현금이나 패물 같은 물건들은 첩의 집에 모두 숨겨 놓았다. 본가에는 땅문서만 있을 뿐이었다. 그는 부당하게 빼앗아 축적한 경기도 일대에 산재해 있는 백만 평의 땅도 무시하지 못할 어마어마한 재산이었다.

의심이 많은 송병준은 자신이 주로 거처하는 가스코의 집이 비교적 재물을 보관하는데 안전하다고 생각했다. 하인들도 많지만 집 주변에 경비원을 두 명이나 박아 놓았기 때문이었다. 안방에 큼직한 금고가 있지만 병풍 뒤 벽 속의 비밀 금고는 가스코도 몰랐다. 소희는 그 비밀 금고를 유일하게 알고 있었다.

근래에는 그런 일이 없지만 소희가 어릴 때였다. 술 취한 송병준이 집에 돌아오면 가끔 패물들을 비밀 금고에서 끄집어내었다. 그는 패물을 방바닥에 뿌려 놓고 소희가 가지고 노는 것을 바라보며 즐겼다. 소희는 숨긴 열쇠와 비밀 번호를 적어 놓은 패가 화장실 복도 끝 바닥 밑에 있다는 것도 알았다.

소희는 자신 아버지가 세동에게서 몰수한 재산이 얼마인지 정확히 알고 있지 못했다.

송병준이 마침 집을 며칠 비우는 날이었다. 그는 일본으로 출장을 가고 없었다. 소희에게는 천우의 기회였다. 그녀는 하인들과 경비원을 속이기 위해 돈과 패물들을 조금씩 훔쳐내어 집에서 약간 떨어진 야산

에 묻었다. 안방 금고와 비밀 금고에서 대 여섯 차례 가지고 나온 물건
은 가방과 보퉁이에 가득 채워졌다. 소희가 무거운 짐을 들고 우만의
숙소로 올 때 보안을 유지하기 위해 인력거를 중간에서 불렀다. 내릴
때에도 설마 동네로 들어오기 전에 미리 내려서 짐을 옮긴 것이었다.

소희한테서 자초지종을 전해들은 우만은 말문이 막혔다. 그녀가 송
병준의 딸이라는 사실이 믿어지지 않았다. 아무리 생각해도 20세 아
가씨 내면에 그런 모험을 할 용기가 숨어 있으리라고는 상상할 수 없
었다. 송병준이 어떤 사내인가. 소희가 엄청난 재물을 훔쳐낸 사실을
알게 되면 그녀를 가차 없이 죽일 수도 있는 인간이었다.

우만은 서둘렀다. 우선 소희의 뜻이 눈물겹도록 고마운 만큼 시간
을 허비할 수 없었다. 혼자서 엄청난 일을 처리할 수 없어 그녀를 뒤따
르게 하고 국환의 집으로 걸음을 재촉했다. 그녀가 가지고 온 가방과
보퉁이는 뒤란 땔감 더미 속에 단단히 감추어 두었다. 국환은 아직 함
경도로 떠나지 않고 있었다.

헌병사령부에서 세동이 풀려 나왔지만 국환은 아무래도 마음이 놓
이지 않았다. 미덥고 든든했던 경제적 후원자가 재산을 몰수당하고 고
문으로 몸까지 망가져 드러누웠으니 추진하고 있는 일과 앞으로의 사
업에도 막대한 차질이 생기게 되었다. 그는 조심스럽게 주위를 관망하
며 사태 수습을 위해 고심하고 있었다.

국환은 집에서 글을 읽고 있다가 난데없이 낯선 아가씨와 나타난
우만을 의아한 눈으로 쳐다보았다. 그는 두 사람을 사랑방으로 먼저
들여보내고 곧 뒤따랐다.

우만은 뒤따라 국환이 사랑으로 들어오자 갑자기 방문하게 된 사연

을 설명하고 일 처리에 대해 조심스럽게 물었다. 국환은 가부좌를 틀고 앉아 눈을 감았다. 좌우로 몸을 흔들며 한동안 말이 없던 그가 입을 열었다.

"마땅히 채 객주에게 돌아가야 하는 물건임에는 틀림없어. 먼저 처자의 용기에 감사드리오. 아무나 할 수 없는 일이지. 이름이 소희라 했던가?"

"그렇습니다."

소희는 다소곳 머리를 숙여 국환에게 예를 표했다.

"어려운 일일수록 허둥거리면 안 되네. 규수는 우선 집으로 돌아가 아무 일도 없던 것처럼 평상시처럼 행동해요. 규수는 지금부터 그 일에 대해 아무 것도 모르는 것이요."

국환은 그 외에도 소희에게 한 가지 당부를 더 했다. 금고 문이 닫혀 있어 아직 사건을 아는 사람이 없으니 우선 열쇠를 제자리에 가져다 놓는 것이었다. 밤이 되면 비밀 금고를 망가뜨리는 것과 안방을 어수선하게 해 놓는 일은 우만의 몫이었다. 국환은 우만에게 무슨 말인지 따로 조용히 일렀다. 소희가 가져온 물건을 초저녁에 땔감 나무 수레에 위장하여 안전한 사동궁으로 옮겨 놓는 일이었다.

우만은 국환의 집을 나섰다. 소희와 함께 세동을 만나러 갔다. 그는 억울하게 빼앗긴 재물이 되돌아온 것을 자리에 누워 있는 세동에게 속히 알려 주고 싶어 서둘렀다. 우만은 자신의 아버지가 그 소식을 듣는 즉시 자리를 벌떡 털고 일어날 것 같은 기분이 들었다. 그들이 집에 도착한 것은 오후 네 시쯤이었다.

우만은 소희를 뒤 따르게 하고 대문을 열고 들어서다가 걸음을 멈추었다. 부엌 쪽에서 뜻하지 않게 약사발을 들고 나오는 순임과 마주쳤다. 그녀가 집에 와 있으리라고는 생각하지 못했다. 서양이는 세동의 주치의가 되어 매일 왕진을 왔고, 박성춘도 벌써 몇 차례나 다녀갔다.

순임은 엉거주춤 서 있는 두 사람을 번갈아 본 뒤 아무 말 없이 안방으로 들어갔다. 순임이 약사발을 들고 들어서자 누워 있는 세동이 몸을 일으켰다. 그는 말없이 약사발을 받아 마셨다. 그때 우만과 소희가 들어왔다. 순임은 세동이 비운 사발을 들고 조용히 밖으로 사라졌다.

우만은 먼저 세동에게 선채로 허리를 굽혀 인사하고 소희를 소개시켰다. 세동은 소희가 송병준의 딸이라는 말에 별안간 눈빛이 날카로워지며 그녀를 뚫어지게 쏘아보았다.

우만은 자리에 앉아 소희가 보퉁이와 가방을 가져오게 된 사연을 차분하게 설명했다. 세동은 묵묵히 우만의 말을 듣고 있으면서 가끔 고개를 끄덕거렸다.

"처자가 그런다고 해서 아버지의 죄가 면하는 것은 아니지만, 정말 장한 일이오. 이제 그 돈이 사동궁으로 가게 되면 나라를 찾는데 조금이라도 도움이 될 것이오. 정말 고맙소! 처자."

세동은 소희를 가까이 오라고 손짓했다. 그는 다가온 그녀의 손을 다정하게 잡아주었다.

우만은 그녀와 함께 세동에게 작별하고 집을 나섰다. 순임은 열려 있는 대문 밖으로 멀어져 가는 두 사람을 바라보았다. 금방이라도 눈물을 떨어뜨릴 것 같은 눈망울로 아래 입술을 지그시 깨물었다. 우만과 소희는 도중에서 서로 맡은 일을 다시 한 번 숙지하고 진고개와 설마로 각각 헤어졌다.

우만은 나무장수로 변장하고 땔감 나무를 실은 수레에 소희가 가져온 가방과 보퉁이를 감추어 사동궁으로 무사히 옮겨 놓았다. 그는 설마에서 밤이 깊도록 기다렸다가 새벽 두 시가 가까워서야 진고개 가스코의 집으로 향했다.

그는 검은 복면을 하고 가스코의 집 담을 쉽게 넘었다. 경비가 있지만 그림자도 보이지 않았다. 경비는 시간도 시간인지라 사랑방 문턱에 두 다리를 걸쳐놓고 깊은 잠에 빠져 있었다. 송병준이 일본으로 출타하지 않고 잠든 경비를 보았다면 당장 요절이 날 행동이었다. 가스코는 파성관에서 대부분 숙식을 하고 있어 집을 자주 비웠다.

우만은 가스코의 집 구조를 누구보다 훤히 알고 있어 안방까지 침입하는 데는 아무 어려움이 없었다. 그는 우선 방 안을 어지럽혀 놓았다. 그리고 소희가 위치를 일러 준대로 미리 열어 놓은 비밀 금고를 손상 시키는 일은 아주 쉬웠다. 그런 다음 나머지 할 일이란 정말 간단했다. 강도 행세를 하고 탈출하는 것뿐이었다.

우만은 사랑방 문턱에 두 다리를 걸치고 잠든 경비 앞까지 갔다. 경비는 아예 마음 놓고 깊은 잠에 빠져 있었다. 옆구리에 차고 있는 권총을 빼가도 몰랐다. 우만은 비수를 사용할 필요를 느끼지 않았다. 그는 문턱 아래로 늘어진 경비의 다리를 냅다 질러 버렸다. 경비는 허공을 향해 팔을 휘저으며 부리나케 일어났다. 우만은 복면 쓴 얼굴로 그의 눈앞에 총구를 들이대었다. 그런 다음 검지손가락을 입술에 갖다 대며 조용히 하라는 시늉을 했다. 우만은 아직 잠에서 덜 깬 것 같은 어리병병한 경비의 허벅지에 곧바로 총을 한 방 쏘았다. 총 소리보다 경비의 비명이 훨씬 더 크게 밤공기를 찢었다. 우만은 허공을 향해 총 한 방을 더 쏘았다. 그런 다음 기급하게 엎드려 신음하고 있는 경비 앞에 총을 던져 놓은 채 유유히 담을 넘어 사라져 버렸다.

파성관에서 연락을 받고 사색이 되어 달려온 가스코와 때를 맞추어 신고를 받은 고등계 형사들이 조사를 나왔다. 형사들은 일단 강도 사건으로 단정 지었다. 총독부가 설치되고 조선에서 권총 강도 사건이 일어난 것은 처음이었다. 아무도 무엇을 얼마나 도둑을 맞았는지 송병준이 오기 전에는 알 수 없었다.

이튿날 오후 그가 돌아왔다. 송병준은 벽장의 열쇠마저 비틀린 채 몽땅 털려 버린 비밀 금고 앞에서 하얗게 질려버렸다. 송병준은 고등계 유능한 형사들을 매수해 밤낮으로 수사를 시켰으나 복면 쓴 대담한 강도의 행방은 오리무중이었다. 허벅지에 총을 맞은 경비의 진술을 들으면 틀림없는 권총강도 소행이었다.

경비는 잠자다가 빼앗긴 자신의 총으로 다리를 맞았다는 사실은 차마 발설할 수 없었다. 강도가 쏜 총알 2개의 행방에 대한 수사가 미친다 해도 변명할 구실은 이미 만들어 놓았다. 범인을 잡기 위해 발사한 것이라고 우기면 그냥 넘어 갈 일이었다. 송병준이 아무리 영악하다 해도 도둑맞은 재물에만 눈이 뒤집혀 있는지라 경비 허벅지에 박힌 총알이 경비의 것이라는 사실은 꿰뚫어보지 못했다.

송병준은 끙끙 앓는 소리로 범인을 기어이 잡고야 말겠다며 입에 거품을 물고 돌아다녔으나 더러운 성질만 더욱 거칠어질 뿐이었다. 집 안팎을 아무리 뒤져보아도 단서가 될 만한 범인의 흔적은 찾을 수 없었다. 그가 굳이 의심을 했다면 세동과 우만이었다.

송병준은 밀정들을 풀어 일주일 낮과 밤, 쉴 사이 없이 두 사람 감시를 시켜 보았으나 허사였다. 세동은 아직까지 약사발을 놓지 못해 자리보전을 면하지 못했고, 우만은 아예 두문불출하고 책만 읽고 있었다.

소희는 우만이 연락할 때까지 설마 근처에는 얼씬도 하지 말라고 단단히 일러 놓아 집에서만 지냈다. 송병준은 울화가 치밀 때마다 걸핏하면 애꿎은 하인들 폭행을 일삼았다. 그런 모습을 바라보는 소희의 시선은 싸늘하기만 했다.

그 해 겨울이 깊어가고 있었다.

무단정책을 강력하게 부르짖는 데라우치 총독은 밤늦도록 총독부 청사를 떠나지 않았다.

청사 주변에는 헌병들이 언제나 밤 새워 삼엄한 경계를 섰다. 총독의 방에는 데라우치와 경무총감 아카시, 악명 높은 구니도모 경무과장이 머리를 맞대고 모의에 여념이 없었다. 밤이 깊은 데도 그들은 지칠 줄을 몰랐다.

데라우치는 조선 총독이라는 직함에 만족하지 않았다. 그의 야망은 대 일본제국의 총리대신을 꿈꾸었다. 그는 조선에서 식민 정책을 훌륭하게 성공시켜야 그 야망이 실현 될 수 있다고 믿었다.

총독은 강제합방 뒤 강원도와 경기도에서 의병들이 들끓어 속을 썩이자 본국에서 2개 사단 병력을 당장 끌고 와서 무력으로 진압해 버렸다. 그러나 조선 서북 지방에 깊숙이 뿌리 내린 천주교와 기독교의 영향은 새로운 골칫거리였다. 종교를 등에 업고 새 학문을 일으키려는 선각자들이 다투어 학교를 세우고 있었다. 서북 지방은 압록강과 두만 강이 국경을 이루고 있어 강만 넘으면 만주와 시베리아로 치닫는 길목이었다. 그런 지리적 조건으로 항일 독립투사들이 자주 출몰하게 되자 총독부는 가만히 두고 볼 수 없었다.

일제는 황해도 재령강의 상류인 안악과 재령, 평안도의 평양, 선천, 정주를 불온 지역으로 손꼽아 놓고 있었다.

선천의 신성(信聖)학교, 정주의 오산(五山)학교, 평양의 대성(大成)학교가 구니도모 경무과장이 눈독을 가장 많이 들이고 있는 곳이었다.

조선과 강제로 을사늑약을 체결시킨 이토오 히로부미를 하얼빈 역에서 거꾸러뜨린 의사 안중근이 해주에서 태어나 자란 곳은 신천(信川) 청계동이었다. 그의 일족들이 아직 그곳에 살았다.

또 일본 육군중위 쓰시다가 명성황후 시해에 가담했다고 오해를 한 김구가 맨주먹으로 그를 때려죽인 사건이 있었다. 그런 김구도 해주 출신이었다.

모종의 밀명을 받고 여행 중인 쓰시다가 대동강 치하포 나루를 건 널 때였다. 쓰시다는 교묘하게 변복을 했지만 정보를 입수한 김구는 대변 한눈에 알아보았다. 쓰시다에게 다가간 김구는 그가 손 쓸 틈을 주지 않은 채 범같이 달려들어 맨주먹으로 단 한 방에 머리통을 박살 내 버렸다.

안악 지방은 그런 김구가 중심이 되어 활발하게 활동하고 있었다. 그가 교육 사업을 하고 있는 곳에 의기로 모여든 젊은이들이 들끓는다 는 정보는 일제를 골칫거리로 만들었다. 김구가 책임자로 있는 양산소 학교는 교원 양성이 목적이었다.

12월 하순쯤이 되면 압록강의 추위는 참으로 살인적이었다. 우마차가 짐을 실은 채 강을 건널 정도로 얼음은 이미 두껍게 얼어붙었다.

　조선 총독부는 공사 중이었던 압록강 철교 개통식을 12월 하순쯤으로 잡아 놓았다. 구니도모 경무과장은 철교 개통식에 맞추어 총독 데라우치가 서북 지방을 대대적으로 순시할 것이라는 소문을 연일 퍼뜨렸다.

　황해도와 평안도 도지사와 헌병대장들에게 총독 순시에 대비해 만반의 준비를 갖추도록 지시를 내려놓았다. 평양에서는 며칠 머무를 지도 모른다는 말을 슬쩍 흘려 놓기도 했다. 평안 도지사는 총독을 맞이하기 위한 만반의 준비에 부산을 떨었다.

　현지의 관리들은 모두 긴장하고 그 고장 사람들은 나름대로 총독의 순시에 호기심으로 술렁거렸다. 구니도모의 음흉한 계획은 서서히 무르익어 가고 있었다. 그는 총독 순시를 내세워 서북 지방에 우글거리는 항일 운동가들을 모조리 잡아내는데 그 목적을 두었다.

　안명근(安明根)은 안중근의 사촌 동생이었다. 일제 경찰과 헌병대는 애초부터 그에게 감시의 눈을 떼지 않았다.

　명근도 형 중근처럼 늘 폭약과 같은 분통을 터뜨릴 곳을 찾아다니느라 동가식 서가숙으로 방황하고 다녔다. 그는 국내를 벗어나 북간도(北間島)에 무관학교를 설립하고 싶었다. 그곳에서 독립군 간부를 양성하고 잘 훈련된 항일군으로 하여금 일제에 대항하기 위해서였다.

　그는 서북지방의 부호들에게 자금을 모금하고 다녔다. 부호들은 명근의 구국을 위한 용기에 감복하여 처음에는 대부분 거금을 선뜻 내놓았으나 근간에는 꺼려하고 있었다.

그가 발산(鉢山)의 거부 민양구 집에 들렀다. 명근이 들어서자 민양구는 겁부터 집어먹었다. 그는 명근이 안중근 동생이라는 것을 익히 알았다. 민양구는 명근의 간청을 구구한 변명을 늘어놓으며 거절했다. 명근은 갑부인 그가 나라를 구하는 거룩한 군자금 후원에 인색한 것을 알고는 아무 말없이 그 자리를 박차고 나왔다.

명근이 돌아가자 민양구는 허겁지겁 뛰쳐나가 경찰서로 줄달음을 쳤다. 그의 밀고로 긴장한 경찰서는 한성의 구니도모에게 긴급 보고를 한 뒤 명근의 뒤를 쫓았다.

압록강 철교 개통식을 이틀 앞 둔 서북 지방의 헌병들과 경찰들 밑에 기생하고 있는 밀정들의 눈은 충혈 되었다. 그즈음 명근은 북간도에 설립할 무관학교 현지답사를 위해 가는 길이었다. 그는 가는 길에 평안도의 동지들을 만나려고 사리원에서 기차를 타고 평양으로 향했다.

그는 데라우치의 서북지방 순시로 경계가 삼엄한 줄은 정말 모르고 있었다. 명근에게는 압록강 철교 개통식 따위는 안중에도 없었다. 오직 무관학교 설립의 진척만이 중요할 뿐이었다.

그는 기차가 대동강 철교를 지나 평양역에 도착하자 아무 생각도 없이 플랫폼에 태연히 내려섰다. 기차에서 내린 승객들의 뒤를 따라 명근이 좁은 출구의 통로로 들어섰다. 앞을 바라보던 그는 순간 아뿔싸 하고 외쳤으나 돌이킬 수 없었다. 그의 손목에는 재빨리 다가선 헌병에 의해 은빛으로 번쩍이는 수갑이 채워져 버렸다. 명근은 즉시 한성으로 압송되어 경복궁 앞에 있는 제2헌병대에 수감되었다.

명근은 열흘 가까이 굶주림과 혹독한 몹쓸 고문을 견뎌내고 있었다. 그는 끝까지 동지들의 이름을 밝히지 않았다. 자신의 육신이 갈기 갈기 찢어져 죽더라도 동지들을 배신할 생각은 추호도 없었다. 그는 먼저 죽어간 수많은 애국지사들처럼 자신이 하고 있는 일도 민족을 위한 의(義)로운 일이이라 생각하고 있었다.

얼마 뒤 천주교 교도로서 명근과 친분이 두터운 한순직이 붙잡혀 올라오면서 일제의 음모 수사는 활기를 띄기 시작했다.

일제는 처음에 안명근을 총독 데라우치 암살 미수범으로 체포해 놓았었다. 그런 뒤에 느닷없이 한순직 안내를 받아 안악 일대를 돌며 군자금 후원을 협박했다는 죄명을 씌웠다. 그런 구실로 안악 일대의 이름 있는 부호와 지도급 인사들을 모조리 체포했다. 김구, 김용제, 최명식, 김홍량, 한필호, 원행섭, 고봉수, 박형병, 한정교를 연루자로 엮어 잡아 가두었다.

헌병대에서 그들을 안명근과 함께 데라우치 암살 계획범으로 묶으려 했으나 마땅한 증거가 없었다. 그래서 헌병대는 사건을 엉터리로 조작하게 된 것이었다. 그들이 만주로 가기 위해 선량한 자산가들에게 군자금을 빙자해 금품 강요를 하고 강도질까지 저질렀다며 강도 미수죄로 재판에 회부해 버렸다.

일제가 죄목을 합리화시키기 위해 조작한 것이 '안악우편국 습격사건' 이었다. 헌병대의 악랄한 고문은 김구, 김용제, 김홍량, 한필오에게 집중되었다. 결국 한필오는 유치장 마룻바닥에서 귀한 목숨을 버리고 말았다.

재판부는 각본에 의하여 움직였다. 허위 자백과 터무니없이 조작된 헌병대 조서를 정면으로 뒤집는 피고들의 진술 따위는 아무 소용없었다. 총독부의 엉터리 사법제도를 여실하게 드러내는 순간이었다. 재판은 어이없게도 단 이틀 만에 끝나 버렸다.

안명근 종신형, 김구, 김홍량, 한순직, 배경진, 이승길, 박만준 징역 15년. 도인권 10년. 김용제, 최명식, 양성진, 김익윤 7년. 최익형, 고봉수, 박형병, 한정교 5년. 행방을 감춘 원형섭은 15년 형량을 선고했다.

안악 사건은 1911년 8월에 가서야 끝이 났다. 그동안 일제에 의해 체포된 지도급 인사는 모두 160여 명이었다.

김구의 양산 소학교는 일제가 서둘러 폐쇄시켰다.

어이없는 안악 사건으로 조선 천지가 술렁거렸다. 그 사건으로 당황하고 몸을 사리게 된 무리는 항일지사들이 아니었다. 일본 정부로부터 영작을 받은 매국 대신들과 중추원 요직에 빌붙어 있는 부역배들이었다. 강제합방에 공로가 있다고 해서 영작이 되어 후환 대접을 받았지만 그들은 하나같이 불안했다.

그들은 안악 사건을 바라보며 데라우치의 음흉한 성격을 걱정하고 있었다. 자신들의 이용 가치가 없어지면 언제 어떻게 화를 당할 지 알 수가 없었다. 부역배들은 데라우치의 비위를 맞추기 위해 눈치를 보며 전전긍긍 날을 지새웠다.

다가오는 8월 29일이면 강제합방 1주년이 되는 날이었다.

매국 역신들이 그런 기회를 놓칠 수 없었다. 작당을 하기 위해 한 자리에 모였다. 그들은 또 음모를 꾸몄다. 그날 기념일을 통해 명치천황에게 조선합방을 칭송하자는 것이었다. 어처구니가 없는 일은 그뿐 아니었다. 아울러 데라우치의 1년간 조선 통치업적을 찬양하는 송덕문까지 바치자고 참새 같은 입들을 모아 조잘댔다. 그 일에 앞장 선 사람은 조중응이었다.

총독부에서도 그들의 의견을 환영하며 발 벗고 나섰다. 소요되는 경비 일체를 부담하겠다고 했다. 연판장의 발기인은 이완용, 조중응 등 친일 역신들이었다. 그들은 조선 백성 중에 수백만 명은 서명에 동참할 것이라고 호언했으나 빗나가고 말았다. 서명 기간 동안 겨우 2만 명이 조금 넘었을 뿐이었다.

주동을 한 조중응 뿐 아니라 그 일에 적극 협조하겠다고 나선 고다마 비서과장도 난처하게 되었다. 그 일을 쉽게 생각하고 총독에게 생색내느라고 보고까지 미리 해 놓은 터였다.

그 즈음 조선 왕실에서 갑작스러운 사건이 일어났다. 고종의 비(妃) 엄씨가 덕수궁 함녕전에서 별안간 숨을 거두었다.

지나간 겨울이었다. 데라우치가 고미야 궁내 차관을 앞세우고 덕수궁의 고종을 찾아갔었다. 문안 인사라기보다 고종의 건강 상태와 자신의 업적을 늘어놓고 그가 어떤 마음을 품고 있는지 겸사겸사 알아보기 위해서였다.

한동안 이야기를 나누는 끝에 고종 옆에서 시큰둥하게 앉아 있던 엄비가 데라우치에게 볼멘소리를 했다. 왕세자 이은을 공부시킨다는 핑계로 일본에 데려가서 4년이 지나도록 한 번도 오지 않은 것에 대한 불만이었다. 엄비는 데라우치에게 계속 불퉁거렸다. 자식을 키우는 같은 처지에 어떻게 그처럼 매정할 수 있느냐고 면박까지 주며 따졌다. 성질이 괴팍한 데라우치는 화가 치미는데도 참고 있었다. 고종의 눈에도 그렇게 비쳤다. 고종은 부드러운 말로 슬슬 엄비를 거들며 일방 총독을 다독거렸다. 데라우치는 영 입맛이 쓴 얼굴이 되어 함녕전을 물러 나갔었다.

8월의 무더위가 찌는 듯 기승을 부렸다. 본국에서 총독부로 활동사진 필름 한 통이 날아왔다. 영친왕이 군사 훈련을 받는 과정이 담긴 흑백 필름이었다. 데라우치는 고미야를 시켜 활동사진을 함녕전 엄비에게 보여주게 했다. 지나간 겨울 엄비에게 면박 당한 일이 떠올라 활동사진은 큰 자랑이 될 것이라 생각하고 있었다. 그는 대 일본제국의 군인으로써 군사훈련을 받고 있는 영친왕의 씩씩한 모습을 엄비에게 빨리 보여주고 싶었다.

함녕전에서 스크린을 걸고 영사기를 돌렸다. 비록 활동사진이지만 꿈에도 그리워하던 귀여운 자식이 스크린에 나타나자 고종과 엄비는 탄성을 지르며 눈물을 연신 찍어내었다. 그때까지는 데라우치의 생각대로 되었다. 군사훈련 받고 있는 아들의 씩씩한 모습을 본 태상왕 부부는 그나마 위안을 하는 것 같았다.

그들은 다음 장면에서 충격을 받았다. 훈련을 받는 도중 영친왕이 식사하는 장면이 나왔다. 나이 어린 왕세자는 땟국이 흐르는 얼굴에 손으로 주먹밥을 아무렇게나 집어먹고 있었다. 귀하디 귀한, 조선 천하를 호령하게 될 위엄 있는 왕세자의 모습이라고는 도저히 찾아 볼 수 없었다.

활동사진을 보고 있던 엄비는 그 충격으로 갑자기 쓸어져 버렸다. 급체였다. 그 뒤 엄비는 이틀 후에 숨을 거두게 되었다.

왕실과 총독부는 엄비의 장례 격식을 놓고 설왕설래했다. 엄비는 고종의 정비(正妃)가 아니었다. 전통적으로 왕가의 예법에 따르자면 그 장례는 궁전에서 행하기 어려운 일이었다. 왕가의 전통 예법을 어기면서까지 엄비의 장례식을 격상시킬 수는 없었다.

그때 총독부가 나섰다. 비록 정비는 아닐지언정 귀비(貴妃)로 대접받았고, 경선궁이라는 존호까지 주어져 있었다. 그것은 정비에 버금가는 칭호였다. 또 왕세자의 친어머니라는 사실만으로도 정비에 준해서 장례를 치르는 것이 마땅하다고 했다. 고다마는 총독의 허락을 받아내었다. 그가 자신의 부모 장례 치르듯 설쳐대는 행동이 예사롭지 않았다.

고다마는 이왕직장관 민병석에게 장례식의 모든 진행을 맡겼다. 장례 격식은 정비와 다름없게 치르게 되었다.

인질로 끌려갔던 조선 왕세자 이은이 5년 만에 돌아왔다. 장례식 때문에 조국으로 돌아온 그는 죽은 엄비의 빈전에 자식으로서 불효한, 참을 수 없는 회한의 눈물을 뿌렸다. 세자 옆에 선 덩치가 큰 데라우치도 함께 서서 손수건으로 눈물을 훔쳤다. 그 모습은 좀 기이하다란 생각이 들었다.

장례 행렬은 조선왕실 국장답게 홍릉까지 수십 리에 이어졌다.

총독부는 덕안궁에 봉안한 영패(靈牌)를 극진히 받들도록 신경을 썼다. 그리고 엄비의 죽음은 일본 천황과 데라우치 총독, 심지어 일본 국민들까지도 애통해했다고 일제 관리들이 조선 백성을 홀리고 다녔다. 무지하고 순박한 조선 백성들은 일제의 간교한 계략에 속을 수밖에 없었다.

고다마가 예측한대로 맞아 떨어졌다. 총독부의 연극에 멋지게 속아넘어간 민중들은 감격하여 연판장에 서명하느라고 줄을 대었다. 그렇게 해서 연판장에 도장과 지장을 누른 백성의 수는 무려 25만 명이나 되었다.

송덕문 연판장 날인 명부는 책으로 54권이 묶여졌다. 명주 보자기에 소중하게 싸여진 책들은 일본으로 건너가서 강제합방 1주년 기념일에 천황에게 바치도록 되었다. 그 공로자는 당연히 이완용과 조중응이었다.

송병준은 비밀금고가 쥐도 새도 모르게 털려 버린 뒤 만사에 의욕을 잃고 식욕도 없었다. 그 와중에 연판장 공로마저 정적들에게 빼앗기자 아예 파성관에 틀어박혀 외출도 하지 않고 술과 기생들 치마폭에 묻혀 지냈다.

일본인 조선거류민단 주최로 조선 강제합방 1주년 기념 축제가 열린 장안 거리 분위기는 온통 떠들썩했다. 그 틈을 이용해 우만과 국환이 사동궁으로 찾아들었다. 소희가 가지고 왔던 재물을 사동궁으로 옮기고 처음 가지는 모임이었다. 우만은 세동한테서 그 재물이 쓰일 곳을 미리 언질 받아 놓은 터였다. 세동은 돌아온 재물에 대한 권리를 사동궁에 일임한다고 했다.

그 재물로 객주를 다시 시작한다고 해도 송병준이 죽지 않고 눈을 번뜩이고 있는 한 어려운 일이었다. 그리고 돈이 될 만한 큰 사업 대부분은 이미 일본인의 독점 시대로 넘어가고 있었다. 조선인은 그저 소매상 정도로 만족해야 했다. 일제는 조선에 대한 토지와 자본, 문화의 수탈 정책에 서서히 검은 손길을 뻗치고 있었다.

"그 돈에 대해 채 객주께서 뭐라 했는가?"

이강은 우만에게 부드러운 눈길을 던졌다.

"전하의 뜻대로 처리하시기를 바란다고 하셨습니다.

"저도 만이와 함께 들었습니다. 채 객주는 이제 물상에서 손을 놓는다고 했습니다. 일제로부터 나라를 되찾기 위해 혼신의 힘을 기울이시는 전하를 돕지 못하고, 누워 있는 자신이 민망스럽다고 눈물까지 흘렸습니다.

국환의 차분한 말에 분위기가 잠시 숙연해졌다.

"채 객주의 사심 없는 지극한 마음을 모르는 바가 아니오. 지금은 채 객주와 같이 의로운 동지가 한 사람이라도 아쉬울 때요. 돈이란 어떻게 쓰느냐에 따라 가치가 있듯이 재물은 관리가 중요한 일이오. 영감이나 나는 이문 남기는 재간이 절벽이지 않소? 모쪼록 객주께서 속히 자리를 털고 일어나기를 바랄뿐이요."

이강은 미리 준비해 놓은 보약을 수청에 일러 가져오게 했다. 그는 보자기에 싼 약을 우만에게 직접 건네주며 세동의 빠른 쾌유를 수차례 일렀다.

우만은 감격했다. 이강은 누가 무엇이라 해도 일국의 왕자 신분이었다. 그는 반상을 가리지 않았다. 천민 출신에게까지 세세한 인정을 베푸는 그의 마음을 읽었다. 이강의 참다운 인간성을 알 수 있는 모습이었다.

"전하! 요즘 총독부의 움직임이 아무래도 수상합니다.

국환의 말에 부드러운 표정을 하고 있던 이강의 얼굴이 약간 굳어졌다.

"지금 합방 기념 잔치로 거리가 떠들썩하다면서요?"

"그렇기는 합니다만, 축제는 민간단체가 주도되어 움직이고, 총독부 간부들은 도통 축제 현장에 얼굴을 내밀지 않습니다."

"그들은 모두 본국으로 떠나지 않았습니까?"

"아니옵니다. 총독 사위 고다마가 본국 언론에 데라우치 업적을 치켜세우는 공작을 위해 먼저 건너갔고, 그 뒤 데라우치만 갔을 뿐 아카시를 비롯해 고위직 거의가 조선에 남아 있습니다."

"날조된 안악 사건으로 죄 없는 수많은 우국지사들을 붙잡아 갖은 고문으로 형무소에 가둔 지가 얼마나 되었다고 또 음모를 꾸미겠는가."

"그 자들에게 인정이나 정도를 바란다는 것은 위험천만입니다. 도무지 체면이나 도의를 지킬 자들이 아닙니다. 배신을 밥 먹듯 하는 인종들이라 철저하게 경계를 하지 않으면 우리가 당하게 됩니다."

국환이 염려했던 사건은 숨 돌릴 틈도 없이 그 이튿날 터져 버렸다.

이튿날 모든 사람이 잠든 한 밤중이었다. 비밀 지령이 전국 각 도의 경찰부장에게 떨어졌다. 구니도모의 특명이었다.

안악 사건으로 이미 재미를 본 구니도모는 안창호를 비롯한 신민회, 성명회, 경학사의 간부들을 모조리 잡아들이라 했다.

신민회 중심 인물은 안창호, 양기탁, 이승훈, 안태국, 이동휘였고, 성명회는 유인석, 이상설이 이끌었고, 이시영, 이회영, 이석영, 주진수, 김창환, 이상용은 경학사의 주축이었다.

구니도모는 시베리아 블라디보스톡에 본부를 둔 성명회와 남만주 요령성(遼寧省)에 근거를 잡은 경학사 간부들을 검거하기가 용이하지 않아 애를 태우고 있었다. 그렇다고 계획을 세워 보고까지 올린 상황이라 중단할 수도 없었다.

신민회는 기독교 신자들이 주축이 되어 활동을 했다. 일제가 가장 못마땅하게 생각하는 것은 기독교 단체였다. 기독교 세력은 조선의 각

계각층에 기하급수로 퍼져나갔다. 서양(西洋)의 종교라 할 수 있는 기독교가 조선에 뿌리를 내릴 경우 정치적으로 큰 위협이 될 수 있었다. 총독부는 염려하지 않을 수 없었다. 일제는 조선인 여러 사회단체를 순수하게 보지 않았다. 반일 활동단체의 본거지라 결론짓고 아예 싹부터 짓밟아 없애기로 했다.

그들이 작전을 감행한 결과 엄청난 수확을 건져 올렸다. 양기탁, 이승훈, 임치출, 유동열, 옥관빈, 차이석, 선우혁, 김일준, 서우훈을 비롯한 6백여 명의 우국지사들이 전국 각지에서 일제히 검거되기 시작했다. 경찰과 헌병대에 붙잡힌 우국지사들은 속속 경성(京城-총독부령에 의해 개명된 서울)으로 압송되었다. 일제는 유독 안창호를 검거하지 못해 발을 굴렀지만 결국 뜻을 이룰 수 없었다.

경찰서와 헌병대의 감옥은 잡혀 온 우국지사들로 넘쳐흘렀다. 밤이 되면 신민회 간부들에게 악랄한 고문이 자행되었다. 경무국 소속의 악명 높은 고문 제조기 우지마 경시가 취조 책임을 맡았다. 우지마 경시가 우국지사들에게 자행한 고문은 세계적으로 악명을 떨친 방법이었다. 제정 러시아의 헌병들이 폴란드 독립 운동가들에게 가한 혹독한 고문이었다. 우국지사들은 밤마다 끌려 나가 몸서리 처지는 고문에 시달렸다. 데라우치의 암살 가담을 자백하라는 것이었다.

들지도 보지도 못한 총독 암살사건을 그들이 안다고 할 수는 없었다. 취조관들은 우국지사들을 무지막지하게 다루었다. 모른다는 말이 떨어지기 무섭게 대기하고 있는 군인들이 몽둥이를 휘둘렀다. 두세 명이 번갈아 가며 개 패듯 후려치는 몽둥이 타작이 시작되면 얼마가지 않아 지사들은 초죽음이 되었다.

취조관들은 실신한 그들을 감방에 처박아 놓았다가 며칠 뒤 조금 회복이 되면 다시 고문하기 위해 끌어내었다. 그때에도 모른다는 말이 떨어지면 다음 단계의 고문이 기다리고 있었다.

깍지 낀 손을 등 뒤로 묶어 양다리에 밧줄을 걸어 공중 들보에 대롱대롱 매달았다. 그런 다음 채찍으로 온몸을 사정없이 난타했다. 기절하면 찬물을 얼굴에 들입다 쏟아 부었다. 깨어나면 똑 같은 고문이 반복되거나 다른 고문이 기다렸다. 그들은 벌겋게 달군 쇠 젓가락으로 몸을 지지거나 담뱃불로 얼굴을 문질렀다. 아무 반응이 없으면 밧줄을 풀어 매달린 몸을 시멘트 바닥에 털썩 떨어뜨려 놓고 구두 발로 사정없이 내질렀다. 그래도 꼼짝하지 않으면 가슴이나 배를 발로 겨울 보리밭 밟듯 작신작신 짓이겼다. 그쯤이면 실신했던 몸에서 숨이 탁 트이면서 호흡을 했다. 그런 사람을 취조관은 죽은 척하면서 속였다고 몽둥이나 쇠뭉치든 손에 잡히는 대로 다시 마구 두들겨 팼다.

그들의 고문 방법은 헤아릴 수 없었다. 삼사 일씩 굶기기, 전기고문, 콧구멍에 고춧가루 물 쏟아 붓기, 그런 갖은 악행을 견디다 못해 피를 토하고 숨을 거둔 우국지사가 한두 명이 아니었다.

데라우치 총독의 살해 음모사건으로 잡혀 들어간 우국지사들의 신음소리가 장안 허공에 밤낮으로 떠돌았다. 그곳 근처에는 누구 하나 얼씬하지 않았다. 모두가 가만히 엎드려 숨을 죽이고 있었다.

전국이 험악한 사건으로 소용돌이쳤다. 국환은 함경도와 황해도에 독려하고 있는 거의 완성 단계에 돌입한 학교 짓는 일을 중지해 놓을 수밖에 없었다.

그동안 세동의 몸은 차츰 건강이 회복되고 있었다. 우만과 국환은 활동을 잠시 멈추고 각자 집에 들어앉아 책읽기로 소일했다. 우만이 활동하는 것은 밤이 깊은 시각뿐이었다.

　그는 서양이를 만나고 있었다. 그에게서 얻은 정보를 국환과 이강에게 전해 주는 일은 매우 중요했다. 서양은 감옥으로 왕진을 다녔다. 그곳에서 고문으로 심하게 다친 피골이 상접한 지사들을 치료하는 몇 명의 병원 의사들 중 한 사람이었다. 서양은 감옥에서 모진 고문으로 신음하는 우국지사들을 치료하노라면 듣지 않아도 일제의 간악한 만행을 알 수 있었다.

7
슬픈 그림자

어느 날 밤이었다. 우만은 세브란스에서 서양을 만나보
고 집으로 돌아가는 길이었다. 병원에 다니러 왔던 순임이 뜻밖에 복
도에서 기다리고 있었다. 소희가 집의 금고에서 재물을 훔쳐가지고 나
온 날 본가에서 얼핏 만나고 처음이었다. 우만은 소희와의 관계 때문
에 나름대로 그녀에게 미안한 마음을 가졌었다.

어린 시절부터 동네에서 함께 자란 그녀를 늘 동생처럼 우만은 생
각했다. 성장한 뒤에도 이성으로 끌린 적은 한 번도 없었다. 본능적인
욕정으로 가끔 몸이 달구어질 때가 있었지만 충동적으로 그녀에게 한
번도 접근하지는 않았다.

두 사람은 거리로 나갔다. 거리의 전봇대 가로등이 희미하게 그녀
의 얼굴을 비추었다.

"오랜만이군."

우만의 말에 순임은 그녀답지 않게 고개를 떨어뜨리고 조용히 걷기

만 했다.

우만은 그녀에게 다가가 어깨를 두어 번 다독거렸다. 순임은 우만의 손길을 피하듯 발걸음을 옆으로 조금 옮겨 거리를 두었다. 분위기가 서먹해졌다.

"학교 일이 바쁜가 봐. 요즘은 집에 통 들리지 않더군."

"오빠! 내가 오빠에게는 어떻게 보이죠?"

순임은 그때서야 우만을 쳐다보며 냉정한 말투로 물었다.

"응? 음, 그래, 어떻게 보이냐구? 그야, 고운 내 동생이지. 그렇지?"

"둘러대지 말아요. 나미에라는 처녀하곤 어떻게 된 사이죠?"

예상은 하고 있었지만 막상 순임의 입에서 나미에의 이름이 튀어나오자 우만은 약간 당황했다.

"나미에? 이젠 소희라고 하지. 소희는 나한테 영어 레슨을 받은 학생일 뿐이었지. 지금은 그만 뒀지만."

우만은 그때서야 순임이 어떤 마음으로 그런 질문을 던졌는지 알 것 같았다. 그는 순임의 얼굴을 똑 바로 쳐다보았다. 그녀의 눈에서 반짝하고 떨어지는 눈물방울이 우만의 마음을 스산하게 흔들었다. 갑자기 가엾은 생각이 들었으나 어떤 위로의 말도 할 수 없었다.

그는 소희와 관계를 벌써 맺은 만큼 순임에게는 이성으로 다가서지 않겠다는 맹세를 한 적이 있었다. 엄밀하게 따진다면 그녀에게 우만은 이미 연인으로서 자격을 상실한 신세였다. 소희와의 관계를 솔직하게 털어놓고 싶었지만 그녀가 받을 상처 때문에 말하고 싶지 않았다.

"두 사람 사이가 내 눈에 아무렇지도 않게 비쳤다면 내가 왜 이러는 거죠?"

우만은 그녀를 속이고 싶지 않았지만, 우선은 달랠 수밖에 도리가 없었다.

"순임이가 무슨 오해를 하고 있군. 다음에 기회가 있으면 밝히지. 지금은 설명하기가 곤란해."

우만은 말을 해 놓고 솔직하지 못한 자신이 부끄러웠다. 그렇다고 지금 당장 바른 말을 해서 순임을 실망시키고 싶지 않았다.

'왜 하필 일본인의 피가 섞인 여자죠? 그리고 매국노 송병준의 딸이잖아요.'

순임은 그런 말이 입 밖으로 튀어나오려는 것을 참았다. 자신이 질투를 하고 있다는 사실을 이미 여실하게 드러내었으므로 재차 증명하고 싶지 않았다.

순임은 어린 시절 오빠 서양이 보다 우만을 더 따랐다. 그때는 이성으로서가 아니었다. 서양은 집에 틀어 박혀 하루 종일 책하고 씨름하고 있었지만 우만은 달랐다. 활달하고 어디든 그녀를 데리고 다니며 즐겁게 해주었고 자상하게 보살폈다. 눈 쌓인 겨울이면 뒷산에 놓은 덫에서 토끼를 잡았고, 여름이면 냇가로 달려 나가 물에 놓은 통발에서 물고기를 건져 올렸다. 그녀는 우만을 따라다니면서 무엇 하나 신나지 않은 것이 없었다. 순임의 성격은 활달하면서도 예지적인 우만을 차츰 닮아가고 있었다.

그들은 태어나면서부터 구차스럽고 가난해서 호사를 몰랐다. 호사가 무엇인지 몰랐기 때문에 궁핍의 고초 또한 알 수 없었다. 배가 부르면 뛰놀았고 허기가 지면 언짢았다. 도성 안의 거리를 얼쩡거리는 일도 없었고, 대처 사람들이 백정 마을을 찾아오지도 않았다. 그들은 물

질의 존귀 자체를 모르고 자랐다.

그들이 도성 안으로 들어와 살게 된 것은 열서너 살 철이 들면서였다. 갑신정변 후 천민에 대한 차별이 약간 달라지긴 했으나 백정 출신들이 도성 안에 발을 내딛는다는 것은 여전히 가당치 않는 일이었다. 그들 부모가 재산을 늘려 신분이 상승하지 않았다면 꿈도 꾸지 못할 일이었다. 두 집안은 도성 안으로 옮긴 뒤에도 비록 동네는 달랐으나 서로 오고 가며 여전히 친분을 나누었다.

순임은 계집아이에서 차츰 여인으로 발육되어 갔다. 이성에 대한 더딘 우만의 감정과는 달랐다. 동기간처럼 지낸 허물없는 관계가 서서히 이성으로 꿈틀거리기 시작했다. 처녀만이 가질 수 있는 야릇한 감정이 가슴을 온통 붉은 빛으로 달아오르게 만들었다. 그녀는 우만의 얼굴만 떠올리면 마음속에서부터 격렬한 흥분이 소용돌이치는 것을 느꼈다. 순임은 하루라도 우만의 얼굴을 보지 못하면 그리움을 부둥켜 안고 이불을 뒤척이며 꼬박 밤을 새우기 일쑤였다. 그가 없는 세상은 도무지 상상이 되지 않았다.

순임이 세동의 약 수발을 들기 위해 본가에 갔을 때 우만과 함께 갑자기 나타난 소희의 존재는 커다란 충격이었다. 순임은 처음 두 남녀를 보고 여자의 직감으로 느꼈다. 두 사람의 관계가 보통 사이는 아니라고 생각했다. 소희를 바라보는 그윽한 우만의 부드러운 눈길은 벌써 달라져 있었다. 소희한테서는 사내를 사로잡는, 딱 꼬집어서 말할 수 없지만 천부적으로 능란한 기교 같은 것이 몸에 배어 있는 것 같았다.

우만과 소희가 나란히 집을 나설 때 순임은 마른침을 꿀떡 삼켰다.

'아, 저 이는 이미 돌아올 수 없는 강을 건넌 것인가?'

그녀는 비애를 짓누르며 소희에 대한 적개심과 분노로 며칠 동안 고통스러운 시간을 보내야 했다. 사랑하는 사람을 빼앗겼다는 현실 앞에 질투의 불길은 거세게 타올랐다. 시간이 흐르면서 소희라는 여인보다 이젠 우만에 대한 배신감이 더욱 그녀의 가슴을 갈가리 찢어놓았다.

소희가 자신하고는 비교도 되지 않는 가문이 월등히 뛰어난 집안의 자녀이기는 했다. 순임은 지금껏 우만의 인격에 대해 한 번도 의심해 본 적이 없었다. 그러나 그때 심정으로는 소희의 훌륭한 가문 앞에 자신의 영달을 위해 배신해 버린 것 같은 우만을 막무가내로 경멸하고 싶었다.

"오빠, 이번 학기가 끝나면 난 미국으로 갈 거예요."

순임의 얼굴에 문득 고독하고 슬픈 그림자가 스쳤다.

"미국? 미국은 무슨 일이지?"

"그곳에서 공부를 할 거예요. 학교 측에서 수속을 밟아 주었어요."

"그 일은 잘 되었군. 미국 생활은 외로울 텐데. 그동안 보고 싶어서 어쩌지?"

순임은 우만이 가지 말라고 한 마디쯤 할 줄 알았다. 그 말 한 마디에 미국행을 포기 할 수도 있었다. 그녀는 울컥 반발이 생겼다. 이제는 그가 가지 말라고 사정을 해도 틀려 버렸다. 미국으로 꼭 가야 할 오기가 생겼다.

"그렇지 않아도 오빠를 만나려고 기다렸어요. 어쩌면 마지막 인사가 될 것 같아요."

"마지막이라니?"

"이번에 떠나면 조선에는 영영 돌아오지 않을 거예요."

"무슨 소리야, 이 땅에는 가족들이 있잖아?"

"아무리 가족이 있는 조선 땅이라지만, 그리움으로 지새우며 기다려 줄 사람도 없는 삭막한 곳은 싫어요. 그럼, 오빠 이만……."

절교를 선언 한 것처럼 그녀는 매정하게 돌아서더니 재빠르게 사라져 버렸다. 우만은 그녀가 떠나가고 없는 빈자리에서 한 동안 넋이 나간 듯 서 있었다.

순임이 그처럼 차갑고 쌀쌀하게 행동한 적은 없었다. 천성이 쾌활하고 천진스러운 그녀였다. 그녀는 우만 자신과 헤어질 때쯤이면 언제나 작별 인사를 하고서도 아쉬운 듯 손을 꼭 잡고 얼마간 따라왔다. 우만의 그림자가 멀리 긴 꼬리를 남기고 사라질 때까지 결코 발걸음을 먼저 돌리지 않았었다.

그런 순임이 슬픔과 미움이 가득 찬 모습을 남긴 채 모질게 돌아서 버렸다. 우만은 그녀가 가엾다는 생각이 들었다. 소희와 관계만 없었다면 순임이 그토록 쓸쓸하게 떠나도록 멍청하게 바라보고만 있지는 않았을 터였다. 그는 순임의 그러한 행동을 충분히 이해했다.

우만이 소희와 관계를 맺게 된 것은 오랜 시간을 두고 서로 진정한 사랑이 녹아든 뒤에 몸을 섞은 것은 아니었다. 충동적인 요소가 다분히 있었다. 비록 충동적 관계로 이루어졌다 할지라도 우만은 책임을 져야 했다. 그것이 사내의 도리라 여겼다. 소희가 우만 자신을 믿지 않았다면 스스로 몸을 내 주지도 않았을 것이었다.

그녀가 비록 송병준의 딸이지만 사물을 바라보는 눈이 결코 비뚤어지지 않았다. 그뿐만 아니라 옳고 그릇됨을 판단하고 행동으로 실천할 줄 아는 신념도 가졌다. 그녀는 정숙하고, 말을 아끼면서도 상대를 움직이게 하는 미묘한 마력이 있는 것 같았다. 몸에는 항상 색채가 없는 아름다운 향기를 같은 것을 풍기고 있었다.

데라우치는 신민회 사건으로 골치를 앓았다. 신민회 간부 안태국이 재판정에서 검사국의 공소장과 경무국의 조서는 모두가 터무니없이 허위 조작된 것이라고 열변을 토했다. 이어 그는 사건에 대한 증거신립(證據申立) 요청을 당당하게 내놓았다.

안태국의 말처럼 사건 자체는 일제가 허위 조작한 것으로 판명되었다. 외국에서 대거 몰려온 기자들과 변호인단에게 일제의 엉터리 재판이 공개되어 국제적 망신을 톡톡히 당했다.

스기하라 재판장은 공판을 무기연기해 버렸다. 데라우치의 명령이었다. 경성으로 몰려들었던 외국 신문기자와 선교사들은 각기 제 나라로 돌아갈 수밖에 없었다. 총독은 한시름 놓았다. 그러나 그가 가슴을 쓸어내리기에는 아직 일렀다.

며칠 뒤 본국 외무성으로부터 책망의 소리가 연일 날아들었다. 미국에 있는 장로교 외국 전도국은 그 규모가 대단했다. 세계 각국에 주재하고 있는 일본 대사관으로 항의서가 빗발쳤다. 조선의 일본 관헌들이 그 땅의 기독교인들을 증거도 없이 마구 체포 구금하여 조서를 허위 날조한 사건의 진실을 밝히기 위해 신중하게 검토 중이라 했다.

—조선 신민회 음모사건은 조선 기독교 전도 사업을 파괴하려는 목적이 있다. 전 세계 기독교에 대한 도전으로 보고 좌시하지 않겠다.—

전문 내용의 요약이었다.

각 나라의 신문에서도 조선총독부의 야만적 탄압정책을 신랄하게 비난했다. 국내의 외국선교사 대표들도 가만있지 않았다. 항의 각서를 데라우치에게 들이밀었다. 그는 겉으로는 끄떡도 하지 않았다. 번민은 할망정 선교단체나 조선인들에게 머리를 숙일 수는 없었다. 하루에도 몇 번씩 신경질을 폭발하는 데라우치 집무실에는 누구도 접근하기를 꺼려했다. 그는 주먹을 불끈 쥐며 경무총감 아카시에게 원망을 퍼부었다.

"아카시 이놈이 날 죽이는구나."

살벌한 기운이 하루도 사라지지 않은 총독부 데라우치에게 낭보 아닌 낭보가 날아들었다. 갑작스런 명치천황의 사망 소식이었다. 비로소 데라우치는 찌푸린 우거지상을 펴고 자리에서 벌떡 일어났다. 그는 이것저것 따질 겨를도 없이 골치 아픈 사건을 벗어난 것처럼 천황 장례식에 도망치듯 본국으로 훌쩍 날아가 버렸다.

천황의 죽음은 세계적인 사건이었다. 천황은 청일전쟁과 노일전쟁을 승리로 이끌었으며 일개 섬나라 일본을 세계 열강의 대열에 우뚝 서게 만들었다. 일본으로서는 명군이라 할 수 있는 그의 죽음은 국내외의 작고 큰 사건들을 일시에 묻어 버리고 말았다.

데라우치는 도오쿄에 머무는 동안 분주한 나날을 보냈다. 영향력 있는 정치인들과의 크고 작은 흥정, 동척(東拓) 간부들과의 밀담, 본국 언론계를 달래면서 신민회 사건의 정당성을 주장하는 것 등이었다.

정치적 공세에 몰렸던 데라우치는 명치천황의 죽음으로 위기를 털어버렸다. 관부연락선에 몸을 싣고 본토를 떠나 조선 땅으로 돌아올 때 그의 표정은 밝은 웃음을 한껏 머금고 있었다.

1912년 8월 13일 총독 데라우치 이름으로 조선의 토지조사령이 공포되었다. 조선 땅의 우매한 농민 대부분은 토지조사령이 무엇을 의미하는지 알 까닭이 없었다. 조상 대대로 그 땅에서 태어나 그 땅을 일구어먹고 그 땅으로 돌아가는 것이 하늘의 뜻으로 알았다.

총독부의 관리들이 그 땅에 측량기를 세워 놓고 막대기를 꽂고 줄을 쳤다. 지번, 지목, 면적, 등급을 기재할 토지대장과 지적도를 만들어 토지 소유주를 명확하게 가린다는 구실이 토지조사의 목적이라 했다.

일제는 무식한 농민들을 이리저리 유도 심문한 끝에 궁장토(宮庄土), 궁원전(宮院田), 역둔전(驛屯田)이라는 실마리만 있으면 영락없이 총독부의 땅으로 소유권을 확정 시켰다. 그렇게 빼앗은 땅은 동척으로 넘어가기 마련이었다. 동척은 본토에서 건너온 일본인들에게 그 땅을 헐값에 넘겨주며 백 원 씩의 영농자금까지 지원해 주었다.

본토에서 건너오는 인본인들은 그 맛에 톡톡히 재미를 들였다. 날이 갈수록 그들이 영역을 넓혀 나가는 극성스러움은 정도가 심했다. 땅을 공짜로 줍다시피 불하를 받은 그들은 그 땅을 빼앗긴 조선인에게 다시 소작을 주었다. 받은 영농자금은 고리대금 놀이로 가난한 조선농민들 착취에 더욱 검은 손을 뻗쳤다.

땅을 빼앗긴 양반, 호족들은 하루아침에 몰락되었고, 그에 비해 일본 관헌한테 약삭빠르게 빌붙어 지주가 된 새로운 졸부들은 신흥 호족 세력을 이루었다. 새로운 계급 문화가 형성되었다. 그 틈에서 소작마저 빼앗긴 가난한 농민들은 쪽박을 찼다. 그들은 희망이 없어진 조선 땅에서 남부여대 수십 명씩 무리지어 북간도로 떠나가고 있었다.

우만과 국환은 이강한테서 기별을 받고 사동궁으로 들어갔다. 세 사람이 자리를 함께 한 것은 실로 오랜만이었다. 우만은 며칠에 한 번씩 사동궁에 꼭 들렀다. 세상 돌아가는 소식과 신민회 사건 등을 보고하느라 몰래 출입했지만 국환은 두문불출하고 있었다.

중국 본토에서는 정치적인 대혁명을 겪고 있는 중이었다. 남경에서 중국 혁명군 지도자 손문이 임시 대통령이 되었다. 2백 년 동안 중국 대륙을 지배한 청나라는 멸망했다. 왕조가 바뀐 역성혁명이 아니고 근대 공화국이 들어서 천지가 개벽한 것이었다. 그런 변화에 편승한 외몽고는 재빠르게 독립을 선포했다.

대륙 침략에 조바심하고 있는 일본은 중국의 대혁명을 초조하게 지켜보았다. 데라우치의 야심은 조선을 통치하는데 머물지 않고 만주까지 침을 삼켰다. 정치적으로 조선과 만주의 통합 총독을 꿈꾸었다. 일본의 데라우치 정치적 반대 세력들은 그의 야심을 눈치 차리고 견제가 만만하지 않았다.

정력적인 사내 데라우치는 야심에 대한 소신을 굽힐 줄 몰랐으나 국내외의 정치 공세로 보아 조선과 만주의 통합 총독이 되기는 어렵다고 간파하고 한 발 물러섰다. 데라우치는 조선은행 일본인 총재를 불렀다. 그에게 조선은행의 만주지점 설립을 적극 추진하도록 명령했다.

데라우치는 조선과 남만주의 철도회사를 우선 통합해서 경영을 위탁시켰다. 그는 정치적인 통합이 안 되면 경제적으로나마 지배를 하고 싶었다. 그런 야심으로 눈코 뜰 사이 없이 바쁜 일정을 보내면서도 보류해 놓았던 신민회 사건 공판을 번개처럼 해치웠다.

윤치호를 비롯한 이승훈, 양기탁, 유동열, 안태국이 징역 10년 형을 받았고 그 밖의 애국지사들에게도 각각 무거운 실형이 확정되었다. 일제가 꾸며낸 음모 조작극에 무고하게 유죄 판결을 받은 애국지사는 모두 105인이었다.

세 사람이 마주하고 자리에 앉았다. 이강이 먼저 말 머리를 헐었다.
"천인공노할 신민회 사건을 엉터리로 결론지은 총독부가 요즘 조용한 듯하오. 그동안 학교 마무리 공사에 소홀했소. 이제부터라도 서둘러야 되겠소. 그리고 해외에서 애국단체들이 많이 생겼다고 하니 그만한 다행이 없는 일이오. 로스앤젤레스에서 안창호가 흥사단을 조직했고, 이승만이 태평양 잡지를 창간했다지요? 중국에서는 신규식이 앞장서 국권회복운동을 위한 동제사를 만들었고, 그는 손문과 손잡고 조선과 중국 혁명동지 연합체인 신아동제사를 결성했다하니 정말 대단한 일이오. 그러니 국내에 있는 우리도 마냥 손을 놓고 있을 수 없지 않겠소."
연금된 것이나 다름없는 이강이지만 나름대로 국내외의 여러 정치 현안들을 꿰뚫고 있었다.
"조선 각지에서도 애국단체들이 속속 탄생하고 있습니다. 채기중, 유장렬이 중심된 대한광복단과 대구와 풍기에서 광복회라는 비밀결사대가 생겨 활동이 활발합니다. 러시아 블라디보스톡에는 권업회와 부인회가 활동 중이고, 만주에는 부민회가 있습니다. 시베리아 치따에서는 희랍정교의 기관지 정교보를 발간해 유랑하는 나라 잃은 조선인들의 울분을 달래주며 독립의 의지를 충만시키고 있습니다."
집에 틀어박혀 책장이나 넘기고 있는 줄 알았던 국환도 국내뿐 아니라 외국의 애국단체 활동까지 속속들이 알고 있었다. 우만은 부끄러운 생각이 들었다. 물론 자신으로서는 한계가 있는 일이지만 그만큼 나라 일에 신경을 쓰지 않은 것 같아 그 자리에 있기가 민망스러웠다.

"그래서 하는 말이오. 영감께서는 학교 공사를 독려하시고, 아울러 국내 애국단체들의 항일운동 자금지원을 계속해야겠소."

신민회 사건으로 그동안 국내 항일단체들의 활동이 정체되어 있었다. 이강은 그 단체들을 적극 지원하기 위해 계획을 세운 것 같았다.

"그리고 영감께서 해 오신 일이지만, 이번은 우만이 직접 항일군자금 전달 임무를 맡아야겠네. 수고스럽지만 만주를 거쳐 중국까지 다녀오게. 나는 국내에 앉아 밥이나 축내고 있으나 타국 땅 추운 곳에서 애국지사들은 얼마나 고생이 많겠는가."

우만은 한 가지 명령을 더 받았다. 귀국하는 길에 안중근 의사의 어머니를 방문하라는 특명이었다.

일제는 애국지사들의 가족들을 감시하며 핍박을 일삼았다. 그 대상은 북간도나 중국, 시베리아로 떠나가서 독립운동을 하는 가장(家長)을 둔 가족들이었다. 하루하루 끼니를 걱정하며 살아가는 어려운 형편의 가족들은 일제한테 모진 괴로움을 당하고 있었다.

우만은 이튿날 기차를 타고 국경을 넘어 만주로 들어가기로 했다. 그는 일본인 신분으로 가장을 하고 있었다. 소희가 가스코에게 부탁해서 친구의 오빠 이름으로 여행증명서는 무리 없이 만들었다. 항일단체들에게 줄 이강의 친서를 가지고 가기로 했으나 장거리 여행이므로 아무래도 부담이 가는 일이라 그만 두었다.

남대문 역에서 우만은 전라도, 경상도, 충청도 사람들이 연일 북적

대고 있는 것을 목격했다. 3등 칸의 기차를 겨우 얻어 타기 위해 휘몰 아치는 설한의 삭풍도 아랑곳없이 거지 떼처럼 산을 넘고 강을 건너 온 이민자들이었다. 그들은 지금까지 부쳐 먹던 손바닥 같은 땅마저도 모조리 빼앗긴 소작인이 대부분이었다. 엄동설한에 앉아서 굶어 죽을 수는 없었다. 차라리 북간도로 가서 봄 파종이나 해 보려고 어린 자식 들을 업고 걸리었다. 돌아올 기약도 없는 땅 설고 물 설은 이국땅으로 서둘러 떠나가는 것이었다.

고향을 버리고 한파가 몰아치는 만주 벌판으로 죽지 못해 떠나가는 이주민들을 바라보며 우만은 남 몰래 눈시울을 붉혔다. 국가의 위정자 들을 잘못 만난 탓으로 착한 백성들만 혹독한 고달픔을 겪고 있는 것 이었다. 나라를 다스리는 위정자의 책임이 막중하다는 것을 깨닫지 않 을 수 없었다.

어느덧 2개월이 순식간에 지나갔다. 우만은 만주를 거쳐 중국에서 무사히 독립군자금 전달 임무를 마치고 경성으로 돌아오며 두만강을 건너고 있었다. 들판에는 어느 사이 아지랑이가 피어오르는 봄이었다.

우만은 황해도 재령을 지나 신천에서 청계동으로 들어갔다. 안중근 의 집을 수소문 끝에 겨우 찾았다. 집은 신천에서 십여 리 떨어진 외진 곳이었다. 예상했던 대로 안중근의 집안이 풍지 박산 된지는 오래되었 다. 안중근의 사촌 동생 명근마저 감옥생활을 하고 있어 친척들이 뿔 뿔이 흩어져 생사를 알 수 없을 정도였다. 애국지사의 가족들이 일제 로부터 핍박받는 생활고를 피부로 느끼며 우만은 울분을 삭힐 수밖에 없었다.

그런 여건 속에서도 안중근 어머니 조(趙)씨는 품위를 잃지 않았다. 그녀는 다 쓸어져 가는 집일망정 먼 곳에서 찾아온 우만을 따뜻하게 맞이해 주었다. 우만은 예의를 갖추고 공손히 의친왕 이강의 위로가 섞인 말을 전달했다. 그녀는 한 치의 흐트러짐도 없이 조용하게 들었다. 인사말을 들은 조씨는 차분한 음성으로 입을 열었다.

"나라를 위해 자식과 남편을 잃은 어머니와 아내가 어디 나 하나뿐이겠소. 부디 목숨을 초개같이 버린 그 분들의 뜻이 헛되지 않기를 바랄 뿐이지요."

우만은 그곳에서 오래 지체할 수도 없었다. 그는 조씨에게 다시 위로의 말을 한 다음 돈 5백 원을 앞에 내어 놓았다.

"전하께서 대신 전달해 주십사 한 것입니다. 안 의사 같은 분의 가족들이 곤궁함이 없도록 나라에서 보살펴야하는데 사정이 여의치 못함을 이해 구하셨습니다."

조씨는 우만이 내어놓은 돈에는 눈길도 주지 않았다. 그녀는 부드러운 얼굴빛으로 말했다.

"자식이 나라를 위해 목숨을 바쳤는데, 부모가 생활고 때문에 도움을 받는다는 것은 부끄러운 일입니다. 전하의 베푸신 마음은 백 번 감사하오나 조선 천지에 왜적에 대항해서 지아비와 자식을 잃고 배를 주린 사람들이 부지기수인데 어찌 나만 은혜를 받겠습니까. 주제넘은 소견이오나 이 돈은 부디 항일운동을 위해 가장이 떠나고 없는 다른 가족들에게 돌려주는 게 옳을 것 같습니다."

우만은 그녀의 조용하면서도 단호한 말에 압도되어 내어 놓은 돈을 소중하게 거두어들일 수밖에 없었다. 그는 조씨 부인한테서 감명을 받왔다. 훌륭한 인품을 지닌 어머니가 있으므로 안중근과 같은 아들이 탄생한 것이라 생각했다. 우만은 조씨 부인에게 하직 인사를 공손히 하고 서둘러 길을 떠났다.

자동차를 타려면 읍내까지 걸어갈 수밖에 없었다. 벌써 세 시를 지나고 있어 서둘러야 했다. 그는 야산을 넘어 어느 마을 앞길로 들어섰다. 얼마쯤 가지 않아서 사람들이 모여 웅성거리는 것이 보였다. 일본인 몇 명과 동네 농부인 듯해 보이는 사내가 시비를 따지고 있는 중이었다. 우만은 바쁜 길이라 그냥 지나쳐 가려고 하였으나 일본인의 말본새가 귀에 몹시 거슬려 걸음을 잠시 멈추었다.

시비의 발단은 이랬다. 윗마을에 사는 농부 공씨가 아침나절 읍내 시장에 갔다가 돌아오는 길이었다. 그는 조상 대대로 다니던 길을 평상시처럼 달구지를 끌고 시장 나들이를 한 것이었다. '아라이'라는 이름을 가진 일본인이 갑자기 나타나 농부 공씨가 지나가는 땅을 자기 소유라고 못 지나가게 했다.

"야, 이놈아! 내 허락도 없이 왜 이 길을 마음대로 지나가느냐?"

공씨는 벌건 대낮부터 웬 실성한 놈인가 싶어 어처구니가 없었다.

"옛끼! 여보슈, 옛날 호랑이 담배 피우던 시절부터 다니던 길을, 당치 않게 무슨 소리요?"

아라이는 공씨의 말이 떨어지기 무섭게 등등한 기세로 호통을 쳤다.

"무어라? 이 길은 며칠 전에 내가 측량을 하고 샀으니까 내가 주인이란 말이다. 이제부터는 너희 맘대로 절대 못 다닌다!"

무식한 공씨는 고개를 갸우뚱거리며 도무지 이해가 되지 않는 표정이었다.

"아니, 사람이 다니는 길을 갑자기 못 다니게 하면, 날아다니란 말이요?"

"이놈이 말이 아주 많구나. 날아다니든, 두더지처럼 땅속으로 기어다니든, 내 알 바 없다. 본때를 보여 주마."

아라이는 하인들을 시켜 지금까지 멀쩡했던 길에 가로 질러 말뚝을 박아 철망을 쳤다. 그때까지 몰려들어 구경만 하고 있던 동네 농부들도 술렁거렸다. 아라이의 행동은 아무리 생각해도 날강도 짓이었다. 수백 년 동안을 자유롭게 다니던 통행로가 아닌가? 농부들은 그 길을 하루아침에 잃어버리게 되었다.

합세한 농부들과 아라이 하인들 사이에 몸싸움이 벌어지기 시작했다. 아라이도 얼굴이 붉으락푸르락 하인들과 함께 농부들을 닥치는 대로 폭행하고 있었다. 처음 시비의 대상이 되었던 공씨가 먼저 아라이의 하인들에게 멱살을 잡혀 수로에 처박혔다. 흙탕물을 뒤집어쓴 그가 수로에서 기어올랐다. 그를 본 아라이가 달려가 차고 있는 일본도를 길게 뽑아들었다. 칼을 높이 든 그는 공씨를 향해 막 내리칠 기세였다. 우만은 손을 놓고 보고만 있을 수가 없었다. 급박한 순간이었다. 그가 뛰어들지 않으면 공씨는 그 자리에서 죽거나 치명상을 입을 것이 분명했다.

번개처럼 한달음에 날아간 우만의 앞발 차기는 아라이 턱을 가차 없이 내질렀다. 아라이는 보기 좋게 뒤로 벌렁 나가 떨어졌다. 일격을 당한 그는 난데없이 나타난 우만을 일그러진 얼굴로 째려보았다. 아라이는 일어나며 옷을 털었다. 그는 땅에 떨어진 칼을 천천히 집더니 갑자기 허공 높이 쳐들고는 괴성을 지르며 우만에게 돌진했다.

신기에 가까운 단검 던지기와 무예의 고수인 우만에게는 허세로 차고 있는 것 같은 아라이의 칼 공격쯤은 별것 아니었다. 그의 공격을 가볍게 피하면서 우만의 몸은 다시 한 번 허공으로 솟구쳤다. 그의 발길에 갈비뼈를 된통 걷어차인 아라이는 외마디 비명을 지르며 수로에 거꾸로 처박혀 버렸다.

얼마 동안 꿈쩍하지 않던 아라이가 허우적대며 간신히 수로를 기어올라왔다. 그는 가쁜 숨을 몰아쉬며 운신을 제대로 하지 못했다. 우만은 천천히 그의 앞으로 다가갔다. 땅에 떨어진 아라이의 칼을 집어 들었다. 우만은 머리 위로 치켜든 칼로 그의 면상을 향해 가차 없이 후려쳤다. 맑은 봄 하늘에 찢어지는 비명과 함께 아라이는 두 눈을 싸잡았다.

"네 놈의 탐욕은 그 눈으로부터 왔다. 그리고 네 놈이 조선 땅을 밟은 두 다리가 문제였다. 그나마 고향으로 돌아갈 수 있게 한쪽 다리는 남겨 두마."

아라이를 준열히 꾸짖는 우만의 말은 유창한 일본 말이었다. 얼이 빠져 있는 아라이 하인들조차 그가 꾸짖는 깊은 말뜻을 잘 알아듣지 못했다.

우만이 쥔 칼은 허공을 휘돌아 다시 한 번 빗금을 싸늘하게 그었다. 아라이의 한 쪽 허벅지가 무처럼 두 동강이 나 버렸다. 모든 게 순식간에 일어났다. 넋을 놓고 바라보고만 있던 하인들은 사색이 되어 다투어 줄행랑을 놓았다. 우만은 쥐고 있는 칼을 가볍게 작신 분질러 버리고 말없이 바람처럼 사라졌다. 구경하고 있는 농부들도 서둘러 그 자리를 떠났다. 아무도 우만의 신분에 대해 아는 사람이 없었다.

아라이 하인들의 신고로 신천 일대는 헌병대와 경찰에 비상이 걸렸다. 조선 땅에서 일본인이 칼로 백주에 난도질당한 사건은 심각한 일이었다. 대 일본제국에 도전한 것이나 마찬가지였다. 관헌들이 눈에 불을 켜고 범인 색출에 나섰다.

그들은 범인을 처음에는 조선인으로 단정하고 있었다. 그러나 목격자들의 증언과 범인의 언행이나 칼 쓰는 솜씨로 미루어 보아 틀림없는 일본인이었다. 수사관들은 갈피를 잡을 수 없었다. 일본인이 왜 같은 동족에게 그토록 무자비한 칼부림을 했는가? 피해자가 저지른 행동이 같은 동족의 눈에도 참담한 꼴을 당할 정도로 가혹했는가? 그런 의문에 다다르자 그들은 일본인을 가장한 조선인의 소행이라는 결론을 내렸다.

아라이 사건뿐만 아니었다. 삼천리 조선 땅 곳곳에서 그와 유사한 충돌이 자주 일어났고, 농민들의 비난과 원성은 하늘을 찔렀다. 일본의 토지조사 폐해에 대해 조선의 저명인사들까지 노골적인 불만을 터뜨렸다. 데라우치는 들은 척도 하지 않았다.

이듬해 여름이 끝나고 가을로 막 접어들었다. 데라우치는 몇 년간 미루어 온 물산공진회를 시정 5주년 기념일에 개최했다.

가을 하늘은 더없이 높고 푸르렀다. 오곡이 무르익은 들판은 황금 물결이 넘실거렸다. 농촌은 추수기가 되면 이웃강아지 손이라도 빌려야 할 정도로 바쁜 계절이었다. 농민들은 추수를 미루어 놓았다. 너도나도 다투어 박람회 구경으로 보따리를 동여매고 경성 길에 올랐다.

얼마 전에 개통된 호남선과 경원선은 물론이고 경부선, 경의선은 경성으로 가는 시골 사람들로 연일 북적댔다. 철길을 따라 크고 작은 기차역에는 저잣거리처럼 붐볐다. 숨 가쁘게 증기를 뿜어대는 기차는 매일같이 남대문 역에 수많은 인파를 토해 내었다.

우만도 소희의 청으로 박람회 구경을 나섰다. 두 남녀가 함께 고궁 나들이를 하는 것은 처음 있는 일이었다.

송병준이 도적맞은 재물에 대한 범인 색출 열기는 차츰 시들어 가고 있었다. 그렇다고 그가 잃은 것을 절대 포기할 인물은 아니었다. 생각을 달리 하고 있을 뿐이었다. 머릿속은 오로지 잃은 재물을 어디에서 보충할까 하는 생각으로 끊임없이 들끓었다. 그가 눈을 희번덕일 때는 마치 먹이를 호시탐탐 노리고 있는 살쾡이 같았다.

그런 송병준에게 우만은 간간히 예의를 차려 예물을 준비해 들이미는 것을 게을리 하지 않았다. 인사를 소홀히 하지 않는 것은 송병준의 환심을 끊임없이 잡아두기 위해서였다. 국환의 사려 깊은 생각이었다. 아직까지도 금고가 털린 사건에 의심을 거두지 않았을 그를 만만하게 보지 말라는 것이었다.

우만은 가스코의 집을 가끔 출입하고 있지만 소희를 먼빛으로 바라보기만 할 뿐이었다. 그녀와 관계를 노출시키는 것은 송병준의 눈에 곱게 비칠 리가 없었다. 소희도 우만의 마음을 벌써 읽고 있었다. 그녀도 집에서는 두 사람의 관계가 추호도 드러나지 않도록 그림자와 바람처럼 움직였다.

소희로서는 사랑하는 사람의 불행은 바로 자신의 일이었다. 조선 땅에서 굳이 어렵게 생활하고 있는 우만을 생각할 때마다 가슴이 저미어들기도 했다. 그와 함께 일본으로 건너가서 가정을 꾸리고 편안하게 살고 싶은 생각이 문득문득 들 때도 있었다. 그것은 한낱 바람일 뿐 그런 생활이 현실로 쉽게 찾아오리라고는 생각하지 않았다.

우만은 잃어버린 나라를 찾기 위해 몸을 내어 던진 사람이었다. 소희는 자신 아버지와 우만을 비교해 보노라면 인품의 거리가 하늘과 땅 차이만큼이나 까마득하게 느껴졌다. 그녀의 아버지는 나라를 팔아먹은 역적이었고, 우만은 자신의 피를 뿌려서라도 오로지 나라 찾겠다는 한 가지 일념으로 젊음을 불태우고 있었다. 그런 우만에게 가정을 꾸리고 안정된 생활을 기대한다는 것은 사치스럽고 부끄러운 일이었다.

소희는 많은 것을 깨달았다. 비록 매국 역적의 피를 받고 태어났지만 그녀 자신은 분명히 조선 사람이었다. 소희는 나라 찾는 일에 온 몸을 던진 우만의 뒤를 묵묵히 도와주고 싶었다. 자신의 비록 작은 힘이나마 나라 찾는 일에 동참하는 자체가 뜻있는 일이라 생각했다.

그녀는 그 일을 함으로서 자신 아버지의 엄청난 죄가 조금이라도 면하여 진다고는 추호도 생각하지 않았다. 그 일이 부모를 배반하는 짓이라 해도, 또 목숨을 버린다 해도 두려울 것은 없었다. 오로지 조선인으로서 지켜야 할 태도였고 사랑하는 임을 위한 일이었다.

마음속에 그런 결심이 되어 있는 소희로서는 오랜만에 우만과 함께 박람회 나들이를 나온 것은 매우 소중하고 즐거웠다. 장안 곳곳 어디를 가나 사람들은 축제의 분위기로 들떠 있었다. 우만도 한복으로 차려 입은 아름다운 소희와 함께하는 나들이가 싫지는 않다. 두 젊은 이는 미장부와 미녀의 표본처럼 정말 잘 어울리는 한 쌍이었다. 거리를 지나가는 사람들마다 두 사람은 또 하나의 구경거리가 되었다.

우만은 주위 사람들을 별로 의식하지 않았다. 평소 같았으면 자신의 신분이 노출되는 것을 극도로 삼가해야 했다. 길을 걸어도 인적이 드문 곳을 골라 다녔다. 자신이 사람들에게 알려진다는 것은 임무수행에 장애가 되는 일이었다. 그가 인파 붐비는 곳에서 예전처럼 경계를 하지 않는 것은 소희를 배려해서였다. 그동안 그녀의 노력으로 큰 도움이 되는 일이 많았다. 그렇지 않았으면 사동궁과 관련 있는 모든 사업이 엄청난 어려움을 겪었을 것이었다. 우만은 소희가 초청한 날인만큼 평소의 일상을 파탈하고 싶었다.

우만은 박람회 몇 곳을 둘러보면서 일제의 속셈을 훤히 읽었다. 박람회 중에서도 경복궁에 자리 잡은 심세관(審勢舘)은 규모가 제일 크고 화려했다. 심세관은 데라우치 총독정치 5년간의 업적을 한눈에 알아볼 수 있도록 만들어 놓은 곳이었다. 그 전시장은 강제합방 이전의 조선사회 경제상황과 이후 발전 모습을 알아보기 쉽게 대조적으로 설치해 놓았다.

모든 설치관에는 일본의 상품뿐만 아니라 속령인 대만에서도 출품을 하게 했다. 진열품들 중에는 서양의 과학문명을 모방해서 만든 것도 많았다. 일본은 그것마저 자신들의 상품으로 소화시켜 놓았다. 문명과 문화가 어느 나라도 넘보지 못할 우위에 있다는 것을 증명이라도 하듯 선전에 열을 올렸다. 일본이 조선을 지배하는 것은 당연하다는 전시효과를 노린 듯했다.

세상 물정에 어수룩한 시골 농민들은 진기한 상품들을 바라보며 그저 혼이 빠져 벌어진 입을 다물지 못한 채 이리저리 휩쓸려 다녔다.

박람회가 일본의 교활한 정치적 계략이라는 것을 우만은 간파했다. 그는 시기와 끓어오르는 울분을 삭이느라 소희가 점심을 먹자는 소리도 잠시 듣지 못하고 있었다.

두 사람은 울창한 수목이 화려하게 단풍으로 물들기 시작한 경복궁 느티나무 그늘에 자리를 잡았다. 소희는 싸온 도시락을 풀었다. 김치와 콩자반과 계란말이 찬, 조그맣게 만든 주먹밥이 전부였다. 그녀가 직접 만든 것이었다. 어머니 가스코에게 부탁했으면 일본식의 형형색색인 각종 초밥으로 만든 점심을 기대할 수 있었다. 그녀는 그렇게 하지 않았다. 배일 감정이 있는 우만을 배려해서였다. 우만도 그녀의 깊은 뜻을 알아채고 속으로 고맙게 생각했다.

우만이 막 젓가락을 집어 든 순간이었다. 총을 든 헌병 두 사람과 사복 차림의 눈꼬리가 매섭게 생긴 젊은 사내가 다가왔다. 사복을 입은 호리호리한 사내가 조선말로 우만을 일으켜 세웠다. 사내는 헌병 보조원 쯤 되는 모양이었다. 소희가 앞으로 나섰다.

"무슨 일이죠?"

소희를 희떱게 쳐다본 헌병 보조원은 우만에게 거만한 태도로 말했다.

"당신을 살인 미수 혐의로 신고가 들어왔소. 헌병대까지 가야겠소."

"누가 모함을 했군요. 이분이 어떤 분인지 알고 하는 소리에요?"

소희가 일본말로 가로막고 나섰다. 목소리는 차분하면서도 위엄이 묻어났다. 헌병 보조원은 새삼 그들의 차림새를 훑어보았다. 그런 다음 생각을 달리 한 모양이었다. 그는 한결 자세를 낮추었다.

"우리가 팬한 사람을 연행하겠소? 저들이 신고를 했으니 일단 조사를 해야지요."

헌병 보조원이 턱으로 가리킨 곳을 바라보니 일본 옷을 입은 남녀가 서 있었다. 우만을 쏘아보고 있는 그들의 눈빛은 적의에 찬 채 이글거렸다. 우만은 일본 사내를 어디서 본 듯한 느낌이 들었지만 얼른 생각이 떠오르지 않았다.

"자, 갑시다. 앞에 서시오."

헌병 보조원은 우만의 등을 떠밀었다.

"잠깐! 당신하고는 말이 통하지 않는군. 여보세요."

소희는 보조원을 무시하고 헌병에게 다가갔다. 그녀는 유창한 일본말로 우만의 이력을 늘어놓았다.

"천황께서 작위를 내린 송병준 자작의 비서님이에요."

헌병들은 그녀 입에서 천황의 호칭이 떨어지자 막무가내로 차렷 자세를 취했다. 송병준의 직함보다 군인들에게 있어 신격화된 천황의 단어는 절대적 권위였다. 그들은 잠자리에 들었다가도 천황이라는 말만 튀어나오면 훈도시(팬츠) 바람이라도 벌떡 일어나 부동자세를 할 정도로 정신 무장이 잘 되었다.

헌병들에게 인정이나 이해는 없었다. 명령에 따라야 하는 그들이었다. 헌병은 이미 살인 사건으로 신고가 되었고, 가벼운 잡범이 아니라 살인 사건이니 만큼 조사에 협조해 달라고 좋은 말로 사정했다. 민간인들의 형사 사건은 경찰의 몫이었으나 사안에 따라 헌병대도 동등한 사법권이 아직 유지되고 있었다.

"그만 두시오. 함께 가겠으니 소희는 먼저 집으로 돌아가오. 걱정할 것 없소. 조사를 마치는 대로 연락하겠소."

우만은 헌병들에게 조건을 붙였다.

"나는 송병준 자작의 비서인 만큼, 도주하지 않을 터이니 포박 따위는 하지 마시오."

우만은 말을 끝내고 당당하게 앞장서 걸었다. 그는 잡혀가는 꼴사나운 광경을 사람들에게 보이고 싶지 않았다. 자신의 얼굴이 많은 사람에게 기억되는 것을 피해야 했다. 앞으로의 활동에 절대 도움이 되지 않는 일이었다.

경복궁에서 종로 헌병 분견대는 지척거리에 있었다. 우만은 축지법을 쓰듯 걸음이 빨랐다. 그를 뒤 따라 가는 세 사람은 허겁지겁 달음질을 쳐야 했다. 헌병 분견대에 도착했을 때 그들은 모두 숨을 헐떡거렸다.

우만이 도착하자 경복궁에서 보았던 일본인 두 남녀도 곧 뒤따라왔다. 그들은 옆 사무실로 들어갔다. 우만은 그때서야 일본인 사내의 정체를 어렴풋이 집어내었다. 황해도 신천에서 아라이를 칼로 난도질할 때 옆에서 손을 놓고 하얗게 질려 떨고 있던 그의 모습이 확연히 떠올랐다. 그 사건으로 신고된 것이 분명했다. 알고 보니 그는 아라이의 일본인 처남이었다. 그럴수록 우만은 침착하게 행동했다.

헌병 조사관들은 활기를 띠었다. 신천 일본인 살인 미수사건의 용의자 체포는 경찰이나 헌병대의 체면이 걸려 있었다. 아무리 시골이라지만 백주에 많은 사람이 목격한 자리에서 일어난 사건이었다. 일본인을 생선회 치듯 난도질하고 달아난 범인 하나 잡지 못한다는 사실은 일본제국 치안의 망신이었다. 그들이 기를 쓰고 범인 검거에 사력을 다했으나 일 년 반이라는 시간만 허망하게 지나가 버렸다.

우연이기는 했으나 그때의 살인사건 용의자를 검거했다는 것은 명예회복을 위해서도 잘된 일이었다. 헌병대에서는 그를 성급하게 범인으로 단정해 놓았다. 어쨌거나 피해자의 처남이 현장에 있었고, 그가 목격한 범인이 분명하다고 신고한 만큼 수사관들은 확신을 가졌다. 피해자 가족이 진술한 서류가 새로 꾸며지고 있었다. 우만은 수사관에게 심문을 받았다. 그의 유창한 일본말 때문에 통역은 따로 필요 없었다.

그 유창한 일본말이 오히려 우만에게 불리한 수준을 밟게 했다. 당시의 현장에서 가해자가 유창한 일본말을 구사한 젊은이라는 단서도 수사관으로서는 범인이라고 단정하는데 도움이 되었다.

수사관의 태도는 처음부터 험악했다. 그곳에서 인권 따위는 아예 무시되었다. 수사관은 나름대로의 쌓아 놓은 경험과 분별력으로 자신의 능력을 과시했다. 그는 자신이 확신하고 있는 방향으로 피의자를 교묘하게 끌고 가서 마지막에 서명을 받는 것이 목적이었다.

수사관이 아무리 어르고, 호통치고, 뺨을 후려쳐도 우만은 꿈쩍도 하지 않았다. 몇 년 동안 지방 여행은 한 번도 다니지 않았고, 송병준 자작의 비서로서 그런 시간을 도저히 낼 수 없는 입장이었다고만 되풀이 했다. 그가 그만 둔 송병준의 비서를 우기고 있는 것은 나름대로 소희의 기지를 믿고 있기 때문이었다.

수사관은 자국의 국민이 난도질당한 사건인 만큼 중요하게 다루지 않을 수 없었다. 범인의 뒤에 송병준이라는 권력이 버티고 있다는 것이 부담스럽기는 했다. 그나마 그런 부담에서 벗어날 수 있는 것은 범인이 확실하다는 믿음을 가졌기 때문이었다.

우만은 시간이 차츰 지나면서 은근히 걱정이 되었다. 사건 실체가 밝혀지면 사동궁의 사업도 지장을 받는 것은 자명한 일이었다. 자신의 임무나 처지로 보아 여자와 한가하게 박람회 구경이나 다닐 형편이 아니었다. 그는 분수도 모르고 그런 실수를 하게 되리라고는 미처 생각하지 못했다.

그날 젊은 혈기를 믿고 앞뒤 분간 없이 일을 덜컥 저지른 자체도 문제였다. 타일러도 알아듣지 못할 그까짓 쓰레기 같은 일본인 하나 병신으로 만들었다고 해서 조선독립이 앞당겨 질 것도 아니었다. 무모한 행동이었다. 사건이 생각보다 쉽게 해결 될 것 같지가 않았다. 소희를 믿고 끝까지 모르쇠로 나갈 수밖에 없었다.

저녁 무렵이 되자 소희가 근심스러운 얼굴로 면회를 왔다. 그녀는 헌병사령관 아카시 면회 허가장을 지니고 있었다. 송병준은 며칠 전부터 일본으로 건너가서 조선에는 없었다. 우만이 잡혀 가고 다급해진 소희는 어머니 가스코에게 달려갔다. 그녀는 가스코에게 자초지종을 이야기하고 짓졸랐다. 가스코는 손님 접대를 위해 마침 파성관에 와 있던 윤덕영을 통해 아카시의 허가장을 받아 낸 것이었다.

윤덕영은 송병준의 체면을 보아 가스코의 부탁을 거절할 수가 없었다. 헌병대에 살인미수 혐의로 연행된 범인이라지만 확실한 증거도 없는 무고한 일이라 했다. 피해자 가족의 신고만으로 무턱대고 잡혀 갔다니 믿을 수밖에 없었다. 범인이라는 오해가 풀리면 나중에 송병준에게 생색도 낼 수 있는 일이었다. 만약 범인이라는 사실이 확정된다 해도 자신의 신분으로 보아 면회 허가장 한 번 부탁한 것 가지고 곤란할 지경이 될 일은 없었다.

소희는 헌병대장실에서 우만을 면회할 수 있었다. 헌병대는 아무리 살인미수 혐의자라 할지언정 자신들의 최고 사령관 허가장을 가지고 온 사람이었다. 그들은 그때부터 조심스럽게 행동했다. 수사관들은 조사 과정에서 우만에게 손찌검 한 것이 드러날까 싶어 내심 신경을 쓰고 있는 눈치였다.

우만은 소희에게 사건이 쉽게 해결 될 것 같지 않다고 했다. 국환에게 사실을 알리고 송병준이 도착하는 대로 손을 쓸 수밖에 없다고 그녀를 이해시켰다.

이튿날 날이 밝는 대로 소희는 목멱산 아래 국환의 집으로 내달았다. 국환은 마침 집에 있었다. 소희에게 사건의 전말을 전해들은 그는 난감해졌다. 자신이 손을 쓸 수 있는 방법은 없었다. 국환은 아무리 생각해도 까마득했다. 그는 고심 끝에 소희에게 일렀다. 사건의 성격으로 보아 송병준의 힘이 절대 필요하다는 것을 이해시켰다. 그가 귀국하는 대로 적극적으로 손을 써 달라고 부탁했다.

"송 대감이 귀국하시는 대로 적극 손을 쓸 수밖에 도리가 없게 되었네. 무슨 일이 있어도 우만을 풀어 내야 하네."

국환이 소희에게 사건의 중요성을 일러 준 것은 그만큼 신뢰하고 있다는 증거이기도 했다. 그녀는 국환이 자신을 믿고 그 일을 신중하게 부탁하는 것에 용기를 가졌다.

그날 저녁 공교롭게도 송병준이 일본에서 돌아왔다. 파성관부터 먼저 들린 그는 일본에서 대단한 공훈이라도 세우고 돌아온 개선장군처럼 주위 사람들에게 몹시 거드름을 피웠다. 일본에서 만만치 않은 일이라도 크게 성사시키고 온 것 같았다. 인색한 그는 평소 하지 않던 행동을 보였다. 일본에서 가지고 온 선물을 가까운 사람들에게 일일이 돌리며 생색을 내었다.

송병준은 파성관에서 저녁 식사를 하고 가스코와 함께 집으로 돌아왔다. 얼굴에 환한 미소를 짓고 있는 그에게 소희는 인사만하고 시무룩한 표정으로 자신의 방으로 들어가 버렸다. 송병준은 의아하게 생각했다. 예절이 반듯한 평소 그녀답지 않은 행동이었다. 아직 선물을 받지 못해서 그런가 보다 생각했다. 송병준은 하녀를 시켜 선물 꾸러미를 가져와 풀었다. 그는 소희를 불러 선물을 내밀었다. 그래도 별로 반기는 기색이 없었다.

성질이 급한 송병준은 참지 못하고 물었다.

"우리 공주께서 무엇이 못마땅하지? 파파가 얼마나 신경을 쓰고 사온 선물인지 모를 거야. 일본에는 몇 개밖에 없는 아주 귀한 물건이지. 자, 이것 보라구. 유럽과 일본 황실에만 들어가는 특별한 물건을 파파가 어렵게 구한 것이야."

그는 선물을 자랑하고 싶어 안달이 나 있었다. 포장지를 직접 뜯었다. 선물 알맹이는 금제품으로 춤추는 공주라는 명칭이 붙은 독일제 태엽 시계였다. 제품이 모두 18금으로 되어 있어 무척 고급스럽고 화사했다. 뚜껑을 열면 피아노 반주가 흘러나왔다. 음악에 따라 중앙에 서 있는 공주 인형이 회전하며 춤을 추었다.

소희의 표정은 여전히 반기는 기색이 없었다. 가스코가 보아도 예사롭지 않은 것 같았다.

"나미에 무슨 일이지? 파파의 선물이 마음에 들지 않니?"

가스코가 부드러운 말로 재촉을 해도 반응이 신통하지 않았다.

"우리 공주께서 대단한 걱정거리가 생긴 게로군. 나미에 도대체 무슨 일이지?"

송병준의 말투는 어디까지나 딸을 소중하게 생각하는 아버지의 애정이 묻어 있었다.

"파파! 채 선생님이 헌병대에 잡혀 가셨어요. 억울한 일이에요. 좀 구해주세요."

소희의 목소리에 울음기가 섞여 나왔다.

"채 군이? 또 무슨 일로?"

소희는 박람회 구경을 함께 갔다가 경복궁에서 느닷없이 잡혀간 일을 사실대로 일렀다.

"헌병들이 피해자 가족의 일방적인 신고만 믿고 무고한 사람을 잡아들인 것까지는 그렇다 해도, 조사를 한다며 폭행까지 했어요."

"괜한 사람을 잡어 갔을라구? 죄가 없으면 풀려나겠지."

별것 아니라는 듯 송병준의 목소리는 시큰둥했다.

"파파! 일본 헌병대가 조선 사람에게 공정한 것을 보았습니까? 죄가 없어도 조선 사람이라는 이유로 죄를 뒤집어씌우지 않나요?"

"나미에, 또 파파를 귀찮게 하는구나. 그 친구 부자간에는 왜 말썽만 일으키는지 모르겠구나."

소희는 송병준에게 우만이 평소 충실하게 임무 수행을 했던 점을 낱낱이 상기시켜 주었다. 어려움에 처한 아까운 젊은 인재를 모른척하지 말고 은혜를 베풀라고 했다.

"조선인 중에 그만한 지식과 교양을 겸비한 젊은 사람을 만나기는 쉽지 않죠. 이 기회에 그를 구해 주어 파파의 인품을 보여 주세요."

소희가 아무리 설득해도 송병준은 움직일 것 같지 않았다. 그러나 그가 폭발할 것 같은 기세로 당장 열을 받으며 자리를 털고 일어난 것은 다음 말 때문이었다.

"소녀는 파파의 훌륭한 명성을 이번에 의심하게 되었어요. 경복궁에서 선생님이 연행될 순간 헌병들에게 분명히 일본의 자작 신분인 파파의 비서라고 일렀어요. 그들은 들은 척도 하지 않고 막무가내로 잡아가 조사를 하면서 폭행까지 했어요. 적어도 일본 황실의 작위를 받으신 파파의 비서를 망나니처럼 다루어도 되는 건가요?"

소희가 더 이상 자극적인 말을 하지 않아도 저돌적인 그는 이미 열을 받고 있었다.

"죽일 놈들! 감히 내 함자를 무시하고 능멸해?"

그 말의 효과는 당장 나타났다.

이튿날 날이 밝기가 무섭게 송병준은 용산 조선 주둔군사령관 육군중장 아카시 사무실의 문을 거침없이 열고 들어섰다. 그는 검은 망토에 중절모자를 쓰고 근엄한 얼굴이었다. 아카시는 아침 일찍부터 전국 각 도의 헌병대장들을 불러들여 회의를 주재하고 있었다. 그는 회의실에서 송병준이 방문했다는 메모를 부관에게 전해 받고 서둘러 회의를 마무리 했다. 아카시는 사무실에 들어서며 함박웃음을 지었다. 그의 인사는 송병준에게 어디까지나 깍듯했다.

"자작께서 어인 일로 소인의 누추한 방까지 왕림하셨소이까? 영광이로소이다."

아카시는 사령관의 체통도 없이 호들갑스럽게 웃었다. 그는 조선의 어떤 전직 대신들보다 송병준을 절대 무시하지 못했다. 두 사람 사이에 아무리 허물이 없다지만 아카시는 송병준을 대할 때마다 아무래도 어려웠다. 종작없이 날뛰는 기질에는 자신 상관인 데라우치 총독도 혀를 내두를 정도였다. 경우에 따라서는 총독의 위엄마저 약간 무시하는 그인지라 항상 부뚜막에 어린아이 앉혀 놓은 듯 신경이 쓰였다.

송병준은 일본통이라 할 만큼 천황을 비롯하여 유수한 군벌세력들과도 교제를 터고 있다는 사실을 아카시가 모를 리 없었다. 두 사람은 세동의 물상 재산을 모조리 약탈해 나누어 가진 공범이기도 했다.

"자작께서 본국에 가셨다는 소식을 들었는데, 언제 오셨소이까?

"아하, 매우 중요한 일이었지만, 예정보다 일찍 끝나서 어제 밤에 도착했소. 그간 별고 없었소?"

"여기 일이야 늘 분주하지요. 그래 찾아오신 용건이라도?"

아카시는 저 자세로 송병준의 눈치를 살폈다.

"바로 말하리다. 내 비서 일로 기분이 몹시 불쾌하외다."

송병준은 사건의 전말을 소희에게 들은 대로 되풀이 해놓고 혐의가 없으니 당장 풀어주라는 말투에 위엄마저 묻어났다. 아카시는 그때까지 그 사건의 보고를 아직 받지 못했다. 그는 송병준의 이야기를 들은 다음 종로 헌병대장에게 전화를 돌렸다. 사실여부를 확인한 아카시는 송수화기를 놓았다.

"그런 일이 있었군. 자작께선 오해 마시오. 사건 자체가 자국인의 살인 미수사건이라 좀 예민합니다. 미안한 말씀이오만, 조사를 할 동안 조금만 기다려 주시오."

그의 말은 어디까지나 조용하고 예의를 지켰다.

"아니, 무슨 말씀이오? 기다려 달라니? 내 말을 못 믿겠소?"

"못 믿는 게 아니라, 조사 중이라서……."

"이것 보시오 사령관! 당신도 날 잘 알잖소. 조선 천지에 내 비서와 닮은 사람은 얼마든지 있소. 내가 보증하지만, 비서는 내 허락 없이 몇 년 동안 아무 곳도 간 곳이 없소이다. 그런 아이를 내가 중요한 일로 본국에 간 사이 확실한 증거도 없이 잡아다가 손찌검까지 했다고?"

송병준이 자신의 비서직을 그만 둔 우만을 굳이 비서라고 아카시 앞에서 내세우는 것은 우월감을 잃기 싫었기 때문이다. 자신이 누리고 있는 권력의 위상과 능력이 아직은 흔들리지 않고 항상 건재하다는 것을 보여주고 싶었다. 그는 그쯤에서 말을 끊고 물을 한잔 들이켰다.

"물론 사령관이 시킨 일은 아니겠으나, 아랫것들이 나를 홈집 내기 위한 짓거리 같소만, 내가 그리 호락호락한 사람이오? 그렇다면 좋소이다. 구겨진 내 체면 회복을 위해 총독을 만나 보든지, 아니면 천황폐하라도 뵙고 억울함을 따지겠소."

아카시는 천황이라는 말에 정신이 번쩍 들었으나 송병준은 벌써 망토자락을 떨치며 사령관 집무실을 나가버렸다.

아카시는 송병준과 친한 만큼 술자리뿐만 아니라 기생오입도 함께 지분거린 사이였다. 그러나 괴팍스러운 그의 성격에는 벌써부터 도리머리를 쳤었다. 송병준은 무식한 만큼 예의나 격식 따위에 구애 받는 사내가 아니었다. 앞뒤를 헤아리지 않고 천방지축 휘젓고 다니는 데는 황소 같은 데라우치도 어쩌지 못했다.

송병준은 자신들 보다 본국의 고급 정보를 훨씬 더 많이 알았다. 그는 수시로 본국의 영향력 있는 정치인들과 교류를 하기 때문이었다. 만약 그의 말대로 살인 미수혐의로 헌병대에 잡혀 있는 비서가 범인이 아니라는 사실이 밝혀지기라도 한다면 입장이 곤란해 질 수도 있었다.

아카시가 결정하는 데 시간은 그리 오래 걸리지 않았다. 조선뿐만 아니라 본국까지 영향력을 행사하고 있는 송병준의 비위를 건드릴 필요는 없었다. 본국에서 무일푼으로 건너온 개척 평민 하나 칼부림 당했다고 해서 총독부의 정책이 흔들릴 사건도 아니었다. 그는 종로 헌병대로 당장 전화를 넣어 우만을 즉각 석방시키라고 지시했다.

우만은 헌병대에서 당장 풀려나왔다. 그는 즉시 송병준에게 달려가 감사의 인사를 하지 않을 수 없었다.

"자작님의 은혜를 평생 잊지 않겠습니다. 앞으로 무슨 일이든 불러만 주시면 성심과 성의를 다 하겠습니다."

송병준은 살인 미수범으로 검거된 우만을 말 한마디로 간단하게 석방시킨 자신의 능력을 보란 듯이 으스대었다. 조선 천지에서 자신의 권위가 여전히 건재하다는 것을 보여준 본보기이도 했다.

우만은 소희를 만나서도 고마움을 전달하고 싶었다. 그녀가 적극 나서 주지 않았으면 우만은 그 사건으로 궁지에 몰리게 될 것은 자명한 일이었다. 그만한 다행이 없었다. 주위를 의식해서 소희에게 간단히 형식적 인사만하고 그는 서둘러 국환을 만나 사동궁으로 들어갔다. 의친왕은 무사히 풀려 나온 우만을 반갑게 맞이했다.

"그만한 다행이 없군. 영감과 둘이서 걱정을 좀 했겠나."

이강은 우만의 손을 잡고 연신 토닥거려 주었다.

"전하께 심려를 끼쳐드려서 송구하옵니다. 젊은 혈기를 잘 다스리지 못해 큰 실수를 하였습니다. 앞으로 모든 일에 신중하겠습니다."

두 사람이 말을 나누는 동안 묵묵히 앉아 있는 국환이 입을 열었다.

"그나마 병준한테 공력을 드린 게 큰 효험 보았습니다. 그의 여식 소희가 적극 손을 쓰지 않았으면 어려울 뻔도 했지만."

국환의 칭찬에 이어 이강도 소희의 수고로움을 잊지 않았다.

우만과 여러 사람에게 위기를 가져올 뻔했던 사건은 일단락되었고, 물산 공진회도 10월 마지막 날 가서야 자리를 걷었다.

이듬해 봄이 되자 데라우치는 또 하나의 계획을 세웠다. 그는 계획을 세우면 바로 실천하는 사나이였다. 천하의 명당자리인 경복궁에 조선총독부의 웅장한 동양 최대의 건물을 짓겠다고 기염을 토했다. 데라우치는 조선민족의 반대 감정 따위는 아무렇지도 않았다. 그는 웅장한 건물을 신축해서 조선의 기를 누르고 대륙을 향해 진출하는 일본제국의 상징으로 삼고 싶었다.

그러나 조선에서 그토록 의욕적으로 극성을 부렸던 데라우치는 5년 만에 본국으로 돌아가게 되었다. 일본의 내각이 총 사직을 하자 그는 천황 대정으로부터 총리에 임명되어 조각의 명을 받았다.

삼천리 조선 강토를 5년 동안 마음대로 주무르며 칼질하고 요리한 데라우치 마사다케였다. 2천만 민족을 들볶고 매질하며 호기를 부린 데라우치는 또 다른 야심으로 다시 정점을 향해 달려가고 있었다.

데라우치 총독 후임자가 부임해 왔다. 2대 조선총독은 이토오 히로부미 통감시절 조선주둔 일본군사령관이었던 하세가와 요시미치였다. 큰 키에 말상처럼 얼굴이 길고 눈은 작았다. 예순의 나이였음에도 군인 출신으로서는 겉늙은 편이었다.

신임 총독 하세가와는 데라우치만큼 과단성이 있는 성격은 아니었다. 그는 자신의 부족한 역량을 잘 알았다. 데라우치가 수족처럼 부렸던 간부들을 고스란히 그 자리에 두었다. 이미 추진되고 있는 정책의 수법도 기존 그대로 밀고 나가기로 했다. 하세가와는 특별한 창의력이 없었다. 그는 무사 안일주의를 택하고 싶었다.

운현궁의 주인으로 있던 이준(李埈)이 갑자기 세상을 떠났다. 이준은 고종황제의 친형인 이희(李熹)의 적자로서 대원군의 손자였다. 생존한 고종과 순종을 제외하면 왕족 중에 가장 윗사람이었다. 이준에게는 사자(嗣子)가 없었다.

하세가와 부임 후 이례적으로 새로 바뀐 자리는 이왕직차관 뿐이었다. 그 자리를 차지한 구니와께는 왕실과 협의했다. 사자가 없는 운현궁의 세습 후사에 의친왕 이강의 둘째 아들 공자(公子)를 택하게 되었다. 그가 바로 이우(李鍝)였다.

이준의 장례행사는 왕족은 물론이고, 예의와 범절을 까다롭게 여기는 노유(老儒)들 조차 별다른 불만 없이 원만히 이루어졌다. 하세가와를 비롯한 그 하수인들이 세심하게 배려한 이면에는 나름대로의 계략이 숨어 있었다.

순종은 비록 옥쇄를 빼앗긴 망국의 왕일망정 조선 왕조의 27대 왕이었다. 거센 외세의 밀물 앞에 보필하는 신하들조차 유약하고, 이미 나라의 운명이 경각에 가물거리던 때에 즉위한 그였다. 자신의 힘으로는 기울어진 국운의 힘을 도저히 돌이켜 놓을 수는 없었다. 순종은 5백 년 왕업의 마지막 임금이 된 것이 통탄스러웠다.. 그의 가슴에는 왕업을 처음 일으켜 세운 태조에게 불민한 멍에를 질 수밖에 없었다.

순종은 총독부에 여러 차례 걸쳐 함흥에 있는 대묘(大廟)를 찾아보고 싶다는 뜻을 비쳤으나 번번이 거절 당해왔었다. 함흥대묘는 이성계의 거룩한 묘궁이 있는 곳이었다. 숨긴 흉계가 있는 하세가와는 순종의 소망을 풀어주기로 했다.

1917년 5월 10일 총독부는 경성역에서 특별열차 편으로 순종을 비롯한 조선의 전직 현직의 쟁쟁한 고관대작들을 태우고 함흥 길에 올랐다.

　망국 제왕은 창업시왕(創業始王)의 묘당(廟堂) 앞에서 눈물을 삼켰다. 뜻있는 사람들은 그의 모습을 바라보며 착잡한 만감의 아픔을 느꼈을 터였다.

　순종의 원을 풀어 준 총독부는 서서히 계략을 드러내기 시작했다. 순종을 도오쿄로 데리고 가서 대정천황 앞에 무릎 꿇게 하려는 하세가와의 수작을 실행시키기 위해서였다. 하세가와는 집에서 소일하고 있는 이완용을 앞세워 고종을 설득하기로 했다. 그는 이완용에게 흉계의 중요성을 누누이 강조하며 자신의 정치생명이 걸려 있다는 것과 일이 성사되면 공로의 대가가 크게 돌아 갈 것이라고 구슬렀다.

　"송병준 자작이 과단성은 있지만 신의가 없는 것 같소. 그래서 특별히 이 공(公)께 부탁을 하는 것이외다."

　이완용은 하세가와가 자신을 부추기는 숨은 뜻을 알 리가 없었다.

　이완용은 밤잠을 설치며 고심해 보았으나 일의 성격으로 보아 결코 쉽지는 않았다. 그는 이왕직장관 민병석에게 고종을 배알하러 덕수궁에 들겠노라는 뜻을 전해 놓았다. 이완용은 먼저 고종에게 허락을 받는 것이 순서라 생각했다. 고종의 말 한마디면 순종은 스스로 따를 뿐이었다.

　이완용은 나름대로 머리를 굴려 앞과 뒤의 순서를 정한 후 덕수궁으로 들어가 고종 앞에 엎드렸다. 그는 한 치의 부끄러움도 없는 듯 세 치의 혓바닥을 놀렸다.

　"태상 폐하! 조선과 일본이 합방 된지 벌써 칠 년이 되옵니다. 그동안 황실끼리 서로 교환이 없었음을 유감이라 생각하옵니다. 일본 황실에서도 그 뜻을 간절하게 바라고 있습니다."

그는 순종을 일본으로 보내 지금이야 말로 그들에게 폐하의 성덕을 베풀어 너그러운 영단을 보여 주자는 것이었다.

그 말이 떨어지기 무섭게 고종은 교의에서 벌떡 일어났다. 그의 힘없어 보이는 하얀 손이 부들부들 떨었다.

"허! 괘씸한 것!"

고종은 눈을 치 떴으나 바로 내리 감았다. 자신 앞에 부복해 있는 이완용은 이미 자신의 신하가 아니라는 것을 깨달았다. 고종은 조용히 교의에 도로 앉았다. 그는 총독부가 순종의 함흥대묘 참배를 이례적으로 서둘렀던 흉측한 계략을 비로소 짐작했다.

"경의 말뜻을 충분히 알만 하군. 그러나 잘못 온 것 같아. 그대는 잘 알고 있지 않은가? 내가 진즉 허수아비라는 것을 그만 물러가라! 꼴도 보기 싫다. 썩 물러가라! 어서!"

고종은 이제 떨지 않았다. 그 말은 준엄한 꾸짖음이었다.

이완용은 하세가와의 밀명을 받고 덕수궁에 들어갔다가 고종의 진노만 산 꼴이 되었다. 세상의 비밀이란 없었다. 풍문은 삽시간에 장안 거리를 휩쓸었다.

"허, 쓸개 빠진 놈. 그 놈은 진작 벼락 맞아 죽었어야 되는 것이야!"

"이완용의 세상은 이제 끝장이 났군."

"걱정 말게, 완용이 그 놈이 죽었다고 해서 친일 할 놈들의 씨가 마를까? 목을 빼고 줄줄이 기웃거리고 있잖은가."

"암만, 그렇구 말구. 친일파 한 녀석 거꾸러진다고 해서 염병 발광

할 놈들이 또 없을까?"

탑골공원이나 뒷골목 선술집에 무리지어 앉은 장안의 민초들은 그런 화제로 무더운 여름의 무료함을 달래었다.

총독 하세가와는 이완용이 고종의 설득에 실패했다는 소식을 전해 듣고 회심의 미소를 지었다. 그의 실패를 예견한 것인지도 몰랐다. 그가 실패했더라도 내세울 인물들은 얼마든지 있었다.

하세가와는 이번 일이 성공할 확률이 높았다면 이완용을 쉽게 끌어들이지는 않았을 것이었다. 만약 이번 일이 성공했다면 이완용의 공적이 두드러지겠고, 본국에서는 그에 대한 신임 또한 높아질 것이 분명했다. 그렇게 되면 총독의 체면이 종잇장처럼 구겨질 게 뻔하지 않은가. 본국 총리인 데라우치와 가까운 사이인 이완용의 명성이 높아지는 것을 하세가와는 바라지 않았다.

순종을 일본에 데려가기 위한 작업이 진행되고 있다는 것은 벌써 공개된 것이나 다름없었다. 하세가와는 이제 그 일을 둘러싸고 조선의 거물급 친일파들이 공로 다툼으로 서로 물고 뜯도록 이간책을 쓰려는 교활한 속셈도 가지고 있었다. 그런 일은 잦을수록 좋았다. 조선에서 정책을 펴는데 그들이 다툴수록 주도권을 쉽게 장악할 수 있기 때문이기도 했다.

하세가와의 간교한 계획에 맞추어 또 한 사람 고소를 아끼지 않는 사람은 윤덕영이었다. 순종 왕후 윤비(尹妃)의 큰아버지 윤덕영은 왕궁의 장시사장(掌侍司長)이었다. 그는 을사늑약 체결이 이루어질 때에도 오로지 자신의 영달을 위해 뒤에서 암약한 공로를 인정받아 일제의 귀족 남작이 되었다. 그 뒤에도 계속 왕궁을 떠나지 않고 장시사장의 지위를 고수하면서 골수 친일파를 자청하고 다녔다.

윤덕영은 하세가와 총독이 순종의 일본 방문 계획을 추진하게 되리라는 것을 미리 짐작했다. 데라우치가 진행하려다가 손을 쓰지 못하고 미루어 놓았던 일이었다. 그는 이번 계획에 총독이 이완용을 내세운 것에 불만을 가졌었다. 윤덕영은 평소 이완용을 좋게 생각하지 않았다. 그를 빗대어 자신의 분수도 모른 체 약삭빠른 기회주의적인 성격과 음흉한 양심을 가진 위인이라고 송병준과 배가 맞아 비아냥거리고 다녔었다. 윤덕영으로서는 하세가와가 부탁한 일이 성사되어 이완용에게 총독의 총애가 쏟아지게 되는 것은 몹시 배 아픈 일이었다.

고종의 설득에 실패하고 장안 천지에 망신살이 뻗친 이완용은 집에만 틀어박혀 울적한 심사를 독서로 달래고 있었다. 그런 소식을 접한 하세가와가 윤덕영을 슬쩍 불렀다. 그렇지 않아도 쑤셔대는 좀을 참으며 이제나 저제나 학수고대하고 있던 윤덕영은 시치미를 뚝 떼고 어슬렁대며 총독 관저에 나타났다.

하세가와는 윤덕영에게 넌지시 추파를 던졌다. 이완용이 못한 일을 성사시켜 보라는 수작이었다. 윤덕영은 자못 난처한 표정을 지었다. 일에 대한 대가를 확실히 해달라는 메시지였다. 구렁이 같은 하세가와도 그 정도는 능히 알았다.

"이완용 공이 이루지 못한 일을 윤 남작께서 성사시키면 반드시 큰 공로를 인정받을 것이오. 총독인 나의 말을 들어서 손해 될 것은 없소이다."

총독 관저를 빠져나온 윤덕영은 흡족한 미소를 지었다. 그는 어느 정도 자신감에 차 있었다. 벌써 주도면밀한 계획을 세우고 마음을 가다듬었다. 고종에게 접근해 망신살만 뻗힌 어리석은 이완용을 닮고 싶지 않았다. 윤덕영은 고종에게 찾아가서 귀찮을 정도로 들볶을 셈이었다. 그의 기력을 모조리 빼놓고야 말겠다는 작전을 실행하기로 했다.

이튿날 함녕전으로 들어간 윤덕영은 무턱대고 고종 앞에 부복하여 순종에 대해서는 아예 입도 벙긋하지 않았다. 조선 왕가의 영원한 대계를 위해 고종이 직접 일본으로 건너가서 천황과 우의를 돈독히 하는 것이 마땅하다고 점잖게 고한 다음, 갑자기 그는 목소리를 높였다. 만약 옳은 일을 실행하지 않으면 화가 왕가에 미칠지도 모른다는 협박이었다. 그는 만고의 충성스러운 신하로서 왕실이 잘못 되는 것을 가만히 앉아서 보고 있을 수가 없어 무례함을 무릅쓰고 나섰다고 했다.

무례라고 하는 것은 역적들이 이미 다반사로 저질러 왔던 일이었고 또 입에 발린, 너무도 뻔뻔한 소리라는 것을 잘 알고 있는 고종이 감격할 리도 없었다.

"이보오, 장시사장. 난 더 이상 할 말이 없으니 그만 물러가시게."

고종은 냉랭하게 돌아앉았다. 그렇다고 얼굴 거죽이 소가죽 같은 윤덕영이 그 정도 면박으로 쉽게 물러 갈 위인이 아니었다.

"저의 충정을 굽어 살피시어 부디 왕가의 대계를 생각하시옵소서. 태상 폐하!"

윤덕영은 고종 앞에 부복한 채 똑 같은 말만 끈질기게 되풀이 했다. 그는 좀처럼 자리에서 떠날 것 같지 않았다. 이제 권력이라고는 쥐뿔만큼도 남아 있지 않은 고종이었다. 주위에 시퍼렇게 불호령을 내려 불충한 윤덕영을 당장 끌어내리라고 할 형편도 되지 않았다. 덕수궁 안과 밖은 왜적과 윤덕영의 수하들로 채워져 있다는 사실을 고종이 모를 리가 없었다.

날이 저물어 관원들이 모두 퇴궁을 하였는데도 윤덕영은 물러나지 않았다. 밤이 깊어도 도저히 움직일 기미가 없었다. 그는 자시가 가까워져서야 자리를 털고 일어나 어슬렁거리며 함녕전을 빠져나갔다.

이튿날 아침이 되자 윤덕영은 고종이 일어나기도 전에 다시 함녕전으로 달음박질을 쳤다. 그는 잠들어 있는 고종의 머리맡에 비윗살 좋게 자리를 틀었다. 그날도 하루 종일 그곳을 떠나지 않고 집요하고 악착스럽게 지키고 있었다.

윤덕영과 고종의 버티기 작전은 열흘이 지나도록 끝나지 않았다. 윤덕영이 악착스럽다고 해서 고종 또한 만만하게 물러설 수 없었다. 윤덕영이 치사하게 나올수록 고종은 뚝심으로 버텼다. 고종도 끝까지 해볼 심산이었다. 그는 찰거머리처럼 붙어 떨어지지 않는 윤덕영을 아예 신경도 쓰지 않는 듯했다.

윤덕영은 고종과의 버티기 작전을 그쯤에서 마무리하고 다음 단계로 돌입했다. 이왕직장관인 민병석을 충동질해서 일을 꾸몄다. 덕수궁의 모든 집기실을 감찰한다는 명분을 내세웠다. 그는 등록되어 있는 집기와 문서 중에 분실된 것이 많다는 꼬투리를 잡기 시작했다. 윤덕영은 보관 책임자였던 홍 상궁에게 책임을 물어 궁 밖으로 매몰스럽게 내쫓았다.

엄비가 세상을 떠난 뒤 외로운 고종을 위로하며 수족처럼 벗이 되어 온 홍 상궁이었다. 삭막한 고종의 가슴에 훈기를 채워 넣던 살가운 여인을 냉혹하게 빼앗아 버린 셈이었다. 궁을 떠나가는 그녀를 바라보는 고종의 눈언저리가 붉게 번지고 있었다.

윤덕영은 홍 상궁 외에도 고종 측근의 광화당(光華堂) 이씨와 삼축당(三祝堂) 김씨도 함께 쫓아 버렸다. 그날부터 고종은 비실비실 자리를 보전하고 드러누워 버렸다. 심신이 귀찮았다. 수라도 들지 않았다.

윤덕영은 그런 기회를 놓칠 수 없었다. 마지막 비수를 고종에게 들이대기 위해 함녕전으로 들이닥쳤다. 고종 침상 앞에 엎드린 그는 최후의 일격을 가했다.

"태상 폐하, 황공하옵니다만, 옛날의 김씨 성을 가진 규수를 아직도 기억하고 계신지요?"

윤덕영에게 좋은 감정이 있을 리 없는 고종이었다. 그는 돌아누워 있는 그대로 꼼짝하지 않은 채 대꾸했다.

"김 규수라니? 또 무슨 이설을 늘어 놓을라구?"

"폐하, 이십 년 전 황후께서 참변을 당하신 뒤, 후비 책봉을 서두를 때 김씨 집안의 규수가 있었사옵니다."

"그래서?"

고종으로서는 생소한 뜬금없는 이야기였다.

윤덕영은 후궁 후보로 간택되었던 김 규수에게 예물까지 하사한 일이 있다고 했다. 불행하게도 궁인들의 농간으로 기약도 없이 유보되었으며 20년이 지난 오늘까지 그녀는 행여나 고종이 거두어 줄 손길만 학수고대하고 있다는 말을 늘어놓았다.

"그래서? 무얼 어떻게 한다고?"

고종의 언성에 짜증스러움이 잔뜩 묻어났다.

"폐하, 한 번 맺어진 인륜이란 소중한 것이옵니다. 이제라도 성지를 내리시어 은총을 베푸심이 마땅한 줄 아뢰오."

고종은 참으로 머릿속이 까마득해지고 어이가 없었다. 지나가는 까마귀도 웃을 일이었다. 20년이라면 긴 세월이었다. 그 세월 속에 잊어버린 일도 있고 잊을 수 없는 사건도 있을 법했다. 그러나 아무리 더듬어 보아도 전혀 그런 기억이 없었다. 만약 그 일이 사실이었다 해도 벌써 나이가 칠순이었다. 민망스럽게 그런 나이에 도대체 뭘 어쩌자는 말인가? 고종은 윤덕영이 참으로 괘씸하고 불쾌했다.

"사돈! 쓸데없는 허황된 소릴랑 말고, 그만 물러가시게. 잠 좀 자야겠네."

고종은 누운 채로 코웃음으로 일관했다.

윤덕영은 눈 하나 깜짝하지 않았다. 되레 고종 옆으로 얄밉게 바투 앉았다.

"폐하, 하세가와 총독이 그 사실을 알고 펄쩍 뛰었습니다. 근간에 적적하게 지내시는 폐하의 외로움이 성체에 나쁜 영향을 미친다며 걱정이 대단했습니다. 그래서 김 규수를 조만간 덕수궁에 들게 하라는 총독의 지시가 있은즉, 그 준비를 서둘까 하옵니다."

고종은 머리가 하얗게 비는 것 같았다. 그는 누운 자리에서 벌떡 일어났다.

"뭣이? 이 늙은 몸에 또 다시 후궁을 들게 한다고? 에잉 고약한 것들!"

고종은 대성질호하고 자리에 벌렁 드러누워 버렸다.

"모든 일을 창덕궁이 알아서 하도록 맡길 테니 더 이상 귀찮게 하지 마오."

그 한마디를 들은 윤덕영은 그 자리에 머물 이유가 없었다. 그는 자리를 박차고 일어났다. 모든 일을 창덕궁 순종에게 일임하겠다는 그 한 마디를 얻기 위해 보름이 넘도록 수많은 고행을 감내하며 기다리지 않았는가. 그는 자신의 목적을 성취한 기쁨도 잠시 짓눌러 둔 채 순종을 일본으로 단숨에 보내기 위해 발 빠른 행보를 놓았다.

사동궁 뒤채에 국환과 우만이 나타난 시간은 늦은 오후였다. 뒤뜰에 서 있는 누렇게 퇴색된 떡갈나무 잎사귀가 완연한 늦가을 색채를 띠었다.

국환의 모습은 몇 년 동안 조선에서는 볼 수 없었다. 그는 황해도와 함경도에 세워진 미국인 선교사에게 맡긴 학교가 계획대로 운영이 되자 상해와 만주를 넘나들며 항일운동에 전념하고 있었다. 그는 상해에서 동제사(同濟社)를 결성해 항일운동을 조직적으로 운영하고 있는 신규식, 박은식과도 밀접한 관계를 유지하며 고군분투했다.

국환이 상해에서 비밀리에 귀국한 것은 의친왕에게 그 간의 경과보고와 김가진(金嘉鎭)을 상해로 망명시키기 위해서였다. 김가진은 이조참의와 공조판서를 거쳐 농상공부 대신을 지낸 인물이었다.

상해의 독립운동 지도자들은 임시정부를 그곳에 세우기 위해 백방으로 노력하고 있었다. 국내와 국외의 항일지도자들에게 그 뜻을 알리는 일은 매우 중요했다. 상해와 국내는 너무 멀리 떨어져 있었고, 임시정부가 수립된다 해도 국민들과의 유대감도 멀었다. 상해의 지도자들은 일본 치하의 조선 백성들에게도 임시정부의 존재를 알리고 해외에 흩어져 있는 단체들과도 유기적 관계를 맺는 것이 무엇보다 중요하다고 판단했다. 그들은 하나의 사건을 만들 수밖에 없었다.

김가진 역시 친일파의 거물이었다. 을사늑약이 이루어지고 일본에 의해 그는 남작의 작위까지 받았지만 얼마 있지 않아 되돌려 주었다. 친일파 거물들 중에 그나마 일말의 양심을 가진 자였다. 안창호는 상해에 임시정부를 수립하기 위해 그곳에서 활동하고 있었다. 그는 김가진을 상해로 망명시키기 위해 비밀리에 국환과 이종욱(李鐘郁)을 국내로 파견하게 되었다.

이종욱은 강원도 평창 출신이었다. 그는 불교에 일찍부터 귀의하여 오대산 월정사에서 승려 생활을 하고 있다가 을사늑약이 체결되자 분연히 일어났었다. 그가 처음 참여한 조직은 '27비밀 결사대'였다. 27비밀 결사대는 매국노들을 제거하기 위해 결성된 조직이었다.

"김가진이 쉽게 상해 지사들의 뜻을 수용할지 의문이구려."

이강은 국환을 넌지시 바라보며 염려스러운 표정을 지었다.

"김가진은 그래도 지조가 있는 사람임에 틀림없습니다. 일제 치하에서 잠시 중추원 의장을 지냈지만 그만두면서 작위까지 되돌려 준 사람입니다."

말하고 있는 국환의 눈빛은 자신감에 차 있었다.

"만만치는 않을 것이오. 매사에 조심하구려."

"그런 일에 경험이 많은 이종욱 동지가 함께 왔으니까 마음 든든합니다."

"나도 무슨 일이든 활동을 해야겠으나 갇혀만 있으려니 답답하기만 하오."

"전하, 힘드시더라도 조금만 참으십시오. 김가진을 망명시키고 나면 기회가 올 것 같습니다."

"상해 지도자들은 어떤 생각을 가지고 있는지 궁금하오."

국환은 답답해하는 이강의 의중을 읽었다.

"그곳은 훌륭한 지도자들이 많이 있지만 아직 구심점이 될 만한 인물이 없습니다. 그래서 전하를 모시기 위해 은밀하게 일을 추진하고 있는 듯하옵니다."

그 말에 이강의 얼굴은 참으로 오랜만에 밝은 빛을 띠었다.

"나를? 오히려 방해가 되지 않겠소?"

"그래서 극비리에 추진하고 있습니다. 상해 지도자들은 전하께서 망명하시면 준비하고 있는 임시정부도 수립될 것이고, 그때부터 대외적 외교활동을 적극적으로 펼치게 될 기회로 삼을 것 같습니다. 그곳 지도자들은 왕족 중에서 유일하게 독립운동을 물심양면 지원하신 전하의 업적에 대해 무척 고무되어 있습니다. 머지않아 전하께서 뜻을 이루실 날이 곧 닥칠 것 같사오니 너무 심려 마십시오."

"그렇다면 나로서는 그만한 다행이 없구려. 근간의 해외 단체들 활동은 어떠하오?"

"동제사에서 베이징 독립지사들과 연대하여 신한혁명당이 결성되었고, 곧 소장파들이 주축이 될 신한청년단도 탄생할 것입니다. 그리고 미국 대통령 윌슨이 민족자결주의를 제창한 파리 강화회의는 항일투쟁을 하고 있는 동지들에게 큰 용기를 주었습니다."

"이제 우만이도 조직에 참여해 적극 활동을 해야겠지만, 아직 내 수족이 될 만한 사람이 없어 떠나보내지 못하고 있소."

"전하, 그 일에 대해서는 염려 마십시오. 이젠 전하의 신변에 일어나는 사소한 것도 상해뿐만 아니라 조선 백성에게도 중요한 일입니다.

무엇보다 전하의 신변을 안전하게 지켜 드릴 수 있는 우만이 있어 마음 든든합니다. 일이 순조롭게 진행되면 적당한 시기에 소인이 우만을 데려가도록 하겠습니다."

깊어 가는 가을 밤, 세 사람이 밀담을 나누고 있는 동안 뜰의 풀숲에서는 벌레들의 맑고 또렷한 울음소리가 방 안까지 스며들었다.

"요즘 병준의 일상은 어떠한가?"

국환이 우만에게 물었다.

"여전합니다. 일본 정객들과 교제를 위해 일본 나들이가 빈번하고, 총독부 관리들과 파성관에서 술자리나 벌리는 게 일이죠."

"실수가 없겠지만, 병준에게 의심 사는 일은 절대 금물일세. 언제나 조심을 하게."

"명심하겠습니다. 이 년 전에 태상 폐하께 톡톡히 망신을 당한 뒤부터 집에서 칩거하고 있는 이완용과는 좀 다르기는 합니다만, 송병준 역시 권력이 쇠한 듯합니다.

"아닐세, 그의 입김을 아직 무시할 정도는 아니야. 일본에서는 여전히 당당하게 행동하고 있어. 저력이 아직 시들지 않았네."

국환의 말투는 조용했으나 힘이 있었다.

송병준의 수완은 국환이 말한 대로 정말 대단했다. 친일파 대신들 대부분이 끈 떨어진 갓 꼴이 되어 집에서 칩거하며 소일하고 있을 동안 그는 일본을 자주 드나들었다. 그 덕분에 일본 천황으로부터 홋카이도(北海道) 원주민들이 살고 있는 시베차라는 곳에 5백60만 평의 땅을 특별히 하사 받았다. 여의도의 두 배가 넘는 면적이었다. 그는 자신의 부를 축적하는 데도 타고난 재능을 가졌다.

동지섣달에 접어든 무오년(戊午年)도 서서히 저물어 가고 있었다. 눈발이 희끗희끗 날리기 시작한 얼어붙은 거리는 추위 탓인지 인적이 드물었다.

세동의 집 앞에 금방 도착한 낯선 젊은 부부가 대문을 두드렸다. 아기를 안고 있는 사내는 외국인이었다. 순임과 그녀의 남편 미국인 리처드였다. 리처드는 미국의 어느 주립대학 교수로 재직하고 있었다. 순임은 옷맵시부터가 달랐다. 조선에서는 보기 드문 양장 차림이었다.

대문을 열어준 우만은 양장 차림으로 많이 달라진 순임을 얼른 알아보지 못했다. 잠시 뒤 그녀라는 사실을 알고는 매우 놀라운 표정을 지었다. 그는 순임과 아기를 번갈아보고 겨우 분위기를 파악했다. 아기는 순임을 닮지 않았다. 코가 오똑하고 눈은 파란색이었다.

우만은 감회가 새로웠다. 그녀가 미국으로 떠난 지가 벌써 수년이 지났다. 그동안 그녀를 잊고 있었던 것은 아니었다. 안부는 가끔 서양을 통해서 들었다. 그럴 때마다 따뜻한 말 한마디 해 주지 못하고 마음 아프게 떠나보낸 그 순간이 몹시 후회스러웠다. 그는 순임의 결혼을 진심으로 축하해 주고 싶었다.

집사 처가 차려내 온 저녁을 먹고 나자 이젠 몸을 완전히 회복한 세동은 자리를 피해 주듯 사랑으로 건너갔다. 마침 서양이가 순임을 핑계 삼아 오랜만에 찾아왔다. 서양은 동생 순임이 미국으로 유학 가게 된 가슴 아픈 사정을 짐작하고는 있었다.

잠시 뒤 서양이와 리처드가 이야기를 나누고 있는 사이 우만이 홀로 밖으로 나갔다. 그 뒤를 약속이나 한 듯 리처드에게 아기를 맡긴 순임이 따라 나왔다. 우만은 대문 밖 처마 밑에서 나붓나붓 내리고 있는 눈을 바라보았다. 그의 옆으로 순임이 다가왔다.

"오빠, 오빠는 왜 아직 결혼을 하지 않았죠?"

그녀의 갑작스러운 질문이었다.

"결혼? 글쎄, 아직 생각해 보지 않았어."

"그 아가씨는 어떡하고요?"

"음, 소희 말이로군. 그 사람은 우리와 뜻을 함께하고 있는 동지야. 소희와 나는 나라를 찾을 때까지 결혼은 하지 않기로 했거든."

순임은 우만의 대답을 순수하게 그대로 받아들이고 싶었다.

그녀는 미국으로 건너가고 얼마 있지 않아서 잘못 왔다는 것을 실감하고 있었다.

그녀가 조선에서 가슴 아픈 사연을 접고 미국으로 떠나기로 결심하게 된 이면에는 나름대로 명분이 있어야 했다. 사랑하는 사람의 행복을 위해서 떠나야 한다는 억지 논리가 아니었다. 사랑을 빼앗긴 주제에 그런 명분은 오히려 자존심만 상할 뿐이었다. 상처 때문이기는 해도 공부를 위해 결심한 이상 떠나지 않을 수도 없었다. 다분히 감정을 앞세운 미국행이기는 하였으나 곰곰이 생각해 보면 불쑥 떠난 자신이 어리석었다는 사실을 깨달았을 때는 이미 늦은 시간이었다.

그녀는 미국에서 조선으로 돌아오고 싶은 생각으로 한동안 수많은 갈등을 일구기도 했으나 시간이 흐르면서 우만과 자신이 가는 길이 다르다는 것을 서서히 깨달아 갔다. 순임은 마음을 달리 먹었다. 부질없는 아픔을 접어두고 우만이 가는 길을 존중해 주고 싶었다. 그런 마음이 우만을 진정으로 위하는 것이라는 결론을 내렸다. 리처드의 청혼을 받아들여 결혼을 서두르게 된 동기도 그를 잊기 위한 뜻이 담겨 있었다.

내리고 있는 눈발이 차츰 굵어지기 시작했다.

순임은 우만한테서 소희의 여러 가지 활동 상황을 전해 듣고 자신의 판단이 그릇되지 않았음을 다행으로 여겼다. 그녀는 이제 미국으로 돌아가도 지나간 사랑에 대한 미련은 마음속에 여투어 두지 않으리라 생각했다. 자신의 짝사랑 같은 추억이 아름답게 남아 있기를 바랐다. 순임은 마지막이라는 생각으로 문득 우만의 넓은 품에 와락 한 번 안겨 보고 싶은 충동이 일렁거렸다.

8
황제의 죽음

유난히도 춥게 느껴지는 겨울도 깊어 가고 설날(구정)이 열흘 남짓 앞으로 다가왔다. 덕수궁 함녕전에는 일본 귀족 나시모토 마사코(방자)와의 정략 결혼을 위해 아버지 고종에게 인사차 들린 영친왕이 일본으로 떠나간 뒤였다. 고종은 왕세자 이은과 일본 왕실 여자와의 결혼 반대를 집요하게 고집했다. 그는 이은에게 의친왕 이강처럼 소신이 뚜렷하고 담대한 기질이 있기를 내심 바랬다.

물론 어린 나이로 타국에 볼모로 잡혀간 아들이었다. 저 여린 새싹처럼 어린 나이에 경악과 참담함을 가슴에 안고 이역에 홀로 끌려가서 주변 환경에 짓눌려 기 한 번 펴 보지 못하고 성장한 아들을 생각하면 가슴이 메어졌다. 고종은 그런 아들이 떠나고 나자 충격에 빠졌다. 그는 의자에 비스듬히 앉은 채 머리를 늘어뜨렸다.

왕세자의 정략 결혼에 수행할 송병준, 이완용, 조동윤과 윤덕영의 아우이며 순종의 장인인 윤택영(尹澤榮) 등이 함녕전 고종에게 인사하러 들어갔다.

고종은 그들을 똑바로 쳐다보지도 못한 채,

"경들, 가엾은 세자를……."

그는 말을 잇지 못할 정도로 기력을 잃고 있었다.

고종은 저녁때가 지나고 나서야 비로소 기력을 약간 회복했다. 그는 아들과 일본 여자와의 혼사를 자신의 능력으로 막을 길이 없는 것에 대한 처절한 고뇌 때문에 이 방에서 저 방으로, 대청으로 공연히 반복해서 맴돌았다. 그는 서온돌에서 내인들을 불러 윷을 치게 하고 놀이를 지켜보았다. 윷놀이를 즐기는 것이 아니라 잠시나마 고뇌를 잊으려는 노력이었다.

저녁 10시쯤이 되었다. 고종은 상궁을 시켜 옆에서 놀고 있는 어린 덕혜옹주를 시간이 늦었으니 잠자리에 들게 했다. 그는 저녁 먹은 것이 거북한지 평소 즐겨 먹는 식혜를 청해 겨우 한 모금 마셨다. 그런 다음 서온돌에서 졸음이 온다며 안락의자에 앉아 잠이 들었다.

새벽 1시쯤이었다. 그가 갑자기 외마디 소리를 질렀다. 고종은 안락의자에서 이미 사지를 힘없이 스르르 늘어뜨리고 있었다. 상궁들이 뛰어 들어와 팔다리를 주무르는 일방 그날 숙직 전의(典醫)를 급히 들라 했다. 화급을 다투어 달려 들어온 전의 김형배가 뇌일혈 증상인 중풍(中風)으로 판단하고 고종 입에 청심환을 으깨어 먹였다.

함녕전에서 죽음을 경각에 놓고 북새통을 피운 40여 분 만에 대한제국의 황제였던 고종은 결국 많은 한을 남긴 채 명줄을 놓고 말았다.

총독부와 왕실 사무를 총괄할 고위직들은 조선 땅에는 없었다. 대부분 일본에 가 있거나 가고 있는 중이었다. 총독 하세가와를 비롯한 그 수하와 조선 조정에서 대신을 지낸 자들은 뒤질세라 앞 다투어 영친왕 결혼식에 모두 떠나가 버렸다. 경성에 남아 있는 하급 관료들은 난감했다. 영친왕 결혼식의 경사와 고종 서거의 애사를 놓고 갈팡질팡할 수밖에 없었다. 그들은 선후를 결정할 신분이 아니었다.

왕실에서는 고종의 서거를 사실대로 발표하지 못하고 있었다. 총독부에 의해 심한 압력을 받았다. 일본은 자국의 이익이 계산되어 있는 영친왕 결혼식은 중요한 행사였다. 날짜까지 받아 놓고 동분서주하고 있던 총독부 관리들에게는 고종의 죽음은 아연실색할 일이었다.

다급해진 그들이 궁리한 것은 고종의 죽음을 나흘만 미룰 수 없을까? 그럴 수만 있다면 더 할 나위가 없는 일이었다. 영친왕의 결혼식은 1월 25일이었다. 고종이 21일 새벽에 서거했으니 결혼 준비로 들떠 있는 그들에게는 맥이 빠지는 일이었다.

"덕수궁의 노인네가 살아서 골탕만 먹이더니, 갑자기 죽어서도 생사람 혼을 빼는구나."

총독부 관리들은 연신 사후 대책을 논의하면서도 죽은 고종에게 원망을 퍼부었다.

이튿날이 되자 고종의 죽음은 이미 경성 거리를 떠돌기 시작했다. 지난밤 함녕전에서 궁녀들의 심상치 않은 애절한 곡소리가 밖으로 흘러나온 것을 백성들의 입소문을 통해 확산되고 있었다. 일본 관리들은 함녕전의 모든 문을 닫고 커튼까지 치고 덧문도 닫았다. 그러나 곡소리를 막기에는 역부족이었다.

고종의 죽음 발표를 유보하라는 본국의 전문을 받아든 관리들은 신경이 예민해졌다. 궁녀들이 울지 못하도록 협박까지 했는데도 유독 한 여인의 울음만은 도저히 막을 길이 없었다. 그녀는 윤덕영의 노회한 공작으로 입궁을 하게 된 바로 정화당(貞和堂) 김씨였다.

순종으로 하여금 친히 일본까지 가서 천황 앞에 무릎을 꿇게 하여 주종(主從)의 예를 치르게 한 일등 공신은 윤덕영이었다.

고종의 억지 윤허를 받아 낸 윤덕영은 순종의 치욕적인 일본 방문을 끝내자 다음 단계에 착수했다. 고종이 듣지도 보지도 못한 후궁의 입궁이었다. 명성황후 참변 뒤 후궁으로 내약되었다던 김 규수가 20년 동안 공규로서 정절을 지키며 고종의 은총을 기다리고 있었으니 군덕을 베풀어야 한다고 억지 주장으로 짓졸라댄 결과였다.

윤덕영은 집요하게 물고 늘어지며 고종에게 윤허를 받았다. 그는 2년 전 특사 자격으로 김 규수 집으로 들어가 37세의 노처녀를 이화(李花) 문장이 영롱한 쌍두마차에 태워 덕수궁 문 안으로 버젓이 들여 놓는데 성공을 했다.

고종은 죽는 날까지 정화당 김씨를 한 번도 불러 본 적이 없었다. 그녀도 고종의 얼굴 한 번 보지 못하고 상(喪)을 당해 버렸다. 이 세상 어디에도 남편 얼굴 한 번 보지 못하고 아내로 산 여자는 없을 터였다.

정화당이 처음으로 고종의 침전에 든 것은 어처구니없게도 그가 죽고 나서였고, 윤덕영의 지시에 따른 것이었다. 그녀의 애절한 울음은 밤을 새워 덕수궁 담을 넘어 나갔다. 정화당의 울음은 정녕 고종의 죽음을 슬퍼한 것은 아니었다. 생전에 얼굴 한 번 보지 못한 남편한테 무슨 애틋한 정이 남아 있었겠는가. 그녀는 자신의 기구한 팔자가 슬펐을 뿐이었다.

일본에서 조선총독부로 고종의 죽음을 유보하라는 전문이 빗발치

듯 날아왔음에도 불구하고 전 황제의 죽음은 기정사실로 되어 가고 있었다. 원인은 애절한 궁녀들의 울음이 아니라 엉뚱한 곳에서 사단이 벌어졌다.

장사꾼의 무리는 이익이 있는 곳이라면 어디든 마다하지 않고 들끓기 마련이었다. 장안에서 고종의 죽음을 어떤 경로를 통해서 알게 되었는지는 몰라도 그 소문은 기정사실로 되었다.

겨울의 경성 거리에서 여름 옷감인 삼베를 찾아보기란 힘들었다. 상인들은 다투어 전국 삼베 산지로 전보를 쳐대느라고 전신소가 북새통을 이루었다. 국상(國喪)에 대비하는 상인들의 긴박한 움직임은 총독부를 긴장시키고도 남았다.

고종의 서거 발표가 늦어지고 있자 민심은 차츰 흉흉해지기 시작했다. 고종 죽음에 대한 거리의 소문이 차츰 의혹으로 번지고 있었다. 독살설이었다. 심지어 총독부가 윤덕영에게 거금 50만 원의 공작금을 주어 독살한 것이라느니, 윤덕영과 민병석에게 총독부가 사주하여 고종의 전의(典醫) 안상호를 시켜 독탕을 먹였다는 소문까지 나돌았다. 그 소문을 가장 확신 있게 뒷받침 해 주는 근거는 고종 최측근의 상궁 몇 명이 당일 밤 갑자기 흔적도 없이 사라져 버린 것이었다.

총독부는 1월 25일 영친왕의 결혼식까지만 고종 서거 발표를 미루어 보려고 안간힘을 쓰며 전전긍긍했다. 이제는 험악한 분위기로 치닫고 있는 장안 민심으로 보아 더 이상 미룰 수가 없게 되었다.

"조짐이 좋지 않다! 잘못하다가는 의외의 부작용이 일어날 우려가 있다."

"고종의 서거를 빨리 발표하는 게 상책이다."

일제는 미루고 있던 고종의 죽음을 드디어 발표하게 되었다. 1919년 1월 22일 06시 20분에 서거한 것이라 했다. 실제 죽음과 무려 하루를 넘긴 시간이었다. 국장 날짜는 3월 3일로 장례일이 무려 40여 일이나 되었다. 영친왕의 결혼식은 자연히 연기 될 수밖에 없었다.

고종의 국장일이 정해지자 그가 묻힐 장지를 어디로 하느냐가 논의되었다. 고종은 사후에 묻히게 될 장소를 물색해서 벌써 금곡리(金谷里)에 봉릉을 축조해 놓았었다. 10년 전에 조정 대신을 중국에 보내 명조시대의 황제 능(陵)을 조사해서 수만 금을 들여 완성해 놓은 봉릉이었다. 모든 사람들은 고종의 장지는 으레 금곡능이 될 것이라고 믿었다.

이에 반대를 하고 나선 사람이 있었다. 바로 윤덕영이었다. 백성들은 나라 팔아먹은 윤덕영이 이제는 고종의 능까지 팔아먹으려 든다고 했다. 그렇거나 말거나 윤덕영은 자신의 주장을 굽히지 않았다. 이유인즉 금곡은 거리가 너무 멀어 경비가 많이 드니 가까운 홍릉 명성황후의 능에 합장(合葬)하자는 것이었다.

윤덕영이 왜 그런 주장을 했는지 대부분의 사람들은 알 수 없지만 그가 진심을 밝히지 않은 나름대로 깊은 뜻이 있었다.

홍릉은 고종이 대한제국 황제로 즉위 했을 때 이미 죽은 민 왕비를 황후라 추증할 수밖에 없어 능이라 이름을 붙이게 되었다. 그러나 현실은 그럴 수가 없었다. 고종은 대한제국의 황제나 국왕도 아니었다. 일본이 제수한 '태왕전하'에 불과했다. 고종이 죽어 묻힌 곳에다 과연 총독부가 황제만 사용할 수 있는 능이라는 호칭을 붙여 줄 리가 없었다.

윤덕영은 그 점을 생각한 것 같았다. 이미 능으로 추증 받은 명성황후 곁에 고종을 합장하면 무리 없이 황제의 칭호를 쓸 수 있었다. 그런 다음 적당한 시기를 보아서 금곡에 축조되어 있는 봉릉에 이장하면 별 문제가 없겠고, 비문에 새길 비명(碑銘)도 황제의 능으로서 위의를 갖추는데 자연스러울 것이었다. 윤덕영은 자신의 속마음을 아무에게도 발설하지 않았다.

국장 비용으로는 10만 원이 책정되었다. 홍릉과 금곡의 두 자리를 놓고 의견이 분분했다. 총독부는 전문가를 데리고 금곡이 과연 10만 원 예산으로 장례 집행을 하기가 어려운 곳인지 실사를 해 보았다. 현지답사를 마친 총독부는 장지로서 금곡이 합당하다는 결정을 내렸다.

윤덕영은 보기 좋게 욕을 얻어먹었지만 부끄러워하는 기색은 전혀 없었다. 오히려 큰소리를 쳤다.

"뱁새 같은 소인배들이 봉황의 뜻을 어찌 알겠느냐. 두고 보아라. 세월이 흐르면 이 윤덕영의 깊은 뜻을 알게 될 것이다."

그는 더 이상 말하지 않고 입을 베어 물었다. 윤덕영은 고종을 너무나 괴롭혔고 몹쓸 짓을 해 온 터였다. 고종의 죽음 앞에서나마 마지막으로 기지를 발휘해 의리를 지켜보고 싶었는지도 몰랐다.

고종의 장례일이 며칠 앞으로 다가왔다. 경성 거리에는 어느 때보다 조용했다. 곧 폭풍이 몰아닥칠 전야처럼, 동네의 개들마저도 숨을 죽이고 마루 밑에 납작 엎드려 있었다. 눈송이마저 희끗희끗 심란하게 날렸다. 총독부 경무국은 긴장감을 늦추지 않았다. 그들에게 고요함이란 오히려 기분 나쁜 일이었다.

며칠 전 일본 본토에서 조선 유학생들에 의해 독립선언서 낭독 만세 사건이 일어났었다. 일본 기독교청년회관에서 6백여 명의 남녀 학생들이 감쪽같은 위장 소집으로 독립선언서를 낭독해 버린 것이었다. 경무국은 청년들의 단순한 혈기로만 보지 않았다. 그들의 배후 조직이 분명히 있을 것이라 보고 결코 쉽게 넘어 갈 일이 아니라고 했다. 그리고 고종 서거 후 끈질기게 나돌고 있는 독살설도 골치가 아팠다. 총독부의 사주라는 소문의 근원지를 부릅뜬 눈으로 아무리 파고들어도 종적은 찾을 수 없었다.

그 독살설이야말로 천만 뜻밖에도 조선 민족을 한곳으로 굳게 뭉치게 하는 활력소가 되었다. 항일 독립운동단체들은 제각기 고종의 독살 음모에 대한 여론을 아주 교묘하고 집요하게 이끌어가며 활용하고 있었다.

고종의 장례일을 이틀 앞두고 3월 1일 드디어 조선 독립만세운동이 터져버렸다. 민족대표들은 그날 아침 인사동(仁寺洞) 태화관에 모여 독립선언서를 펼쳐놓았다. 각지에서 몰려드는 뜻있는 사람들에게 선언서를 열람시키기 위해서였다. 오후 2시 정각에 태화관에서 한용운이 일어나 이를 낭독하고 만세 삼창을 외친 후 축배를 들었다.

같은 시각인 2시에 탑동 파고다 공원에서는 각 학교 학생과 시민 5천여 명이 몰려들었다. 그곳에서 선언서를 낭독한 사람은 정재용(鄭在鎔)이었다.

이를 계기로 조선 삼천리강토 방방곳곳에서 독립만세 집회가 성난 파도처럼 일어나기 시작했다.

고종의 독살설은 조선 백성들에게 엄청난 힘을 결집시키는 효과를 가져다주었다. 침략국 일본에 대한 적개심이 거대한 불기둥으로 타오르기 시작했다. 시위에 참여한 민중에게 두려움이란 없었다. 화산처럼 폭발한 독립만세운동은 한민족 사상 최대의 평화시위였다.

그 엄청난 사건은 고종이 살아 있으면서 평생 이룩해 낸 업적보다 훨씬 거대하고 장렬한 것이었다. 그 일은 살아 있는 그가 아니라 싸늘하게 죽은 시신이 말없이 성취했다. 고종은 죽어서야 비로소 민족의 대단합을 이끌어 내었다.

3월 1일 독립만세운동이 전국에서 일제히 일어나자 새 가슴처럼 놀란 것은 매국노들이었다. 그들은 목숨의 위협을 느끼며 일본으로 빈대 튀듯 다투어 달아났다. 송병준은 도망친 그 와중에도 일본 정계의 요인들과 만세운동 사건의 수습책을 논의하는 기민함을 보이기도 했다.

9
상해 임시정부

만세운동 이후 상해에서는 임시정부 수립 작업을 서둘 렀다. 안창호가 임시정부의 내무총장을 맡아 이끌었다. 각지에서 속속 몰려드는 독립 운동가들로 상해는 독립운동의 명실상부한 중심지가 되어 가고 있었다. 김구도 상해로 망명해 임시정부의 경무국장직을 수 행했다.

　대동단의 조직을 이끌고 경성에서 은밀하게 활동을 하고 있던 국환 은 만세운동으로 총독부의 감시가 좁혀들자 근거지를 상해로 옮기기 로 결심했다. 그 참에 우만을 상해로 데려 가고 싶었다. 국환은 우만의 뜻을 물어 의친왕에게 미리 허락을 받았다.

　상해로 가게 된 우만은 아무래도 소희가 마음에 걸렸다. 그녀와의 관계가 어느덧 10년의 세월이 흘렀다. 소희는 우만에게 처녀를 허락 한 몸으로 그동안 더러 잠자리는 가졌으나 아이는 생기지 않았다. 한 편으로는 다행한 일이었다. 아이가 생겼다면 송병준이 가만 있을 리가 없었다. 두 사람의 활동에도 도움이 되지 않는 일이었다.

우만은 혼자 상해로 떠나기로 결심하고 소희를 만났다. 나이가 어느덧 서른에 가까웠음에도 불구하고 아이를 출산하지 않은 그녀는 아직도 앳된 소녀와 같은 젊음을 고스란히 간직하고 있었다.

소희는 혼자 떠나겠다는 우만의 말을 한마디로 잘랐다. 우만을 지아비로 생각한 이상 조선 독립을 위한 사업에 비록 조그마한 힘도 미치지 못할망정 떨어져 살 수는 없다고 했다.

"십 년 전에 한 번 결심한 마음이었어요. 어떤 고난이 있어도 선생님 곁에 있겠어요. 살아도, 죽어도 언제나 함께 하겠어요."

차분하게 말하고 있지만 결기가 단호해 보였다.

우만은 그녀가 경성에 남아 있어 주기를 진심으로 바라고 있었다. 상해라는 타국은 항일투쟁을 하고 있는 사내들조차 하루하루 생활하기가 거칠고 고달픈 곳이었다. 곱게 자라기만 한 소희를 상해로 끌어들이고 싶지 않았다. 그러나 단호한 그녀의 태도로 보아 고집을 꺾을 수는 없을 것 같았다.

국환을 비롯하여 상해로 떠나는 대동단 단원들은 각자 개인 출발을 하기로 했다. 우만은 소희와 함께 부부 여행객으로 위장하여 준비를 서둘렀다. 그녀는 우만의 일본인 신분증을 만들었다. 일본어를 유창하게 구사하는 그들에게 여행을 하는 데는 아무런 문제가 없었다.

우만은 세동에 이어 박성춘과 서양한테도 작별 인사를 하고 사동궁 이강을 찾아갔다. 의친왕은 우만에게 뜨거운 격려를 해 주었다. 타국에서 어떤 일이 닥치더라도 비굴하지 않고 당당한 행동으로 대한 남아의 기개를 버리지 말라며 손을 꼭 잡아주었다. 우만은 이강의 손에서 따뜻한 동족의 피가 흐르고 있음을 느꼈다.

"만아, 비록 다시 만날 수 없는 운명이 되더라도 사내로서 한번 가진 명분을 소중하게 생각하라. 조국이 독립되면 그때 우리 얼싸안고 크게 한 번 웃어 보자. 부디 몸조심 하라."

의친왕은 크게 벌린 두 팔로 우만을 품에 안고 포옹하였다. 그의 몸에서 뿜어져 나오는 열기가 다시 한 번 우만에게 전해져 왔다. 우만은 입술을 베어 물며 눈물을 짓눌렀다.

"전하, 상해의 지도자들이 전하 모시기를 열망하고 있으니 곧 뵙게 될 것입니다. 그때까지 건강하셔야 합니다."

그렇게 의친왕 이강과 작별한 우만과 소희는 무사히 상해에 도착했다. 두 사람은 조선을 떠나면서 송병준으로부터 감시의 눈을 의식하지 않아도 된다는 것에 무엇보다 안심되었다. 독립만세운동 뒤 일본으로 도주한 송병준은 몇 개월이 지나도록 조선에는 쉽사리 건너오지 못하고 있었다.

우만과 소희는 당분간 가명으로 신혼부부 행세를 했다. 그들은 프랑스 조계 지역에 조그마한 세집을 마련하고 짐을 풀었다.

우만은 경성을 출발할 때부터 소희가 들고 온 두 개의 큰 여행 가방이 신경 쓰였다. 무슨 짐이냐고 물어도 그녀는 옷가지와 생활필수품이라고 아무렇지도 않게 대답할 뿐이었다. 국환이 상해에 도착했다는 기별을 받고 그녀는 비로소 가방에 대한 궁금증을 해갈시켜 주었다.

"저는 이번에 떠나올 때 조선이 독립되기 전에는 돌아가지 않겠다고 작정을 하고 왔습니다. 어머니에게는 한동안 공부를 하기 위해 미국에 나가겠다고 이해시켰어요. 그리고 이것은 집에 있던 일부 재물입니다. 임시정부에 조금이나마 도움이 될까 싶어 몰래 가지고 왔지요. 미리 말씀드리지 않은 것은 여행 중에 걱정을 끼쳐 드리지 않기 위해 서입니다. 이 재물은 아버지가 조선에서 착취한 것이니 나로서는 양심 의 가책은 없습니다."

그녀는 가방 두 개를 열어 보였다. 그 속에는 옷가지와 책으로 위장 한 돈과 패물이 가득 들어 있었다. 눈짐작으로 보아도 얼추 십만 원은 됨직한 물건이었다. 우만은 소희의 당찬 일면은 알고 있었으나 다시 한 번 놀라지 않을 수 없었다. 외국으로 몰래 도망치는 입장에서 몸 하 나 간수하기도 부담스러운 분위기였다. 우만은 그녀의 대담한 행동에 다시 한 번 혀를 내둘렀다.

두 사람은 상해에 도착한 국환을 만나기 위해 그의 숙소로 찾아 갔 다. 그녀가 가지고 온 가방에 대한 처리를 상의하지 않을 수 없었다. 두 사람에게 상황 설명을 들은 국환으로서도 뜻밖의 일이었다. 세 사 람은 임시정부로 함께 들어갔다. 그곳 지도자들에게 국환은 두 사람을 소개하고 소희가 가지고 온 가방 두 개를 전달했다. 임시정부는 전혀 생각하지도 않은 엄청난 거금이 굴러들어온 사실에 기쁨을 감추지 못 했다. 두 젊은 사람들의 의로운 행동에 대해 칭찬을 아끼지 않았다. 특 히 소희에게는 '의녀(義女)투사'라는 별호까지 붙여 주었다.

임시정부의 재정은 그때까지 보잘것없는 실로 참담한 지경이었다. 수입이라고는 전혀 나올 곳이 없었다. 모두가 하루 하루 끼니를 걱정 하고 지내야 할 정도였다. 동지들이 십시일반 조금씩 거두어 가지고 오는 식량은 감질만 날 뿐이었다. 그런 임시정부에 하늘에서 갑자기 떨어진 것 같은 십만 원의 거금은 꿈처럼 믿지지 않는 일이었다.

우만과 소희는 상해에서의 어려운 생활에 차츰 익숙해져 가고 있었다. 임시정부에서 두 사람의 활동은 행정업무에서부터 사소한 잡일과 청사의 청소까지 몸을 아끼지 않았다. 임시정부의 사람들은 소희가 가져온 충분한 자금이 있는데도 쪼들리는 것 같은 검소한 생활을 했다. 그들이 지닌 의기(義氣) 때문인지 분위기는 활발하고 긴장감도 적당히 돌았다. 우만과 소희 역시 구차스러운 생활을 할 수밖에 없지만 자유로움 때문에 그런대로 만족하고 있었다. 그들은 비로소 신혼부부 같은 재미로움도 맛보았다.

가을로 접어들면서 임시정부에 축하할 사건이 일어났다. 드디어 조선에 있는 김가진을 상해로 망명시키기 위한 작전이 성공을 한 것이었다. 국환의 주도면밀한 지휘 아래 아주 조심스럽게 감행된 망명 작전이 비로소 결실을 본 셈이었다. 안창호를 비롯한 임시정부 지도자들은 자축 분위기로 들떴다.

국환은 김가진을 망명시키기 전에 경성에서 대동단 총재에 의친왕 이강을 추대했다. 대동단은 제2의 독립만세 시위를 계획하고 있었다. 김가진과 더불어 33인의 명의로 '대한민족대표 의친왕 독립선언서' 도 공포해 놓았다. 독립선언서는 비밀조직에만 유포되었다.

일제의 천장절(天長節)인 10월 31일을 기해 경성의 독립운동단체들과도 연대해서 대대적인 만세시위를 벌일 계획이었다. 선언서에는 대동단 총재 의친왕 이강을 비롯한 국환과 최익환, 김가진이 포함된 33인은 최후의 1인까지 죽음으로써 대일 항전을 벌일 것을 강조하며 그 일을 진행시키고 있었다.

김가진의 망명으로 조선총독부는 엄청난 충격을 받았다. 김가진은 총독부에서 대신을 지냈고 천황으로부터 남작 작위까지 받은 거물이었다. 그가 상해 임시정부에 망명하였다는 사실은 총독부로서는 수치가 아닐 수 없었다.

극비리에 이루어진 김가진의 망명은 집안 식구들조차 신문을 보고 알았을 정도라고 했다.

다급해진 총독부 경무국은 김가진을 상해에서 데려오기 위해 공작원을 파견했다. 그 정보를 입수한 임시정부는 긴장하지 않을 수 없었다. 김가진이 체포당하거나 신상에 좋지 못한 사건이 발생하면 임시정부도 명예롭지 못한 일이었다.

대동단 단원 몇 명이 국환의 지시 아래 은밀하고 민첩하게 행동을 시작했다. 그 팀의 행동대장은 우만이었다.

임시정부가 있는 곳은 프랑스 조계지(租界地)였다. 상해로 파견된 총독부 경무국 소속 형사 두 명은 임시정부 영역 안에는 함부로 발을 들여 놓지 못했다. 그들이 활동할 수 있는 곳은 일본 조계지 구역이 한계였다. 형사들은 임시정부 산하 조직체계를 정확히 파악하지 못하고 있었다. 그들은 섣불리 움직이지는 않았으나 설마 비밀결사대가 있으리라는 생각은 하지 못했다. 얼마가지 않아서 우만에게 그들의 동태가 낱낱이 보고되었다.

우만은 일본말이 유창한 정보원 한 명을 그들에게 수차례 접근시켰다. 우여곡절 끝에 그들을 유인하는데 성공했다. 김가진의 주거 정보를 주겠다며 저녁 8시쯤 인적이 드문 항구에서 만나기로 약속이 되어 있었다.

정보원과 미리 잠복하고 있던 우만은 자신들 앞에 나타난 두 사람이 김가진을 체포하기 위한 일본인 형사라는 것을 확인한 순간이었다. 우만의 품속에서 나온 날카로운 비수 두 개가 동시에 밤하늘의 별빛을 가르며 싸늘하게 빛을 뿜었다.

우만에게 단칼에 죽임을 당한 형사 두 구의 시신은 광활한 상해의 항구에서 흔적도 없이 사라져 버렸다.

김가진의 망명으로 고무되어 있는 임시정부는 더 큰 인물이 필요했다. 임시정부는 초대 대통령에 우선 이승만을 내세워 놓고 있었다. 그는 미국에 머물고 있으며 임시정부에는 소극적이었다. 임시정부의 모든 업무를 총괄지휘하며 자신의 소임에 혼신의 힘을 쏟는 안창호는 이승만보다 민족의 구심체가 될 수 있는 더 큰 인물이 절실히 필요한 시기라고 생각했다.

세상이 아무리 변했다고는 하지만 조선민족은 아직까지 대부분 왕실에 대한 향수를 간직하고 있었다. 오백여 년 동안 이어 내려온 왕실에 대한 애정이라 쉽게 잊어버릴 수가 없었다. 안창호는 민족의 지지를 절대적으로 받을 수 있는 인물을 왕족 중에서 영입한다면 큰 힘이 될 것 같았다. 임시정부를 이끌 대표에 왕족을 앉힌다면 민족의 정서에도 부합되는 일이었다. 그렇게만 된다면 임시정부로서도 확실한 힘을 얻을 수 있었다.

그러한 모든 자격을 갖춘 인물로 안창호가 결론을 내린 것은 의친왕 이강뿐이었다. 안창호는 이강과의 친분 때문에 그를 염두에 둔 것만은 아니었다. 학식과 꿰뚫어보는 국제정세, 경력, 강인한 성격, 어느 것 하나 따져보아도 지도자로서의 손색이 없는 인물이었다. 이강이 독립운동에 지원한 많은 업적과 그가 가진 인격만으로도 민족지도자로

서의 자질은 충분하고도 남았다.

안창호는 의친왕이 상해로 무사히 망명할 수만 있다면 조선민족과 국제사회의 이목을 단번에 집중시킬 수 있다는 판단을 했다. 그렇게만 된다면 국제사회의 여론을 부각시켜 조국 독립을 앞당기는 전환점이 될 것 같았다. 분명히 해볼 만한 명분이 되었다.

겨울이 시작되는 11월이었다. 10일 아침 총독부 경무국 고위 경찰 간부 지바가 회의실에서 조선귀족 감시를 맡고 있는 사복경찰들을 모아놓고 훈시를 하고 있었다. 그때 밖에서 돌아온 3부 소속 주임 하나가 지바에게 다가와 귀엣말을 했다. 지바의 얼굴색이 대번에 변해 버렸다. 지난밤에 의친왕이 탈출한 혐의가 있다는 것이었다.

밤 10시쯤 사동궁 후문 경계를 맡고 있는 담당 형사가 키가 큰 두 사내를 발견하고 그 중 하나가 아무래도 의친왕 같아서 미행을 한 모양이었다. 그 형사가 이문(里門) 안 명월관지점 근처에서 잠시 한눈을 파는 사이 놓쳐 버렸다고 했다.

지바는 경위 한 명을 당장 왕족 감시 담당관인 이왕직에 있는 구로사키 사무관에게 보냈다. 사동궁에 이강의 부재 여부를 확인하기 위해서였다. 구로사키는 직접 사동궁으로 찾아갔다. 그는 의친왕의 비(妃)에게 전하의 출타 여부를 물었다. 의친왕의 정비(正妃)는 김수덕(金修德)이었다.

"전하께서는 아무 탈 없이 궁에 잘 계시오. 그런데 왜 그러시오?"

눈썹이 짙은 김 비는 후덕해 보이는 얼굴에 아무 표정도 없이 담담하게 구로사키에게 말했다.

"아닙니다. 그저 안부삼아 들렀습니다."

구로사키는 눈을 회번덕이며 사동궁 안의 공기를 감지해 보려고 안 간힘을 쓸 뿐이지 감히 뵙자고 안으로 들어 갈 수는 없었다. 그는 묘안을 짜내어 내시를 불렀다. 그에게 결재 서류를 들여보냈다. 잠시 후 내시가 나왔다. 전하가 감기 기운이 있어 결재를 다음으로 미루었다고 했다.

구로사키는 하는 수 없었다. 지바에게 돌아가 그대로 보고를 했다. 지바는 구로사키에게 버럭 신경질을 내었다.

"이런 멍청이! 내시가 전해 주는 말이지, 직접 눈으로 확인 했어?"

"몸이 불편하다고 해서 부득부득 조를 수도 없고……."

"이런 밥통 같으니, 무슨 일을 그 따위로 하는 것인가? 당장 가서 확인하고 속히 보고하라!"

지바는 긴장하지 않을 수 없었다. 의친왕이 김가진처럼 탈출이라도 해서 상해 임시정부에 합류라도 하는 날이면 하늘이 무너지는 일이었다. 그는 구로사키에게 무슨 수를 써서라도 의친왕을 확인하고 오라고 욕설을 퍼부었다. 지바에게 욕을 덤터기로 먹은 구로사키는 기분이 상했지만 사동궁으로 다시 들어갔다. 비록 구겨진 기분이었으나 감히 내색을 할 수는 없었다. 그는 김 비에게 통사정을 했다.

"꼭 뵙고 드릴 말씀이 있습니다. 잠깐이면 되오니 제발 기별을 좀 넣어 주십시오."

그는 여염집 같았으면 성질대로 하겠으나 명색이 조선왕 순종의 아우 집이라는 것을 모를 리가 없었다. 잘못 다루었다가는 신상에 좋지 않은 일이 발생할 수도 있었다. 그런 저런 사정으로 성질을 죽이며 고

분대고 있으려니 입 안은 모래 씹는 기분이었다.

"몸이 불편하시어 주무시고 계신데 어찌 깨우겠소. 정이 그렇다면 두세 시 경이나 한 번 와 보시오."

김 비는 시치미를 떼고 안으로 휑하니 들어가 버렸다. 구로사키는 난감했다. 그냥 돌아갈 수도 없었다. 그랬다가는 족제비 같이 생긴 지바에게 또 비루한 욕을 먹기 십상이었다. 입맛이 썼다. 그는 하는 수 없이 사동궁 바깥채 접견실에 죽치고 있었다.

팔목의 시계를 연신 들여다보며 조급증으로 안절부절 못하던 구로사키는 두 시가 가까워지자 곧바로 김 비 앞으로 나아가 머리를 조아리며 또 사정을 했다. 그녀도 이제는 더 이상 미룰 수가 없었다. 지난밤에 길을 떠난 의친왕이 중국 땅에 도착할 시간도 얼추 된 듯도 했다.

"실은 어젯밤 궁을 나가셨는데, 지금까지 소식이 없어 우리도 궁금하기 짝이 없소."

김 비의 말이 채 끝나기도 전에 구로사키는 대번 사색이 되어 놀란 망아지처럼 밖으로 화들짝 줄달음을 놓았다. 대문 문턱을 넘어서는 그의 다리가 어미 뱃속에서 금방 빠져나온 송아지처럼 쓸어질듯 휘청거렸다.

경무국은 총 비상이 걸렸다. 중대한 사건이었다. 만일 의친왕 이강마저 조선 독립단체에 흘러 들어간다면 그들은 두말 할 것 없이 죽은 목숨이었다. 김가진의 상해 망명으로 신임 총독 사이토에게 혼쭐이 나 있는 그들이었다.

하세가와 총독과 정무총감 야마가다는 3월 1일 독립만세운동 여파로 책임 추궁을 받아 사직하고 본국으로 건너가 버렸다. 그 뒤를 이어 사이토 마코도 총독과 미즈노 렌다로 정무총감이 부임해 왔다.

사이토 총독은 무단정책으로 총과 칼로 조선인을 살벌하게 다룬 데라우치를 비웃기라도 하듯 부임 초에 문화적인 동화정책과 내선일체를 부르짖었다. 조선에서 문화정치를 펴려한 그가 우선은 순순한 평화주의자로 보일지 모르나 실은 데라우치보다 훨씬 더 교활하고 무서운 정치가였다. 사이토는 폭력이 아닌 교육과 문화와 종교로 조선 사람의 정신을 개조해서 일본에 동화시키려했다. 분명 데라우치보다 한 수 높은 사악한 인물이었다.

이강의 실종으로 조선 전국은 물론이고, 상해, 만주, 일본, 시베리아까지 총 수배령이 내려졌다. 경무국은 수완이 뛰어난 베테랑 형사 조선인 김태석까지 현장에 투입시켰다. 김태석은 일제한테는 우수한 인재였지만 조선인에게는 악명 높은 인물이었다.

이문(里門) 안에 있는 명월관지점 주인 황원균이가 숨을 헐떡거리면서 경찰서로 뛰어들었다. 그는 경찰에서 이강 전하를 찾고 있다는 소리를 기생들에게 들었다며 집히는 것이 있어 급히 왔다고 호들갑을 떨었다.

"어제 밤 전하께서 오시더니, 잠깐 머무셨다가 아무 말씀 없이 바로 인력거를 타고 어디론지 가셨습니다."

황원균은 대단한 공이라도 세운 것처럼 고자질에 열을 올렸다.

경찰은 지난 밤 이문 부근에 온 인력거 인부들을 샅샅이 조사를 했다. 그 중 한 명한테서 의친왕과 비슷한 사람을 공평동 빈집 앞에 내려주었다는 진술을 받아 내었다. 이강이 경성을 빠져 나간 시간은 벌써 오래된 뒤였다.

명월관을 출발한 이강은 공평동 빈집에서 미리 약속되어 있는 국환과 만났었다. 그들은 결사대 5명의 호위를 받으며 세검정 고개를 넘어 칠흑같이 어두운 밤길을 달려 수색역에 도착했다. 일행은 무사히 그곳에서 만주행 기차에 몸을 실었다.

　이강은 달리고 있는 기차 안에서 만감이 교차되었다. 그가 맛 본 것은 날개라도 달고 하늘을 나는 것 같은 자유로움이었다. 이제야 조국 독립을 위해 마음껏 활동할 수 있다는 것이 무엇보다 그를 만족스럽게 했다. 상해 임시정부는 명실상부한 민족대표기관이었다. 그곳 지도자들과 함께 항일투쟁을 한다는 것은 진작부터 꿈꾸어 오던 일이었다. 조국 독립을 위해 임시정부를 함께 이끌어 가자는 그들의 제안은 이강의 짓눌러 있는 감정을 분기시키고도 남았다. 이제는 갇혀 있는 울타리 안이 아니라 상해에서 아주 당당하게 조국 독립을 위해 마음껏 뜻을 펼쳐보고 싶었다.

　그는 수개 월 간 만나보지 못한 우만의 얼굴이 문득 그리워졌다. 경성에서 동생처럼 의지하고 있던 그가 상해로 떠나고 나자 사동궁의 일상은 한동안 적막했다. 이강은 믿음직스러운 우만과의 해후를 잠시 떠올리자 그 또한 기쁨으로 다가왔다.

　이강의 수중에는 선왕에게서 받았던 채권증서와 비밀문서, 김 비 집안과 세동이 항일군자금으로 틈틈이 마련해 준 남아 있는 돈까지 지니고 있었다. 이강은 일각이라도 빨리 상해에 도착하고 싶은 마음뿐이었다. 달리고 있는 기차가 더디기만 한 것 같아 차라리 뛰어 내려서 줄달음이라도 치고 싶었다.

　의친왕 일행은 안동(丹東)에서 기차를 내려 이륭양행(怡隆洋行)이 운영하는 배를 타고 상해로 건너갈 계획이었다. 이륭양행은 비밀리에 독립운동을 지원하는 단체였다.

상해에서는 우만이 동지 몇 명과 지난밤부터 부두에 나와 일대를 샅샅이 경비하며 이강을 맞이할 채비를 빈틈없이 하고 있었다. 조금이라도 수상한 자가 있으면 결사대에 의해 즉각 조치되어야 했다.

의친왕 일행이 무사히 안동역에 도착할 즈음이었다. 국환은 안도의 한숨을 내쉬었다. 검문이 삼엄한 압록강을 아무 탈 없이 건넜다는 것만으로도 탈출은 성공한 것이었다. 안동역부터는 한숨을 돌려도 될 것 같았다. 이강은 허름한 옷으로 변장하고 있어 그가 일국의 왕자 신분이라는 사실은 아무도 몰랐다. 국환과 다른 동지들도 떠돌이 장사꾼 행세를 했다.

안동역 개찰구는 한꺼번에 빠져 나가려는 승객들로 몹시 붐볐다. 앞장 선 국환의 바로 뒤에 이강이 따르고 일행은 줄지어 떠밀리는 대로 천천히 개찰 통로에 들어가고 있었다. 일행이 표를 받고 있는 역무원 앞까지 거의 다 온 상태였다.

앞서 나가고 있는 국환이 갑자기 걸음을 멈추었다. 온몸의 힘이 쭉 빠져 나가는 표정이 역력했다. 역무원 주변에는 사복을 입은 눈빛이 날카로운 사내들이 버티고 있었다. 그는 탄식을 토하며 의친왕을 보호하기 위해 본능적으로 재빨리 뒤돌아섰으나 일은 이미 글러 버렸다. 앞의 통로에는 일제의 헌병과 경찰이, 뒤쪽은 몰려드는 수많은 승객들로 손 하나 비집고 나갈 틈이 없었다.

앞 통로에 날카로운 눈을 번쩍이며 납작한 헌팅캡을 눌러 쓰고 있는 경찰은 악명 높은 조선인 김태석이었다. 역 주변은 일본 헌병 일개

소대가 무장한 채 포위하고 있었다. 헌병들은 김태석의 신호를 기다리고 있는 중이었다.

이강과 국환은 현장에서 꼼짝 없이 체포될 수밖에 없었다. 체포되는 어수선한 틈을 이용해 동지들은 무사히 빠져 나갔다. 동지들이 헌병들과 일전을 벌여서라도 의친왕을 구하기 위해 행동 개시를 하려 했으나 국환이 제지해 버렸다. 숫자적으로도 상대가 되지 않는 섣부른 짓이었다. 총격전이 시작되면 의친왕이 목숨을 잃을 수도 있었다.

이강과 국환은 그 자리에서 여지없이 경성으로 압송되었다. 경찰은 경성에 도착하자 간단한 절차를 거쳐 국환을 형무소로 들여보냈다. 의친왕은 왕족 신분이므로 감이 죄를 물을 수 없어 형사를 붙여 사동궁으로 돌려보내고 감시 인력을 두 배로 늘여 놓았다. 누구를 막론하고 허락 없이 그곳을 출입할 수 없게 되었다.

비록 망명이 좌절되기는 했으나 의친왕의 나라 사랑하는 마음은 한 치도 변하지 않았다. 그의 시선은 가끔 사동궁 하늘가로 자유롭게 날아가는 철새들을 부러운 듯이 바라보았다. 나라가 망하지 않았으면 순종의 뒤를 이어 대한제국의 당당한 황제가 되었을 이강이었다. 그는 어느 무엇 하나라도 마음대로 할 수 없는 자신의 신세를 두고 비관하지는 않았다. 갇혀 있는 처지가 초라해 보일 수도 있겠으나 의지만은 결코 흔들림이 없었다.

이강은 잃은 나라를 되찾기 위한 자신의 몸부림에 한계가 있다는 것을 깨달았다. 모든 사물에는 흥하고 쇠하는 자연의 섭리가 있다. 한 국가의 융성도 마찬가지였다. 오백여 년이나 지켜 내려온 조선왕국도 한 번 기울어지기 시작하자 걷잡을 수가 없었다. 그 운이 다한 것 같았다. 그는 그 대세를 거스를 수 없다는 것을 알았다. 일본도 지금은 기세가 등등하게 살아 있지만 멀지 않아 일순간에 나락으로 떨어질 날이 분명히 닥칠 것이었다.

이강은 갇혀 있는 처지라 행동이 자유롭지 않았지만 그나마 자신이 지원할 수 있는 사업이 있어 다행이었다. 독립이 되는 그날을 위해 조선의 젊은이들에게 꾸준히 신학문을 갈고 닦을 수 있도록 뒷받침하는 것이었다. 젊은이들을 훌륭하게 양성할 수 있는 터전의 문은 항상 열어 놓아야 했다.

나라가 망했다고 해서 맥을 놓고 있을 수는 없었다. 흘러가 버린 시간을 붙잡고 한탄해 봐야 소용없는 일이었다. 과거에 대한 반성을 솔직하게 하고 미래에 대한 준비를 차분히 해나가야 했다.

이강은 국환과 나머지 동지들의 소식이 궁금했으나 알 길이 없었다. 부두에서 기다리고 있다든 우만의 얼굴도 새삼 고물고물 떠올랐다. 자신이 경성으로 잡혀 오고 나서 상해 임시정부의 소식 또한 알 수 없기는 마찬가지였다.

이강은 자신의 입장을 상해 임시정부에 밝힐 필요가 있었다. 그는 임시정부 앞으로 편지를 썼다.

─나는 차라리 자유 조선의 한 백성이 될지언정 일본 정부의 친왕(親王)이 되기를 원치 않는다. 그 뜻을 우리 조선인들에게 표하고, 아울러 상해 임시정부에 참가하여 독립운동에 몸 바치기를 원한다.─

이 편지는 상해에서 발간되는 중국신문 '민국일보(民國日報)'에 '조선 왕자의 일본에 대한 반감'이란 제목으로 보도 되었다.

총독부는 아무리 생각해도 말썽만 부리고 있는 골치 아픈 의친왕을 일본으로 데려다 놓아야 했다. 그들은 회유와 온갖 압력과 협박을 가했으나 이강은 죽기를 결심하고 완강히 거절했다. 일본에 굴복하기를 한사코 거부하는 그를 아무리 유아독존적인 총독부라고 한들 어쩔 수 없었다.

의친왕 탈출 사건은 국내뿐만 아니라 외국에서도 큰 물의를 일으켰다. 상해 임시정부는 의친왕 망명이 비록 실패는 했으나 그 영향으로 조선 민족의 대표기관으로 확고한 자리매김을 한 계기는 만들었다.

우만은 상해 부두에서 동지들과 만반의 준비를 하고 이강이 도착하기를 초조하게 기다리고 있었다. 그는 일본 경찰에 의해 의친왕이 체포되었다는 소식을 뒤늦게 전해 듣고 허탈감에 빠져 참담한 심정이 되었다. 비록 왕국을 잃어버린 왕자였지만 조국 독립을 위해 그만큼 몸부림 친 인물도 드물었다. 의친왕은 자신의 신분 때문에 다른 사람에 비해 감시를 몇 갑절이나 더 받았다. 그런 일상 속에서도 오로지 조국 독립을 위해 타오르는 열정은 식을 줄 몰랐다. 우만은 자나 깨나 조국 독립을 위해 절실하게 몸으로 실천한 의친왕을 생각하자 눈물이 핑 돌았다.

우만은 부두 난간에 서서 두 주먹을 불끈 쥐고 동북쪽 바다 수평선을 그윽이 바라보았다. 수평선 끝에는 의친왕이 잡혀간 조국 땅 바로 조선이었다. 바다 먼 곳으로부터 거센 파도가 치솟고 있었다. 그 파도를 헤치고 상해를 향해 힘차게 헤엄쳐 다가오는 의친왕의 환영이 우만의 눈에 가물거렸다.

경성을 떠나올 때 그의 따뜻한 격려가 우만의 가슴을 징처럼 울리며 지나갔다.

"아무리 어려운 일이 닥쳐도 대한 남아의 기개를 절대 굽히지 마라. 조국이 독립되면 그때 우리 얼싸안고 크게 한 번 웃어보자."

우만은 또 한 번 눈물이 핑 돌았다. 그는 어두움이 내리기 시작한 수평선을 바라보며 두 주먹을 다시 한 번 불끈 쥐며 돌아섰다.

<끝>